새로운 이야

새로운 인생

모두가 꿈꾼다, 비타 노바...

백상현 장편소설

μθλ

뮈톨로기아

à Jisuk

이론적인 글쓰기로는 가닿을 수 없는 마음의 영토가 있습니다. 아무런 목적도 논리도 없는 글쓰기, 단지 쓰는 행위의 기쁨을 추구하는 글쓰기를 통해서만 접근 가능하다고 알려진 곳입니다. 지난 10년간 몰두했던 정신분석의 학술적 글쓰기를 뒤로하고 한 권의 소설을 쓰려했던 이유는 바로 그곳에서 들려오는 소리를 듣기 위해서였습니다.

소설을 쓴다는 것은 기이한 경험입니다. 소설을 위한 문장들은 발음되어야 할 아무런 이유도 없는 허구입니다. 어차피 지어낸 이야기이고, 존재하지 않는 인물과 사건들에 의존할 뿐입니다. 소설은 현실이 아니며 따라서 필연성이라고는 찾아볼 수 없는 가상의 세계일 뿐입니다. 그저 소일거리로 읽어도 좋을 가짜 이야기입니다. 그러나 과연 그것뿐일까요?

필연성이란 소설의 세계에는 정말로 존재하지 않는 것일까요? 아마도 진심으로 소설을 쓰는 사람이라면 그렇게 느끼지는 않을 겁니다. 진지한 소설가에게는 뜻밖의 선물과도 같은 사건이 벌어지곤 하기 때문입니다. 조금 거창하게 불러본다면, 그건 숙명이라는 사건입니다. 하나의 말이, 문장이, 목소리가 그곳에서 그렇게 발음되기 위해 아주 오래전부터 작가를 기다려온 듯한 숙명적 감각이 엄습해 올 때가 있습니다. 그럴 때 비로소 작가는 자신이 지어낸 이야기를 진심으로 믿게 됩니다. 스스로 만들어낸 허구의 세계를 신뢰하게 됩니다. 현실의 객관적 세계를 믿는 대신, 자신이 만들어낸 존재하지 않는 인물들의 목소리에 귀기울이게 되는 겁니다. 그리고 마침내는 이렇게 중얼거리고 맙니다. '내가 쓴 이야기가 현실이며, 오히려 세상이 허구다'라고. 자신이 써내려간 이야기에 빠져든 나머지 소심한 광기와도 같은 전환이 일어납니다. 그리하여 작가는 문학적인 고독 속으로 들어가 머물게 됩니다.

어떻게 그런 일이 가능한지 설명하기 쉽지 않습니다. 어쩌면 소설가는 이미 세상에 대한 뿌리 깊은 불신을 품고 있었던 것인지도 모릅니다. 세상이 돌아가는 법칙이나 원리들에 등 돌릴 기회를 찾고 있었던 것인지도 모르겠습니다. 그래서 작가는 그토록 쉽사리 허구 속의 세상으로 걸어 들어갈 수 있었던 것이지요. 그곳에서도 그는 여전히 의심 많은 사람일 테지만 그럼에도 이제는 최소한 하나의 이야기를 믿게 된 사람입니다. 작은 기적이 일어났다고 할 수 있겠습니다. 단단한 지면 위를 걷는 세상조차 믿지 못하던 사람이 물 위를 걷는 예수를 믿게 되는 것만큼이나 특별한 사건입니다.

그렇게 1년의 시간이 흐릅니다. 제가 머물던 고독 속에서 바라보는 바깥 세상은 더욱 불투명해졌고 모호해졌습니다. 그 대신 소설 속의 목소리는 생동감을 얻게 됩니다. 일종의 정신착란과도 같이 거꾸로 된 세상의 시간이 흘러갑니다. 허구가 만들어낸 이러한 고립 속에서 내가 만나게 된 것은 무엇이었을까 생각해 봅니다. 그건 아마도 세상의 상식과 관념이 매개하지 않는 나 자신의 영혼이 아니었을까 추측해 봅니다. 소설 속의 말은 그 어떤 이론이나 세상의 이데올로기를 위해 발음되지 않았으며, 오롯이 나 자신의 목소리를 내기 위해 사용되었기 때문입니다. 내면의 목소리는 아무런 의미도 주장하지 않습니다. 다만 발음되기를 원할 뿐입니다. 영혼의 ASMR이라 해야 할까요? 나는 나의 영혼이 해석될 수 없는 언어로 중얼거리는 소리를 들었을 뿐입니다. 그것이 바로 제가 소설의 글쓰기를 통해 듣게 된 존재의 소리입니다. 나 자신만의 허구를 갖게 되면서, 세상이라는 허구를 잠시 잊게 되는 경험 속에서 들려오는 목소리입니다.

　그렇게 경험된 문장들이 이제 한 권의 책으로 출간됩니다. 지난 일 년 동안 저와 함께했던 허구의 인물들이 독자 여러분께 말을 걸기 시작할 겁니다. 그들의 말에는 대단한 깊이나 삶의 교훈 따위는 없습니다. 잠들기 전에 틀어 놓은 라디오 소리가 꿈속으로 스며들어와 전혀 새로운 몽상을 만들어 내듯이, 제가 쓴 허구의 이야기들이 여러분들의 백일몽 속에서 또 다른 허구를 만들어 내기를 바랄 뿐입니다. 그곳에서 여러분 자신의 존재가 발음되는 소리를 듣게 되기를 희망할 따름입니다.

2023년 10월, 백상현.

[...] 글쓰기의 새로운 실천을 발견하는 것 말고는 (내가 보기에는) Vita Nova[새로운 인생]란 없을 것입니다.[*]

롤랑 바르트, 『소설의 준비』

---

*   "[...] il ne peut y avoir de Vita Nova (me semble-t-il) que dans la découverte d'une nouvelle pratique d'écriture." Roland Barthes, 『La préparation du roman』, Seuil, 2015, p. 20.

차례

1장

데우스 엑스 마키나

태초에 말씀이 있었다.

『요한복음』1장 1절

모든 것을 뒤로하고 돌아오는 비행기 안에서 나는 생각했다. 내 인생에 마지막 챕터 같은 게 남아 있다면 아마도 지금일 거라고. 무미건조한 문장으로 시작되는 인생의 짧은 후일담만이 내 앞에 남겨졌을 뿐이라고 말이다. 원하는 인생을 살아 보았지만 대단할 게 없다는 사실을 확인하고 말았던 거다. 프랑스에서 보낸 지난 12년의 세월 동안 나는 읽고 싶었던 모든 것을 읽었고 써야 했던 글을 원 없이 썼다. 그러고 나자 아무런 욕망도 남지 않게 되었다. 읽고 쓰는 것 말고 다른 삶이 가능한지 알지 못했으므로, 새로운 인생이 찾아와 줄 거라 상상할 수도 없었다. 뭔지 모를 축축한 절망감이 임박한 곳에 도사리고 있었다. 이대로 비행기가 추락해 버린다 해도 아쉬울 게 없다는 상상을 해 보았는데 그다지 객기라는 느낌도 없다. 지난 세월이 미련 없이 떠나간 자리에 기대할 것 없는 미래가 다가오고 있을 뿐이다.

위태롭게 흔들리던 기체가 안정을 되찾았을 즈음 기내 방송이 들려왔다. 안전벨트를 풀어도 좋다는 말과 함께 좌석 상단에 초록색 불이 들어오는 게 보였다. 한동안 그 불빛을 바라보다가 견디지 못하고 눈을 감았다. 그러자 부서지는 기억들이 해변을 위협하는 거친 파도처럼 밀려오기 시작했다. 두서없는 이미지들이 주마등처럼 눈앞을 스치고 지나간다. 회색이던 파리의 뒷골목들이 보였고 처음엔 아득했지만 차츰 선명해지는 정체 모를 초록색 불빛도 보였다. 죽은 사람의 영혼처럼 거리를 방황하던 작은 불빛은 주택가의 양철지붕 위로 솟아올라 한동안 허공을 떠다니다 불현듯 나타난 오래된 건축물의 둥근 창문을 통과하고는 이윽고 어스름한 실내의 어둠 속으로 날아들었다. 익숙한 어둠이었다. 무미건조한 디자인의 테이블 위로 반딧불이 추락하듯 불빛이 내려앉았을 때 나는 비로소 프랑스국립도서관의 스탠드 불빛을 알아보았다. 그 불빛에 동공을 적시며 책에 몰두하는 한 남자의 얼굴도 알아보았다. 나라고 말하기에는 여전히 앳된 눈빛의 남자가 하나의 섬에서 또 다른 미지의 섬으로 나아가듯이 한 권의 책에서 다음 한 권의 책으로 이어지는 영혼의 항해에 온통 마음을 빼앗기고 있었다.

그러나 그건 금지된 항해였고 타락한 이교도의 섬으로 향하는 죄 많은 여정이다. 나를 파리까지 유학 보내주고 신학을 공부하게 했던 카톨릭 재단의 기대를 저버리게 하는 메피스토의 문자들을 탐닉하는 시간이다. 고아였던 나를 거두어 공부시켜주었던 아버지 신부님의 은혜를 배덕으로 갚게 하는 시간들. 그러나 읽기를 멈출 수 없었다. 새롭게 만난 인문학의 언어들은 너무나 달콤했다. 유물론의 언어가 주는 파괴적인 매혹 앞에서 나는 마조히즘에 가까운 쾌락을 탐닉하고 있었다. 이따금 죄책감이 찾아왔지만 그럴 때면 어김없이 새로운 문장의 파도가 덮쳐왔고 신앙의 초라한 모래성이 휩쓸려 가는 걸 막지 못했다. 신부가 되려고 했던 소망은 태풍 맞은 온실의 유리조각처럼 산산이 깨져 버렸다. 그 위를 발이 베이는 고통 속에서 걷고 있었지만 고행이기보다는 희열에 가까운 무언가를 느끼고 있었던 거다. 파리로 유학 온 지 2년 만에 나는 그렇게 신과의 서약을 저버리고는 보란 듯이 파리8대학으로 적을 옮겼다. 극좌파 유물론으로 유명했던 철학부였다. 그리고 다시 10년의 세월이 흐른다. 돌이킬 수 없는 삶을 살아냈다. 그 시간들을 내가 사랑했는지 알 수 없었지만 다만 확실한 것은 다시 그 시절로 돌아간다 해도 자동인형처럼 같은 일을 반복했을 것이라는 사실이다. 나란 인간은 달리 살아갈 방도가 없었을 테니까.

그런 다음 내게 남겨진 것은 무엇일까? 12년이라는 세월은 내 무의식의 밑바닥에 삼엽충의 화석이라도 남겨 놓았을 만큼 긴 시간이었다. 퇴적작용처럼 뭐라도 남겨진 게 있을 만했는데 그건 바로 불필요하게 두꺼운 한 권의 박사 논문이다. 신앙을 포기하게 만들었던 타락한 문자들이고 과거를 부정하게 만들었던 배덕의 문장들이기도 했다. 논문의 주제로 프라 지오반니와 마이스터 에크하르트를 선택했던 것도 우연은 아니다. 두 사람 모두 중세 교회로부터 파문당한 인물이었고, 나는 하이데거를 비롯한 20세기 철학 사상을 총동원하여 그들의 삶과 작품을 옹호했다. 신을 버렸다고 해서 악마가 되는 것은 아니라는 사실을 논증하려고 했다. 메피스토펠레스의 속삭임에 귀기울였던 파우스트처럼 오히려 새로운 인생이 가능할지도 모른다는 사실을 말하고 싶었던 것일까. 나는 어쩌면 내가 살아온 인생 전체를 변호하는 논문을 쓰고 싶었던 것인지도 모르겠다. 그러나 너무 많은 것을 말하려는 논문은 작가를 가두는 미로가 되기 십상이다. 스스로 만들어 놓은 복잡한 논리 구조 속에 갇혀버린 다이달로스 신세가 된다. 그럼에도 명철했던 내용은 지오반니의 복권을 주장했던 부분이었다. 부당하게 파문당한 초기 르네상스의 이 화가에 대해서 나는 정교하게 변론했다. 그를 파문했던 교회의 논거를 비판했고 그가 교회를 떠날 수밖에 없었던 이유를 세심하게 증언했다. 신학자 에크하르트의 사상을 소환했던 이유도 그 때문이다. 지오반니의 모호한 태도를 옹호하기 위해서는 에크하르트의 선명하고 당당한 목소리를 빌어와야 했었다. 나름 설득력 있는 논증이었고 심사위원들 역시 그에 대해서는 만장일치였다. 바티칸의 근본주의적 태도에 저항하는 동시에 르네상스의 세속적인 변화에도 동의하지 않았던 이탈리아의 괴짜 승려 화가에 대한 나의 창의적인 해석은 지도교수의 면을 세우는 데도 한몫했다. 그러나 나머지는 여전히 난해했다. 얽히고

설킨 이론의 함정에는 누구도 말려들고 싶어 하지 않았고 심사위원들 역시 논쟁을 피하려 했다. 학위수여를 인정하는 최종적인 심사평도 대체로 그러했다. 고군분투했으나 모호하고 복잡하다고 했다. 해결되지 않은 문제들이 논문 곳곳에 여전히 남아있었다는데 그건 내 인생도 마찬가지였으니 할 말은 없다. 아마도 이것이 나의 12년 유학 생활에 대한 세간의 평가라면 받아들이도록 하자. 퇴락한 정신병동 같았던 파리8대학의 어느 스산한 강의실에서 박사 논문 심사가 있었던 지난주 금요일 오전에 나는 실제로 그렇게 느꼈던 거다. 혼란스러웠던 내 인생의 이야기가 무엇 하나 해결된 것 없이 서둘러 마무리되어가고 있다고.

갑작스런 피로가 몰려왔으므로 나는 기내식이 나오는 줄도 모르고 잠들어 버렸다. 13시간이 넘는 비행시간 동안 한 번도 잠에서 깨어나지 않았고 길고 지루한 꿈을 꾸었다. 어쩌면 지난 12년의 유학 생활보다 더 길게 느껴지는 꿈속에서 나는 어린아이였다. 또래 아이들이 보였고, 여전히 선명하게 기억하는 보육원의 놀이터와 아이들을 돌보는 수녀님과 나의 신부님이 보였다. 언제나 그랬던 것처럼 신부님은 근엄한 얼굴로 나를 내려다보고 있었다. 꿈은 마치 고장난 영사기처럼 색이 번지고 테두리가 일그러진 이미지들을 무한정 만들어 낸다. 신부님의 얼굴은 예수의 그것처럼 갸름하고 창백하게 변했다가 다시 여자의 얼굴로, 정확히 말하자면 성모의 모습으로 변하기도 했다. 그러다가 문득 너무도 현실적인 장면 하나가 다른 이미지들을 압도하며 나타난다. 신부님께 뺨을 맞는 나의 모습이다. 나는 울면서 바닥에 엎드렸고 내 위로 그가 찢은 성서의 종이 조각들이 봄 하늘의 벚꽃처럼 흩날렸다. 꿈속에서도 나는 얼마나 오랫동안 이런 기억들을 견뎌야 하는지 스스로에게 묻고 있었다. 그러나 꿈은 나를 놓아줄 생각이 없는 듯했다. 연속되는 이미지들이 서로에게 교차되며 끝없이 번져나가는 모습을 바라보아야 했다. 무한하게 분절되며 결코 앞으로 나아갈 수 없는 제논의 역설을 증명이라도 하듯이 이미지들은 제자리에서 변주될 뿐이었다. 꿈은 그렇게 내가 잠든 시간을 무한히 쪼개며 착륙 시간을 연기시키려는 듯했다. 잠든 나의 어깨를 승무원이 흔들어 깨우지 않았다면 나는 시베리아 어딘가 2000피트 상공에 영원히 머물러 있을 것만 같았다. 그녀가 나를 깨우고 이제 곧 착륙을 준비한다고 말했을 때 한동안 그게 무슨 뜻인지 이해되지 않았다. 안전벨트를 매야 한다고 부드러운 미소와 함께 그녀가 다시 말했고 그제서야 나는 깊고 어두운 꿈의 터널에서 빠져나올 수 있었다.

서울

입국 절차를 마치고 공항버스에 몸을 실었을 때까지도 앞으로의 계획에 대해서 아무 생각이 없었다. 가족도 없고 지인도 없다. 귀국이라 해봤자 번거로운 일은 없었지만 먹고 살 일이 막막했다. 파리로 유학 왔던 박사 과정의 다른 한국인들은 모교로 돌아가 강의를 시작하곤 했었다. 내게 모교라면 제 발로 뛰쳐나온 신학교가 전부였으니 그마저도 불가능했다. 선택의 여지가 없었다. 나는 가장 간단한 일부터 시작했다. 편의점 알바였는데 그게 간단했던 이유는 파리에서 이미 지겹도록 경험했던 일이기 때문이다. 유학 시절에는 온갖 잡일을 하며 학비를 벌었다. 2년 차까지는 그간의 내 인생을 먹여 살려주던 카톨릭 재단 도움을 받았지만 신앙 서약을 포기하고 나자 당장의 생계가 위태로웠다. 그래서 시작했던 일이 식당의 접시닦이였고 편의점 캐시어였고 호텔 밤지기 일이다. 관광 가이드도 했고 어느 정도 프랑스어가 익숙해진 다음에는 통역과 번역을 했다. 키 크고 마른 체구의 동양 남자를 찾던 에이전시를 우연히 알게 되어 모델 일을 한 적도 있다. 심지어 돈 많은 유부녀에게 용돈을 받고 불륜의 남자가 되어 준 일도 있었다. 죄책감을 과도하게 자극하는 일만 아니라면 무슨 일이든 했다. 책을 읽고 논문 쓸 시간을 벌 수만 있다면 그야말로 닥치는 대로 삶을 꾸려 나갔었다. 그래서인지 다시 시작된 한국에서의 삶이 특별히 고단하거나 낯설게 느껴지지 않았다. 일이 끝나면 습관처럼 도서관으로 출근해서 마음의 평온을 찾으려는 태도 역시 변함이 없다. 1.5평의 고시원에서 새로 시작된 인생이 무채색의 절망이 되지 않도록 만들어 준 것은 그렇게 읽고 쓰는 시간이다. 그리고 다시 일 년의 세월이 흐른다. 짧지도 길지도 않은 시간이다. 목적도 희망도 없는 삶이었다. 아무도 찾아오지 않는 외진 그늘 아래 개울물처럼 시간이 흘러갔다. 그러는 동안 끄적이던 원고를 모아 출판사에 보냈을 때 뜻밖에 회신이 돌아왔다. 단행본으로 출간해 보자는 제안이었는데 무엇을 기대했었는지 몰라도 나는 조금 당황했다. 그렇게 해서 『중세 미학의 회귀』라는 제목을 달고 나의 첫 번째 책이 출간되었다.

 첫 달이 채 지나지 않아 재판 인쇄에 들어갔고 다시 두 달 만에 주요 서점 인문 베스트에 랭크되었을 때는 더 이상 놀라지도 않았다. 단지 우연이라 생각하기로 했다. 과거의 내 인생이 검은색 우연, 그러니까 불행의 연속이었다면 이제는 조금 밝은 톤의 우연이 찾아왔을 뿐이라고, 그렇게 생각하는 것이 마음 편하다고 결론지었다. 어쨌거나 그 책 덕분에 나는 비로소 한국의 인문학계에 이름을 알렸고 대학에 시간강사 자리를 얻을 수 있었다. 이후로 많은 변화가 찾아왔지만 여전히 믿기지 않았던 것은 더 이상 편의점 알바를 하지 않아도 된다는 사실 뿐이다. 나머지는 너무도 자연스러웠다. 마치 오래전부터 그래왔던 것처럼 나는 학자로서의 새로운 인생을 살아가기 시작하고 있었다. 매년 한 권 꼴로 책을 출간했고 차츰 미디어를 타기 시작했다. 말끔한 셔츠를 차려입고 EBS 강연 프로그램에 나가 사뭇 진지한 표정으로 카메라 앞에도 섰다. 라디오 프로에서는 지식인 코스프레도 했다. 나를 파문했던 신의 세계는 아득한 고대의 신화처럼 멀어져 가고 있었다. 나는 마치 태어났을 때부터 평범한 인생을 살아왔던 번듯한 남자인 듯 행세했고, 그렇게 하면 할수록 삶은 가볍고도 견뎌낼 만한 것이 되어 가고 있었다. 삼각김밥처럼 가공된 형태의 행복을 갉아 먹으며 살아가기 시작했던 거다.

그러는 사이 여러 여자를 만났다. 대체로 나보다 나이가 훨씬 어린 대학원 재학생들이다. 결혼에 대해서 진지하게 생각하지 않거나 그런 제도 자체를 경멸하는 여자들이었고 나는 그런 그들이 편했다. 가족을 이루고 싶은 마음이 전혀 없었고 누군가와 함께 늙어가며 내 삶의 깊은 부분을 나누고 싶지 않았다. 다른 누군가와 그런 걸 나눌 수 있다고 꿈에서조차 생각해 본 일이 없었다. 하지만 섹스를 포기할 수는 없었다. 굳이 고르자면 내 나이와 비슷한 30대 중후반의 여성들이 성적 쾌락에 대한 이해도가 훨씬 높았지만 대체로 그들과의 관계는 섹스 말고 다른 많은 것들이 요구됐다. 그래서 나이 어린 여자들과의 연애가 절충안이 되어 주었다. 그들이 원하는 것이 정확히 무엇인지 선명하게 파악할 수는 없었지만 어쨌거나 그들의 욕망과 내가 원하는 것이 위태롭게나마 교차되고는 있었기 때문이다. 세대 차이 같은 건 오히려 도움이 됐다. 깊은 대화를 시도할 필요가 없었고 헤어져야 할 때는 변명거리가 되어 주었다.

글쓰기와 섹스를 반복하며 그렇게 3년의 세월이 흘러갔다. 나는 비로소 새로운 인생을 살게 된 것일까? 이따금씩 자문하게 되는 순간이 찾아왔지만 답을 내리려는 시도조차 하지 않았다. 스스로의 존재에 대해서 골몰하는 대신 철학의 존재론을 핥고 빠는 게 정신건강에 도움이 된다고 믿었다. 나 자신의 욕망을 분석하기보다는 미술 작품의 욕망을 해석해 내는 데에 몰두했다. 스스로의 실존을 탐사하기보다는 현대인의 상실을 논하는 게 모두에게 도움이 되는 듯했다. 그럴수록 나의 언어는 더욱 정교해졌고 현란해졌으며 그렇게 얻은 문체로 책을 쓰면 사람들은 열광했다. 나는 더 많은 언어로 더 많은 주제에 대해서 말할 수 있게 되었고 그럴수록 나 자신의 삶에 관해 말해야 하는 의무로부터 벗어나게 됐다. 과거로부터 자유로워지는 듯했다. 나는 언어의 연금술을 터득했으며 망각의 기술까지 연이어 마스터하는 중이라고 생각했다. 마치 하드보일드풍의 탐정소설처럼 내 인생의 문체는 뒤돌아보지 않는 속도감으로 나아갔다. 텅 빈 모니터 속으로 단어와 문장

들을 툭툭 던져 넣으며 나는 그렇게 숨죽인 채 살아가고
있었다.

　프라 지오반니의 작품에 관한 논제를 발표하기 위해 현
상학회에 초대된 날에도 내 삶은 여느 때와 다름없는 듯
보였다. 학회의 누군가 우연히 내 프랑스어 박사 논문을
발견하고 그에 대한 논평을 부탁했었다. 발표는 서울대학
교 인문대의 어느 강의실에서 진행됐다. 그날 나는 초청
된 두 명의 연구자 중 하나였다. 오후 발표였고, 15세기
이탈리아의 이 화가가 어째서 르네상스의 원근법에 격렬
히 반대했으며 심지어 성상파괴의 주장을 서슴지 않았는
지에 관하여 이야기했다. 도미니코 수도회의 승려인 동시
에 화가였던 이 역설적인 인물은 그려야 한다는 화가로서
의 소명과 모든 그려진 이미지는 우상에 불과하다는 성상
파괴적 신앙 사이에서 평생을 갈등하며 살아간 인물이었
다. 세계의 아름다움을 묘사하려고 붓을 들 때면 어김없
이 찾아오는 우상숭배의 죄책감에 고뇌하던 화가였다. 제
아무리 뛰어난 솜씨라 해도 신이 창조한 세계의 무한함을
정확히 그려낼 수는 없다고 생각했다. 대부분의 시간을
그리는 대신 지우며 보냈던 것도 순수한 공백 속에서만

신의 존재가 발견될 수 있다고 믿었기 때문이다. 그에 따르면 세상의 고정관념과 편견이 지워지고 남은 상태로서의 공백은 인간이 알아볼 수 있는 신의 유일한 속성일 수 있었다. 그러나 바티칸의 권력자들이 분노했던 것은 그런 종류의 신학적 주장 때문은 아니다. 그보다는 그가 주문받은 교회 벽화를 거의 텅 빈 상태로 남겨두는 것이 태만이자 계약위반이라고 생각했기 때문이다. 더 이상 참지 못했던 교회는 그의 성상화가 자격을 박탈했다. 이에 분개했던 지오반니는 유럽 전역을 떠돌면서 교회의 벽화를 지우는 성상파괴의 테러를 시작했다. 나는 논문에서 이런 행위를 지우는 것이 아니라 공백을 그리는 행위로 해석함으로써 지오반니에 대한 미술사적 평가를 복원시켜야 한다고 주장했다. 논문에 우호적이던 학회의 논찬자들은 흥미롭고도 도발적인 주장이라고 평가해 주었다. 혹독한 비판과 논쟁으로 유명했던 현상학회였지만 그날은 대체로 무난한 반응을 보이며 마무리되었을 뿐이다.

학회가 끝나고 저녁 만찬이 이어졌다. 만찬이라고는 했지만 근처의 전골요리 식당 온돌 바닥에 앉아 맥주나 막걸리 몇 잔을 마시며 담소를 나누는 수준이다. 인문학 관련 학회의 뒤풀이는 그렇게 마무리되는 게 일반적이었다. 관련학과의 교수들과 그들에게 얼굴도장을 찍어야만 하는 시간강사들이 오손도손 모여 앉아 인문학과 세상사를 뒤섞은 뭔지 모를 관심사를 안주 삼는 자리다. 나 역시 이런 학회에서 알게 된 인맥 덕분에 서너 군데의 대학에서 강사 생활을 시작할 수 있었다. 대학교수와 시간강사라는 애매모호한 생태계 속에서 악어와 악어새의 관계를 넓혀 가며 생존해 가는 이들의 삶의 방식에 동화되어 가고 있었던 거다. 분명히 하자면, 나 또한 그런 인생이 싫지 않았고 심지어 지속되길 바라고 있었다. 나이라는 기이한 이름의 여자를, 그 순간 내 앞에 갑자기 나타나 그토록 아름다운 갈색 눈동자로 나를 물끄러미 바라보았던 그녀를 만나지 않았다면 영원히 그러했을지도 모를 일이다.

나는 이미 그녀가 식당으로 들어서는 순간부터 신경이 쓰였다. 30대 중반의 나이에 165센티미터 정도의 키였고 무릎 상단까지 오는 타이트한 갈색 치마를 입었다. 목에 레이스가 달린 하얀색 블라우스 위로 허리가 짧은 검은색 가죽 재킷을 걸쳤다. 심해의 푸른 기운이 느껴질 정도로 짙은 검은색의 머리는 발레리나처럼 단단히 틀어 올렸다. 철학 학회에서 만나게 되리라고는 상상할 수 없는 모습이었다. 느낌이 사뭇 달랐고 어디서든 시선을 끌 만했다. 그런 여자가 중년의 철학교수들과 추종자들이 모여드는 찌개전골 전문 식당의 비좁은 단체석 한가운데를 횡단하여 바로 내 앞에 자리를 잡고 앉았을 때 모두의 시선이 그녀에게, 그런 다음 다시 내게 쏠리는 것은 당연했다. 정체를 알 수 없었지만 분명 학회 관련 사람은 아니라고 생각했다. 공개 발표 형식이던 학회는 관련 주제에 관심이 있는 누구에게든 개방되어 있었다. 발표를 청강하기 위해 방문한 일반인이라고 생각할 수도 있었지만, 그렇다고 해도 그녀의 이미지는 현상학이라는 독일철학과는 어쩐지 어울리지 않았다. 이런 생각이 나의 협소한 경험치가 만들어낸 고정관념일 수는 있었다. 현상학이라는 20세기 독일 철학 사상의 깊이와 엄숙함의 대가로 감당해야 하는 끝 모를 고리타분함을 과소평가하고 있었던 것인지도 모르겠다.

어찌 됐든 찌개 냄비가 부르스타 위에서 끓기 시작할 때까지만 해도 여자에게 말을 거는 사람이 없었다. 학회장의 건배사가 있었고 여자 역시 잔을 들어 주변 사람들과 어색한 눈맞춤까지 하고는 있었지만 도무지 사람들과

섞이지 못하고 있다. 여자는 그럴 생각조차 없는 듯 조용히 그곳에 앉아서 가끔씩 나와 주변 사람들이 대화하는 것을 바라볼 뿐이다. 아마도 학회 사람들은 여자가 나의 일행이라 생각했던 것일 수 있다. 그래서인지 굳이 나서서 그녀에게 말을 걸려고 하지는 않았다. 그러나 그녀는 그 누구의 일행도 아니었다. 최소한 그녀가 나를 바라보며 입을 열기 전까지는 그랬다.

"처음 뵙겠습니다."

그녀는 내가 옆자리의 누군가와 나누던 대화를 잠시 멈춘 틈을 타서 말했다. 줄곧 그녀를 의식해 왔던 터라 나는 기다렸다는 듯이 바로 대답했다.

"아 네 안녕하십니까. 처음 뵙겠습니다. 여기 학회분이신가요?"

나는 비로소 여자의 얼굴을 정면으로 바라볼 수 있었다. 화장하지 않았고 쌍꺼풀 없는 크지도 작지도 않은 눈이 나를 응시하고 있다. 태닝을 자주 하는 사람처럼 갈색에 가까운 피부였다. 프리다 칼로를 연상시키는 짙은 눈썹은 미간을 찌푸릴 때마다 꿈틀대고 있어서 주목을 끌었다. 묶어 올린 머리 때문에 확연히 드러난 목덜미는 길고 나약했지만 전체적인 골격을 말하자면 테니스 아니면 그와 유사한 운동을 즐겨하는 사람처럼 건강해 보였다. 테이블 위로 올린 왼손에 검은색 애플워치 말고는 팔찌도 없고 반지도 없다. 손가락은 가늘고 길었는데 얼핏 보이는 오른 손목 안쪽으로 뭔지 모를 문양의 작은 문신이 있었다.

"그렇지 않아요. 저는 가르치거나 연구하는 그런 직업은 아니에요. 독자로서 박사님 발표를 들으러 왔을 뿐입니다. 제 이름은 나이라고 합니다."

여자의 말투가 조금 어색했다. 나는 그녀가 한국인이 아니거나 교포이거나 뭐 그런 종류의 사람이라 생각했다. 여자가 다시 이렇게 말했다.

"저는 프랑스에서 왔어요. 입양아입니다. 그래서 한국말이 좀 서툴러요. 괜찮겠지요?"

책을 출간한 이후로 내게도 일종의 고정 독자라는 것이 생겨서 북토크는 물론이고 학회 발표에 그들이 찾아오는 경우가 간혹 있었다. 그러나 프랑스에서 찾아오는 경우는 상상해 본 일이 없었기에 조금 놀랐다.

"한국어가 완벽하지는 않아서 박사님 책을 편하게 읽지는 못하지만 그래도 지난해에 쓰신『잔혹한 신』은 아주 재미있게 읽고 있습니다."

　말하는 그녀를 보며 내가 호기심에 찬 표정으로 두 눈을 살짝 치켜떴다. 종교에 관한 내용이었고 출간했던 책들 중에서는 가장 인기가 없었다. 인간의 무의식에서 작동하는 죄책감이 오히려 신을 잔혹하게 만든다고 주장하는 책이다. 고대 문명에서 일반적이던 인신공양의 문화는 신에 대한 죄책감 때문에 사람 목숨을 제물로 바치는 기현상이라 주장했었다. 신과의 관계에서 인간은 언제나 스스로를 죄 많은 존재로 설정하기 때문이다. 가뭄이 들어도 인간 탓이고 홍수가 나도 사람들이 죄 지었기 때문이라는 식이다. 죄책감과 관련한 이 문제는 종교적 문화의 흔적이 희미해진 근현대 사회에서도 마찬가지였다. 과거에는 성서나 경전의 말씀이던 것이 오늘날에는 미디어에 출연하는 전문가들의 말씀으로 바뀌었을 뿐이다. 화면 속의 새로운 멘토들은 과거의 제사장들이 수행하던 역할을 대신했던 거고, 우리 모두는 그네들의 말씀을 철석같이 믿고 따른다. 그러지 못할 때는 죄책감을 느끼고 스스로의 삶이 잘못되어 가는 건 아닌지 불안해한다. 이 같은 불안과 죄책감의 영역으로 파고들어 이득을 취하는 게 심리상담 역할이기도 했다. 종교의 시대에는 고해성사가 죄를 사하는 기능을 해주었다면 오늘날에는 심리상담 전문가들이 죄책감을 면해주는 역할을 수행하고 있다고, 나는 책에서 주장했었다. 어딘가에 진정으로 존재하는 신이 계신다면 이런 소동을 내려다보며 뭐라 하실지 궁금하다고 덧붙이며 책은 마무리되고 있었다.

"아! 그 책을 읽으셨군요. 쉽지 않은 책인데. 게다가 말씀하시는 한국어가 전혀 서툴지 않습니다."

프랑스 유학 시절 입양인 출신들을 만나본 경험이 있었기에 그들의 태도가 낯설지 않았다. 간혹 입양아들은 한국에 대한 극단적인 적대감을 보이곤 했다. 자신을 버린 부모의 나라가 어떤 곳인지 확인하려는 그들은 마치 실망할 준비를 하고 다가서는 사람 같았다. 그러나 다른 한편의 입양아들은 자신을 버린 부모를 이미 용서했거나 그럴 기회를 찾고 있었다. 다행히도 나이의 첫인상은 후자 쪽에 가까운 듯했는데 그들을 바라보는 나의 심정은 언제나 복잡미묘했다. 한국에서 버려지는 것과 해외로 입양되어 버려지는 것에 어떤 차이가 있는지 가늠할 길 없었지만 나는 한 번도 그들에게 나의 과거를 밝히려 하지 않았다. 나 역시 당신들처럼 버려진 아이였다고 말하며 상실의 공동체 같은 것을 만들고 싶지는 않았기 때문이다. 일종의 심리적 결벽증이다. 이런 나의 태도를 신부님은 오만함이라고 꾸짖곤 했다. 스스로의 나약함을 숨기려는 자는 오만함으로 자신을 위장한다고 말이다. 그러나 정작 신부님 자신은 스스로의 나약함을 인정하고 있었던 것일까. 신에 대한 맹목적인 복종이야말로 오히려 이성적인 세계와 마주하는 시험을 두려워하는 나약함 아닌가. 복종의 수도원에 자신을 가두는 것은 비겁한 도피가 아니었을까. 자신의 이야기를 털어놓고 있는 입양아 출신의 이 아름다운 프랑스 여인 앞에서 나의 상념은 필요 이상 멀리까지 흩어지고 있었다. 나는 물 잔을 들어 입술을 축이면서 여자의 말에 다시금 주의를 집중하려 했다.

여자는 자신을 싱가포르 항공의 스튜어디스라고 소개했다. 한국에 관심을 갖게 된 것은 고등학교 시절부터였다고 했다. 그때 한국인 유학생과 사귀었고 한국어를 배우기 시작했다. 대학에서는 인류학을 전공했고 석사 과정까지 마쳤다. 여러 나라의 문화에 관심이 있었고 여행을 다니며 문명을 연구하는 것이 꿈이었다. 물론 인류학과를 졸업한다고 해서 누구에게나 그런 연구자의 기회가 주어지는 것은 아니었으므로 그녀는 항공사 승무원이 되기로 했다. 세계의 이곳저곳을 여행할 수만 있다면 승무원도 괜찮은 직업이라 생각했다는 것이다.

"그러다가 박사님 책을 읽게 되었어요. 얼마 전부터 싱가포르-인천 간 직항을 타게 되었어서요. 한국에 자주 오게 됐고 한국 인문학에도 관심을 갖게 됐어요. 어느 지인이 박사님 책을 추천해 주었어요."

여자는 아까부터 바닥에 두었던 서류 봉투에서 책 한 권을 꺼냈다. 『잔혹한 신』이었다.

"사인을 부탁드려도 좋을까요?"

내가 물론이라고 하며 펜을 꺼냈다. 다시 한 번 이름을 말해 줄 수 있는지 물었다.

"나이입니다. 원래 한국 이름은 나희였다고 하는데, 프랑스어로는 'H' 발음 그러니까 히읗 발음을 할 수 없어서요. 그래서 나이(Nai)라고 표기했대요. 성은 에티엔입니다."

나는 여자가 건네준 책의 속표지에 나이 에티엔이라는 이름과 함께 다음의 문장을 적어 넣었다.

태초에 말씀이 있었듯
이 책의 말들이 새로움의 시작이기를...

여자는 한동안 내가 쓴 문장을 응시했다.

"요한복음 1장 1절이던가?"

그렇게 혼잣말을 하고 조심스레 책을 다시 봉투에 집어넣는다.

"아직 다 읽지는 못했어요. 보통은 새벽에 읽는데, 특히 이 책은 그 시간에 어울리잖아요?" 그녀가 나를 마주 보며 알 듯 모를 듯한 미소를 지어 보였다.

"한국에 도착하면 보통은 저녁 늦은 시간이에요. 밤 11시쯤 되면 소공동에 있는 저희 항공사 지정 호텔에 짐을 풀 수 있어요. 동료들은 그 시간에 잠을 자는 게 보통이지만 저는 시청에서 광화문 쪽으로 산책을 나가요. 강북 도심의 새벽 거리는 아름답잖아요. 옛날의 서울과 현대의 서울이 뒤섞여 있어서. 제가 기억하는 어린 시절의 마지막 서울도 그런 모습이거든요. 누군가의 손을 잡고 걷고 있는 나의 모습. 커다란 버스들이 무섭게 질주하고 사람들은 빌딩 사이를 바쁘게 걷고 있었어요. 내가 잡은 손은 따뜻하고 작은 손이었는데 그 손을 놓칠까봐 조마조마 했던 기억이 나요. 손을 놓쳐버리면 끈이 풀린 연처럼 하늘로 멀리 날아가 버릴 것만 같았어요."

여자는 잠시 말을 멈추고 자신의 오른손을 테이블 위에

서 펼쳐보였다. 어떤 종류의 난해한 상징을 관찰하듯 나는 여자의 손을 바라보았다.

"바로 그곳을 다시 걸어요. 한밤의 서울을 산책하듯 걷다가 어딘가 밤새 하는 카페나 바에 들어가 책을 읽어요. 이 책도 그렇게 읽었어요. 그러다 보면 어느새 동이 트는 서울을 볼 수 있고, 보통은 다음 날 저녁에 비행이 있으니까. 아침이 돼서야 호텔로 돌아가 잠을 청해요. 저녁 비행 전까지. 잠을 자고 다시 싱가포르로 향하죠. 때로는 싱가포르가 아니라 쿠알라룸푸르나 방콕으로 향할 때도 있어요. 도쿄에서도 그래요. 똑같이 해요. 잠든 도시를 걷거나 밤새 하는 바에 들어가서 책을 읽습니다. 이게 제 인생의 모습입니다."

진지하게 말하는 여자를 바라보며 나는 오랜만에 누군가의 이야기에 편안히 집중하게 된다는 느낌을 받았다. 불쑥 찾아온 독자와 마주 앉아 이렇게 맥주잔을 기울이며 대화를 나누게 되는 일은 없었다. 보통 그런 일은 일어나지 않는다. 익명의 독자는 언제나 부담스러운 존재였기 때문이고 나의 사적인 영역으로 그들이 들어오는 것을 달가워하지 않기 때문이다. 그런데도 나는 지금 마치 오래된 친구를 대하듯 여자의 이야기에 빠져들고 있었다. 나를 바라보는 그녀의 응시가 낯설지 않게 느껴졌기 때문일까? 착각일 테지만, 그녀의 눈빛은 내 마음속에 잠든 오래된 추억을 어루만져 되살려 주는 듯했다. 내가 그런 과장된 생각을 하고 있을 때 문득 여자가 물었다.

"그런데 박사님의 인생은 어떤 모습인가요?"

나는 한동안 질문을 이해하지 못했다. 그렇다고 되묻기도 애매했으므로 헛기침을 한 번 했고, 테이블 위의 맥주잔을 들어 조금 마셨다. 그런 다음 무언가 말을 돌리기 위해 입을 열려고 했을 때 여자가 다시 말했다.

"죄송해요. 이렇게 갑자기 찾아온 것도 실례가 되는 일인데 시간을 너무 많이 뺏은 건 아닌지 모르겠습니다. 이제는 일어나 보려고 합니다. 다른 장소에서 또다시 만나 뵐 수 있으면 좋겠습니다."

인사하며 일어나는 여자를 나는 그저 바라볼 뿐이다. "네에"라고 얼버무리듯 말했지만 더 이상 다른 인사말이 생각나지 않았다. 자리에서 일어난 여자는 허리에서 엉덩이 쪽으로 잡힌 치마 구김을 두 손으로 정성들여 편 다음 벗어 놓았던 가죽 재킷을 입었다. 마지막으로 눈인사를 하고 나서 단체실의 입구에 앉아 가죽 부츠를 신었다. 나는 엉거주춤한 자세로 일어나 그녀를 배웅했다. 다시 자리에 앉았을 때 옆에 있던 나이든 교수 한 명이 내게 눈짓을 했다. 호기심 비슷한 뭔지 모를 눈빛이었는데 나는 무시해 버리고 말았다.

나이가 떠난 다음에도 술자리는 이어졌다. 보통의 학회 뒤풀이에서는 그 누구도 과음하는 법이 없었는데 그날 나는 조금 취했던 것 같다. 여자가 떠나자 교수들이 달려들었고 나는 그들에게 지오반니라는 화가의 진짜 인생에 대해서 내가 상상했던 이야기들을 쏟아내기 시작했다. 오늘날의 뱅시 같은 그래피티 예술가들이 지오반니의 성상파괴 정신을 이어가고 있다는 주장을 펼치기 시작했다. 국내 화가 중에서는 김의연이라는 인물이 지오반니와 가장 유사한 컨셉으로 작업한다는 무모한 주장도 서슴지 않았다. 내가 그렇게 취해 가는 것에 아무도 이의를 제기하지 않았으므로 그날 밤의 시간은 엇박자로 연주되는 재즈 즉흥곡처럼 예측할 수 없는 템포로 흘러가 버리고 말았다.

이차까지 이어진 술자리를 끝내고 나오자 거리에는 가을비가 내리고 있었다. 나는 어렵사리 택시를 잡아타고 당시 살고 있던 경복궁역 쪽으로 향했다. 그러고 보니 나이가 새벽에 내 책을 읽으며 걷던 광화문 거리는 집에서 그리 멀지도 않았다. 그녀가 묵는다고 했던 호텔 앞길을 지날 때는 혹시나 하는 마음에 차창 밖을 살피기도 했다. 잠시 뒤에 경복궁역 앞에 도착했다. 집까지 가려면 좀 더 걸어야 했고 나는 우산을 사기 위해 바로 보이는 편의점으로 들어섰다. 아무렇게나 우산을 하나 골라 계산하려는데 알바생이 나를 물끄러미 바라보며 아무 말도 하지 않았다. 많이 쳐준다 해도 스무 살이나 그 언저리로 보이는 여자아이였다.

"계산해 주시겠어요?"

내가 말했지만 아이는 말없이 바라볼 뿐이다. 내가 물었다.

"왜요? 무슨 문제라도 있나요?"

그러자 그녀가 고개를 젓고는 "아저씨"라고 했다.

"네?" 내가 대답했고 "전화번호 주실 수 있어요?"라고 아이가 말했다. 나는 조금은 어이없다는 난처한 표정을 하고 그녀를 다시 살폈다. 아이라인을 진하게 칠해서인지 두 눈이 상당히 커 보였다. 그런데도 편의점 유니폼을 입은 모습이 잘 어울리는 편이다. 히로카즈 영화에 반항적인 여자 캐릭터로 나올 법한 그런 모습이다. 손목시계

를 확인하니 새벽 1시를 가리키고 있었다. 편의점 유리창
으로 차가운 가을비가 들이치고 있었는데 나는 잠시 그런
창밖의 풍경을 확인하듯 시선을 돌렸다가 다시 이렇게 질
문했다.

"뭐 하시려고요?"

그러자 여자아이가 푸웃하며 소리 내어 웃어버렸다. 여
전히 웃음을 참지 못하면서 이렇게 말했다.

"나중에 연락하려구요."

내 질문만큼이나 바보 같은 대답이라고 생각했지만 악
의가 없어 보여 오히려 안심이 됐다. 나는 잠시 그렇게 쭈
뼛거리다가 안주머니에서 명함 하나를 꺼내 그녀에게 내
밀었다. 이런 내 모습에 나 자신도 놀랐지만 여자아이도
신기한 듯 두 눈을 크게 떴다. 명함 같은 걸 기대하지는
않았던 것인지 재미있다는 표정을 짓는다. 명함에는 '작
가 강이름'이라고 적혀 있었는데 그걸 보고 아이가 또 웃
었다.

"이름이 이름이네? 작가라면 책 쓰는 사람인가요?"

내가 그렇다고 대답하자 그녀는 카운터의 우산을 계산
하지 않고 내밀었다.

"이거 선물이에요."

다시 한 번 내가 당황하는 표정을 짓고 말았다.

"이 가게는 엄마 거라 내 맘대로 해도 돼요."

나는 한숨인지 감탄산지 모를 애매한 숨소리를 흘리며 잠시 그렇게 서 있다가 어색한 손을 내밀어 우산을 받아 쥐고는 그곳을 나왔다. 그녀에게는 고개만 한 번 끄덕여 주었을 뿐이었는데, 고맙다는 말을 해야 할지 알 수 없었기 때문이다. 동네 편의점이어서 자주 들르는 편이었지만 여자아이는 낯설었다. 삼촌뻘 되는 남자의 번호를 따는 당돌함도 낯설었다. 그런 아이에게 명함을 건네주는 나 자신의 행동이 가장 낯설긴 했지만 더 이상 깊이 생각하고 싶지 않았으므로 나는 그날 하루의 이상한 에피소드들이 그렇게 마무리되도록 놓아두었다.

다음 날은 강의가 없었고 세 번째 수요일이라 정독도서관도 문을 닫는 날이다. 나는 8시쯤 일어나 오피스텔의 통유리 앞에 서서 창을 가리는 블라인드를 살짝 벌리고 그 작은 틈으로 10층 아래의 눈부신 세상을 바라보았다. 나이에게 연락처를 받지 않았다는 사실을 문득 깨닫고 아쉬워했지만 무슨 이유 때문인지 나는 그녀가 다시 연락해 올 거라 확신하고 있었다. 그녀가 단지 독자로서 책에 사인받기 위해 방문했던 거라고는 생각되지 않았기 때문이다. 무언가 좀 더 중요한 용건으로 나를 찾았던 것은 아닌지, 그런 환상이 내 안에서 자라나고 있었다. 아마도 이건 내가 평생 처음으로 경험하는 유형의 과대망상이 틀림없었지만 내심 그것을 즐기고 있었던 것 같다. 처음 한 주는 그랬다. 2주째가 되자 망상은 집착으로 변했고 3주째 나는 비로소 그런 내가 한심하게 느껴지기 시작했다. 그해 가을은 그렇게 덧없이 끝나 가고 있었고 나는 불현듯 기분전환이 필요한 사람처럼 세미나 하나를 충동적으로 기획했다. 대학원의 박사 과정 학생들 대여섯 명을 모아 로마네스크 성당 건축 양식과 프랑스의 현대 건축가 르꼬르뷔지에 그리고 일본의 안도 타다오 건축 양식을 각각 비교분석하는 세미나였다. 여기서 나는 오래전부터 나를 사로잡고 있었던 응시의 문제를 본격적으로 다루고자 했다. 홀로 있는 순간이면 누군지 알 수 없는 존재가 나를 응시하는 듯 느껴지는 기이한 감각을 다루고자 했다. 어린 시절 나의 신부님은 그것을 편재하시는 하나님의 시선이라고 말해주었다. 그러나 나는 이미 신학교에 들어가던 시절부터 그런 종류의 레토릭에 의심을 품기 시작했다. 유학 시절 읽었던 정신분석 관련 서적들은 그것이 결코 하

46

나님의 시선은 아니라는 사실을 확인시켜 주었다. 국내에서는 백상현이라는 정신분석학자가 이 분야의 권위자로 알려져 있었고 그의 책들도 도움이 됐다. 그에 따르면 이런 감각은 어린 시절 부모의 시선이 기원이다. 특히 어머니의 시선이 자신을 바라보던 감각을 아이는 평생 잊지 못한다고 했다. 여기서 어머니의 응시라는 설명에 나는 특히 민감하게 반응하고 있었다. 한밤의 어둠 속에 홀로 남겨지게 되었을 때 느끼게 되는 주인 없는 시선은 나를 버렸던 어머니가 내게 남긴 유일한 흔적일 수 있었기 때문이다. 그녀의 얼굴을 기억하지는 못했지만 나를 바라보던 그녀의 응시만큼은 내 몸이 기억하고 있는 것이 된다. 흔한 일상 속에서 우리가 체험하는 이와 같은 응시의 감각은 종교의 영역에서 적극적으로 활용되고 있었다. 로마네스크의 건축물은 바로 이러한 익명의 시선을 붙잡아 신의 것으로 돌리는 장치에 다름 아니었다. 두터운 석벽으로 둘러싸인 성당의 실내와 높은 궁륭천장이 담고 있는 어둠은 그걸 바라보는 사람들에게 응시당하는 느낌을 주었고 그것을 신의 시선으로 해석하게 만들었다. 당시 내가 파악한 응시의 개념은 여기까지였다. 20세기의 르꼬르뷔지에는 어떻게 이러한 성당 건축의 전통을 이어가고 있는가? 르꼬르뷔지에를 일본적인 미니멀한 스타일로 이어받고 있는 안도 타다오는 또 어떻게 응시의 전통을 새롭게 해석하고 있는가 등등의 문제를 추적하여 해명하는 것이 세미나의 목표였다. 이건 내게 일종의 도전과 같았는데 사실 나는 언제나 그런 식이었다. 삶이 무료해지거나 원인을 알 수 없는 상실감과 같은 것이 찾아올 때면 이런 종류의 이론적 게임을 시작함으로써 슬럼프를 돌파하는데에 익숙했다. 이번에도 마찬가지였다. 나이라는 여자로부터 느꼈던 짧고 강렬했던 매혹과 그것의 상실이 남긴 텁텁한 기분을 잊기 위해 내가 선택한 전략은 새로운 이론을 찾아 나서는 추상적인 항해였던 거다. 그렇게 겨울을 맞았고 나는 방학임에도 학교에 나가 세미나를 진행했다. 참여했던 여섯 명의 학생들은 나의 열정적인 강의와 논평을 탐닉하며 인문학의 세계가 어떻게 그들 자신의 존재를 구할 수 있는지 경험하는 듯했다. 그런 면에서 나는 특별히 탁월했기 때문이다. 삶이 우리를 고통스럽게 할때 오직 말씀에 대한 탐닉이 구원이라는 사실을 누구보다 잘 알고 있었고 그것을 실현할 줄도 알았다. 그 말씀이란 것이 이제 더 이상 신의 것이 아니라 인간의 것으로 바뀌었다는 사실만 제외한다면, 나는 어릴 때부터 그런 삶을 살아왔기 때문이다.

어찌나 열정적으로 몰두했던지 나는 그만 섹스조차 잊고 말았다. 만나던 여자들과도 멀어졌고 편의점 소녀에게 전화가 걸려왔을 때는 코웃음 치며 성숙한 어른 행세를 했다. 내가 너와 만나 네가 원하는 뭔가를 하기에는 너무 나이가 많다는 그런 종류의 뭔지 모를 문장을 발음했던 기억이 난다. "개웃겨"라고 말하며 여자아이가 전화를 끊었고 나는 한동안 꺼진 폰 화면에 비추어진 내 얼굴을 바라보았을 뿐이다. 아마도 그렇게 겨울이 끝나고 예정대로 봄이 왔다면 나는 세미나의 주제를 정규 강좌로 만들려 했을 거고 다시 6개월 뒤에는 강좌 내용이 책으로 출간되었을 확률이 높았다. 그러나 이번만큼은 예상한 대로 일이 되어가지 않았다. 그해 겨울이 다 끝나기도 전에 나이가 다시 나타났기 때문이다.

세미나를 끝내고 학교 식당에서 간단하게 저녁을 때운 후 집으로 돌아오는 전철에서 메일을 확인했다. 나이였다. 출판사에 연락해 메일 주소를 알아냈다는 말과 함께 양해를 구하는 인사말이 있었고 괜찮다면 만날 수 있냐고 묻고 있었다. 간단한 메일이었지만 나는 문장들을 꼼꼼하

49

게 살폈다. 단어들 사이사이 어딘가에 숨겨진 의미를 읽어 내려는 듯 폰 화면에서 시선을 떼지 못했다. 그러나 어디에도 우리가 만나야 할 이유나 용건이 적혀있지 않았다. 메일 하단에 그녀가 적어 놓은 와츠앱 메신저의 번호가 마지막 수수께끼를 풀어줄 열쇠처럼 남겨져 있을 뿐이다. 전철은 퇴근 인파로 혼잡했고 답답했다. 나는 전철 손잡이에 한 손을 의지한 채 다른 한 손으로 메신저를 열고 그녀가 남긴 메신저 번호로 답장을 쓰기 시작했다. 언제가 좋은지 알려주면 일정을 살펴 답을 주겠다고 간단히 적은 다음 보내기 버튼을 누르려다 멈추고 잠시 생각에 잠겼다. 그러고는 오늘 저녁에 볼 수 있으면 좋겠다고 고쳐 썼다. 전철은 때마침 광화문 역을 향해 나아가고 있었다. 그녀가 오늘도 소공동의 그 호텔에 묵고 있다면 근처로 가는 것은 문제가 되지 않았다. 나는 지금 당장 그녀를 보는 것이 모든 면에서 효율적이라고 스스로를 설득하고 있었던 것인데 무얼 위한 효율인지는 알 수조차 없었다. 메시지를 보내자 거짓말처럼 바로 몇 초 뒤에 답이 왔다. 지금 소공동에 있으니 그곳 호텔 지하의 바에서 만나자는 내용이다. 바의 이름을 알려주면서 나이는 메시지를 끝마쳤고 전철은 기다렸다는 듯 광화문 역의 승강장으로 미끄러져 들어가고 있었다.

　나이가 알려준 호텔 바로 들어서는 지하 계단을 내려
가자 계단 끝에 사각형의 여유 공간이 있었고 그 맞은편
에 낡은 영화관에나 있을 법한 투박한 방음문이 보였다.
문 상단에 '해리 할러'라고 적힌 금색 문표를 확인하고 나
서 힘주어 입구를 밀어 열자 상당히 어두운 내부가 눈에
들어왔다. 나를 먼저 압도했던 것은 어둠이기보다는 음악
소리였다. 피아노곡이었고 폴 블레이의 〈Tin Tin Deo〉였
는데 나는 실제 연주인지 레코드인지를 확인하려고 주위
를 두리번거렸다. 연주할 만한 공간이 가능한 구조는 아
니었다. 호텔 바 치고는 작은 편이었다. 벽 한쪽으로 길
게 설치된 바가 있고 그걸 따라 늘어선 좁고 높은 회전의
자들이 스무 개 남짓 있을 뿐이다. 어디 숨었는지 모를 강
력한 스피커에서 블레이의 한없이 물리적인 피아노 건반
소리가 사람들의 숨결로 습해진 공기를 흔들며 피부에 닿
을 듯 울려 퍼지고 있었다. 한동안 어둠에 눈이 익을 때까
지 입구에 서 있었다. 그런 나를 나이가 저만치 바의 중앙
에 앉아 물끄러미 바라보고 있었다. 허벅지가 남김없이
드러나는 짧은 가죽치마에 배꼽이 보이는 흰색 크롭티를

입었고 웨이브진 머리는 어깨 아래까지 길게 풀어헤쳐 있었다. 쇄골이 드러나는 깊게 파인 크롭티는 어둠 속에서도 그녀의 붉은 색 브래지어를 비춰보이게 할 만큼 투명했다. 데이빗 린치 영화에 등장하는 팜므파탈을 연상시켰지만, 그보다 훨씬 아름답게 묘사된 초기 고다르 영화의 맥락 없는 주인공 같기도 했다. 그녀가 신은 초록색 단화 때문인지도 몰랐다. 모든 것이 언밸런스하면서도 나쁘지 않았다. 이런 차림에 어울리는 장소가 어딘지 도무지 짐작할 수 없었지만 '해리 할러'라고 이름 붙여진 바의 높은 의자에 다리를 꼬고 앉은 지금의 그녀는 이곳에 그 누구보다 잘 어울렸다.

"오랜만입니다."

옆자리에 앉으며 내가 말했다. 나이 앞에는 종류를 알 수 없는 갈색 버번이 바닥에서 찰랑거리는 온더락스 잔이 놓여 있었다. 그녀가 손을 내밀어 악수를 청했고, "안녕하세요"라고 했지만 표정은 더 많은 것을 말하는 듯했다. 와주어서 고맙다든지, 이렇게 갑자기 술집에서 만나게 된 게 재미있다든지, 혹은 정말로 올 줄은 몰랐다든지 등등 해석하기에 따라서 의미가 전혀 달라질 수 있는 표정이다. 그런 얼굴로 나이는 나를 물끄러미 바라보고 있었다. 그제서야 나는 숨이 가라앉고 진정되는 것을 느꼈다. 머리카락이 온통 백발인 바텐더에게 마티니 한 잔을 주문했고, 걸치고 있던 재킷을 벗어 옆의 빈 의자에 접어 두고 나서 그녀를 마주 보았다.

"신기한 우연이네요. 메일 받았을 때 마침 근처를 지나가고 있었습니다. 게다가 제가 사는 곳이 여기서 멀지도 않습니다."

나는 말하며 그녀의 얼굴을 살폈다. 역시 화장하지 않았는데 지난번 전골식당에서 보았던 것과는 사뭇 다른 느낌이다. 머리 스타일이나 옷차림 때문이기도 했지만 오늘의 그녀는 스스럼없는 말투와 표정이었고 편안해 보였다. 다른 사람 같았다.

"그러게요. 아무 계획도 없이 메일 드렸는데 이렇게 빨리 뵙네요. 바쁘실 텐데 방해가 되지는 않았는지 모르겠어요."

그녀가 예의 바르게 말했고 나 역시 친절하게 손을 저었다. 주문한 칵테일이 나와 그걸 받아들고 맛을 보았는데 훌륭했다. 음악은 어느새 폴 블레이의 아내이자 그보다 한층 화려한 재능의 재즈 피아니스트였던 칼라 블레이의 〈End of Vienna〉로 바뀌었다. 바텐더의 취향이 외골

수인 게 분명했고 나는 그게 싫지 않았다. 비로소 여유를 찾아 두서없던 머릿속의 생각들을 정리하기 시작한 나에게 나이가 눈을 맞추며 자신의 이야기를 들려주기 시작했다.

"항공사 그만두었어요. 지난번에 뵙고 나서 곧 그렇게 된 거 같아요. 그러고는 좀 쉬었어요. 그러면서 박사님 다른 글들도 읽었죠. 아마 거의 다 읽었을 거예요."

"저도 그렇게 바쁘진 않았습니다."

나 역시 간단하게 근황을 전한 다음 이렇게 제안했다.

"나이씨 저를 박사님이라고 부르시는데 그게 좀 어색합니다. 그냥 이름으로 불러주셔도 괜찮을 텐데 어떠신가요?"

내가 부탁했고 나이 역시 거절할 이유가 없었으므로 순순히 고개를 끄덕였다.

"제 이름이 이름인게 조금 이상하긴 하죠. 제가 아주 어렸을 때 보육원에 이름 없이 맡겨졌다고 해요. 아무리 고아라 해도 이름은 붙여놓는 게 보통인데 제 경우는 좀 달랐나 봐요. 그래서 보육원 담당자가 그저 '이름 없는 애'라고 부르다가 줄여서 '이름'이가 되었다나 봐요."

좀 더 차분해진 음악 소리에 귀를 기울이던 나이가 대

답한다.

"그거 좋은 이름이에요. 박사님에게 어울리는... 아 그
렇죠 이름씨에게 어울리는 이름이에요"라고 말하며 웃었
다. 나이는 나의 보육원 이야기에 대해서는 캐묻지 않았
다. 그녀의 태도는 아무려면 어때—라는 쪽이기보다는 깊
은 이야기는 차분한 시간을 위해 아껴두려는 것처럼 보였
다. 그녀의 사려 깊은 눈빛은 그렇게 말하고 있다고 나는
믿기 시작했다.

그날 밤 그곳에서 그녀와 보낸 시간들은 들뜬 느낌이어
서 조금은 비현실적인 기억으로 남아있다. 취기 때문만
은 아니다. 한없이 늘어지는 마이클 맨틀러를 마지막으로
음악은 경쾌한 곡들로 바뀌었다. 맨틀러의 〈Folly Seeing
All This〉가 나올 때까지만 해도 나는 바텐더가 블레이
가문의 가족사에 집착하는 것은 아닌지 의심이 들 정도였
다. 맨틀러는 칼라 블레이의 두 번째 남편이다. 다행히 다
음 노래는 마음을 끄는 목소리의 보컬이었다. 내가 바텐
더에게 뮤지션이 누군지 물었다. 조던 라카이라고 요즘
꽤나 핫하다고 백발의 바텐더가 세 번째 마티니를 내밀며
말해 주었다. 지금 나오는 노래 제목은 〈Carnation〉이라

고 덧붙였다. 한동안 이 노래를 잊지 못할 것 같다고 나이에게 말했을 때 나는 아마도 로맨틱한 감정이었던 것 같다. 그녀는 계속해서 버번으로 나아갔다. 체이서로 하이네켄을 함께 마셨는데 주량이 상당한 듯 쉽게 취하지 않았다. 나로 말하자면 이미 첫 잔부터 분위기에 취했다. 음악은 그런 나의 감정을 부채질했고 나이의 흔들림 없는 목소리는 사소한 문장들에도 주목하게 만들었다. 그녀는 일정한 톤으로 조심스럽게 한국어 문장을 하나 던지고 다음 문장을 덧붙여 보충하는 식으로 이어 나갔다. 충분한 설명이 아니었다고 느낄 때는 다시 돌아와 프랑스어로 덧붙였다. 최근에 읽은 내 책에 관하여 말하기 시작했지만 무언가에 이끌리듯 이야기는 어린 시절의 에피소드로 향하고 있었다.

그녀가 입양된 곳은 파리 인근 부촌이었다. 아버지는 건축가였고 어머니는 중학교 수학교사이자 프랑스 사회당 당원으로 지역구 중책이었다. 흔히 말하는 캐비어 좌파 가문이다. 네 살에 입양되었으니 한국어를 이미 할 줄 알았고 입양 직전의 기억도 남아있었다. 홀트아동복지에서의 단편적인 에피소드들이었는데 기이하게도 모두 프랑스어로 번역된 기억이다. 처음 프랑스에 도착했을 때 그녀는 자신이 죽어 저승 세계에 온 것은 아닌지 의심했다. 새로운 부모를 비롯한 프랑스인들은 자신이 알고 있던 인간의 형상과는 너무도 다른 모습이었기 때문이다. 비현실감이 몇 달간 지속됐지만 입양했던 부모들의 지극 정성이 나이를 조금씩 적응하게 만들었다. 그들은 나이가 알고 있던 한국의 어른들과는 전혀 다른 태도를 보였다. 나이는 그들로부터 안정된 사랑의 감정이 무엇인지 배웠다. 자신이 운이 좋았던 거라고 나이는 말했다. 해외 입양된 아이들이 모두 그런 안정을 찾게 되는 것은 아니라는 사실을 후에 다른 입양아들과 교류하며 알게 됐기 때문이다. 어떤 아이들은 자신과 프랑스인들 사이의 이질감이 주는 무게를 견딜 수 없어 했고 다시 버림받거나 심지어 성폭행당하는 일도 있었다. 해외로 입양된 아이들의 세계에서 비극은 어떤 형태로든 일상에 스며들어 있었고 그들의 삶을 물음표 투성이로 만들어 버렸다. 왜 버림받았는가? 누가 버렸는가? 그리고 무엇보다도 어떤 게 진짜 현실인가?라는 질문. 한국에서의 버려진 아이의 세계가 진짜 현실일까? 아니면 프랑스에서의 입양된 세계가 진짜일까? 버려진 아이와 사랑받는 아이의 두 세계는 공존할 수 없는 것처럼 보였다. 그런 질문이 나이에게도 찾아왔다. 상대적으로 행복했던 프랑스의 유년시절이었지만 그녀 역시 본질적인 질문을 비켜 갈 수는 없었다. 열두 살이 되던 해부터 나이는 이 문제에 집착했다. 사춘기의 다른 친구들은 그저 철학적인 사변을 흉내 내며 "나는 누구이며 어디서 왔는가?"라는 멋스런 문장에 골몰하지만 나이에게 그것은 100퍼센트 생물학적이자 현실적인 질문이었다. 프랑스에서의 새로운 인생이 환상은 아닐까라는 질문. 어쩌면 한국에서의 어린 시절만이 진정한 삶인지도 몰랐기 때문이다. 프랑스의 부모들이 진짜 부모가 아닌 것처럼 프랑스에서의 삶 역시 가짜일지 모른다. 어디에 진짜 인생이 있는 것일까? 만일 그중 하나가 진실이라면 또 다른 하나는 결코 진실일 수 없는 것처럼 보였다. 그녀의 질문들에 대해서 새로운 부모들은 무엇 하나 숨기지 않고 말해주었다. 홀트 아동복지가 어떤 곳인지, 한국에는 왜 그런 고아 수출기관이 일종의 수익기업의 형태로 존재하는지. 전쟁도 없고 기아도 없었던 당시의 한국이었지만 여전히 가부장적이었던 유교문화가 미혼모를 어떻게 취급하는지. 그래서 한국의 부모들이 아이를 버리는 이유는 대체로 무엇인지 등등에 대해서 최대한의 중립적인 태도를 보이며 나이의 궁금증을 풀어주려 했다. 숨기는 것은 도움이 되지 않는다고 판단했다. 그래야만 최악의 사태만은 피할 수 있다고 생각했으며 과연 그러했다. 나이는 그녀 또래의 철없는 친구들이 생각하듯이 세상이 장밋빛 꽃동산이 아니라는 사실을 일찍이 깨달았지만 동시에 자신의 삶이 최악의 상황만은 면했다는 사실에 대해서도 인지했다. 그녀에게는 흔들리지 않는 사랑의 새부모님이 있었고 수영장이 있는 정원과 그곳을 뛰노는 천진난만한 친구들이 있었다. 그리고 마지막으로 거울 속에서 빛나는 그녀 자신이 있었다. 열다섯 살이 되던 해에 그녀는 이것을 깨닫고 놀라게 된다. 자신의 빛나는 아름다움에 대해서. 그러자 적지 않은 사실들이 설명되기 시작했다. 선생님과 친구들이 자신을 바라보던 그토록 호의적인 시선들. 자신이 말을 걸 때면 넋이 나간 표정으로 무엇이든 들어줄 것처럼 허둥대던 남자 아이들의 태도. 그녀가 등장하면 돌연 바뀌곤 했던 레스토랑의 분위기와 호흡들. 가장 중요했던 한 가지만은 여전히 미스터리로 남았지만 말이다. 그녀의 친부모는 어째서 이토록 아름다운 나이를 버렸던 것일까?

"이름씨도 그게 궁금하지 않았나요?"

나이가 내게 시선을 던지며 물었다.

"우리가 버려진 이유에 대해서?"

그러고는 다섯 잔째 와일드 터키를 입에 털어 넣었고 다시 맥주잔에 손을 가져가며 말했다. "물론 각자 사연들이 있겠죠. 하지만 내가 궁금한 것은 보다 깊은 문제에요. 깊다는 게 철학적인 문제라고 해야 할까? 왜 인간은 자기가 낳은 자식을 버리기도 하는지 그리고 그렇게 버려진 아이는 어째서 그 상처를 평생 간직하는지. 너무 인류학적인 주제일까요 이런 질문?"

답을 바라고 묻는 것은 아니라 생각했으므로 나는 그저 고개를 끄덕이며 침묵을 지켰다. 너무 많이 마신 것은 아닌지 걱정하며 그녀의 얼굴을 바라보았을 때 나이가 문득 이렇게 말했다.

"나 고백할 게 있어요."

내가 조금 긴장했다.

"뭔가요? 고해성사 같은 건가?"

자칫 무거워질 것 같은 분위기의 예감을 털어내려고 가볍게 웃으며 대답했지만 소용없었다. 나이가 다시금 반쯤 정색하는 얼굴로 이렇게 말했다.

"부모를 찾기로 했어요."

나는 하마터면 무얼 위해서?라고 반문할 뻔했는데 그런 나의 표정을 읽었는지 가로채듯 말을 이었다.

"사실 이미 찾았어요. 나의 생물학적 친부가 어디 사는지 알고 있어요. 하지만 선뜻 그곳에 가려는 마음이 생기지는 않았어요."

나이는 회전의자에서 몸을 돌려 진지한 시선으로 나를 바라보았다.

"이름이 같이 가 줄 수 있다면 용기를 낼 수 있을 것 같아요."

그 순간 나는 우리가 고작 두 번 만난 사이라는 사실을 잊고 말았다. 나 자신의 부모를 찾으려는 시도조차 해본 적이 없다는 사실도 잊었다. 그렇게 부모를 찾으려 안간힘을 쓰는 성인이 된 고아들을 볼 때마다 느꼈던 부질없는 감정조차 망각하고 말았으며 그저 아무렇지도 않게 고개를 끄덕여 버렸다. 나이씨에게 도움이 된다면 그 정도의 일은 어렵지 않다고, 나는 말하고 있었다. 내가 승낙하자 나이는 테이블 위에 놓인 나의 왼손에 자신의 오른손을 올려놓았고, 우리는 그렇게 마주보는 자세가 되었다. 그 순간 나는 그녀의 행동이 이제 막 시작되려는 우정의 표시라 해석하려 했다. 그녀가 다시 자신의 왼손을 나의

오른쪽 어깨 위에 올리고 입을 맞추기 전까지는. 그녀의
입술은 이루 말할 수 없이 부드러웠다. 그녀의 달콤한 혀
가 입술 사이로 미끄러져 들어왔을 때 미세한 전류가 흐
르듯 불안과 쾌락이 동시에 느껴졌다. 그녀는 더 이상 움
직이지 않았고, 마치 인공호흡을 실습하는 소심한 소녀처
럼 가쁜 호흡만 반복했다. 그녀의 미지근한 숨결이 혀를
감싸고 기도를 지나 폐 속 깊숙이 전해졌다. 데우스 엑스
마키나. 불현듯 그런 문장이 맥락도 없이 떠올랐다. 그녀
는 불가항력의 여신이었고 지루했던 내 인생의 연극은 예
고도 없이 종결되고 있었기 때문이다. 이제는 전혀 다른
세상이 시작될 거라고, 이윽고 나의 입술로부터 떨어져
나와 심호흡을 하며 나를 바라보는 그녀를 바라보며 생각
했다. 다시는 예전 같을 수는 없을 거라고, 나이라는 이름
의 이 여자가 내 인생을 송두리째 흔들어 버렸다고 나는
생각하기 시작했다.

　돌아오는 택시 안에서 혼자가 되었을 때 비로소 온몸
의 긴장이 풀리고 졸음이 몰려왔다. 차창 밖의 풍경은 아
직도 겨울이었다. 집까지 차로 불과 10분 남짓 되는 거리
였지만 머릿속으로는 많은 생각들이 스쳐지나갔다. 한 번

버려진 아이는 다시 버려지지 않기 위해 자신을 방어한다. 그래서 사랑도 절반만 한다. 한쪽 발은 걸치고 나머지 한쪽은 빼고 시작하는 법이다. 너무 깊은 사랑이 찾아오면 도망쳐야 하니까. 그래야만 한다고 믿었다. 그러나 이번만큼은 쉽지 않을 듯한 예감이다. 아직도 그녀의 입술의 감촉이 남아있었다. 그녀에게는 아름다움 말고도 무언가 나를 강하게 잡아당기는 설명할 수 없는 매혹이 있었다. 그녀 역시 버려진 아이였다는 사실 때문일까? 그러나 그게 전부는 아닌 것 같다. 깊고 위험한 사랑이 대체로 그러하듯이 덧없는 환상이 무시무시한 현실감을 내뿜기 시작하고 있었는데 그것은 '숙명' 또는 '영원'과 같은 단어에 관련된 망상이다. 그런 개념들이 사랑의 감정에 뒤섞이기 시작하는 것은 불길한 징조였다. 불처럼 타오르는 사랑은 데인 상처를 남기고 둘 중 하나를 버림받게 만들게 뻔했으니까. 사랑을 시작하는 누구도 인정하고 싶지 않은 진실이지만 나는 다르다고 생각했었다.

택시가 경복궁 역을 지나 동네 입구에 정차했을 때 차에서 나와 맞은편의 편의점을 향해 걷기 시작했다. 투명창 안쪽으로 보이는 카운터에는 몇 달 전의 그 여자아이가 스마트폰에 정신이 팔린 채로 앉아 있었다. 나는 편의점 문을 열고 들어가 여자아이에게 끝나는 시간을 묻고 일이 끝나면 함께 오피스텔로 가자고 제안한다. 여자아이는 상관없다는 듯 따라나서고 그녀와 함께 침대에 들어가 섹스에 몰두한다. 다음 날 아침 나이에게 연락해 사정이 생겨 몇 달 간은 볼 수 없을지 모른다고 말한다. 아마도 평소의 나라면 그랬을 거다. 나이에 대한 감정으로부터 도망치기 위해서. 나는 아주 잠깐이었지만 망설이듯 편의점 앞에서 발걸음을 멈추었다. 그리고는 체념한 사람처럼 어깨를 축 늘어뜨리고 다시금 집을 향해 걷기 시작했다. 그러면서 이건 나의 의지로 결정할 수 있는 문제가 아니라고 나약하게 말해버렸다. 일이 되어가는 것을 지켜보는 수밖에 없다고, 그렇게 스스로 중얼거릴 뿐이다.

2장

안티고네

나는 서로 미워하기 위해서가 아니라,
서로 사랑하기 위해서 태어났어요.

소포클레스, 『안티고네』

성남

그날 이후로 나의 일상은 중력을 잃었다. 강의 중에 흐름을 이탈하기 일쑤였고, 쓰고 있던 원고는 좀처럼 진도가 나아가지 않았다. 강의가 없는 날이면 정독도서관의 정원을 거닐었고 북촌의 카페들을 전전하며 목적 없는 시간을 보냈다. 저녁에는 방에 틀어박혀 맥주를 마셨다. 그러면서 데이빗 실비앙의 〈Died in the Wool〉 앨범을 끝도 없이 반복해 듣는다. 그 앨범의 실비앙은 시간을 이리저리 반죽하듯 늘이고 일그러뜨려서 삶에서의 현실감을 모조리 증발시키는 재주가 있었다. 회화로 치자면 살바도르 달리 같은 그런 노래에 집중하다 보면 어느새 날이 밝는다. 지난 3년간 끊었던 담배까지 다시 피우기 시작했으니 변화가 온 것만은 확실했다. 한편으로는 설마 하는 생각이 잔존했던 것도 사실이다. 나는 어쩌면 나이에 대한 사랑의 감정에 몰두함으로써 오히려 그것을 소진시켜 버리려 했는지도 모른다고, 나를 사로잡고 있던 그녀의 매혹이 얼마나 강한 것인지 시험하려는 것인지 모른다고 생각했다. 설마 내가 누군가를 온전히 사랑하게 되리라고는 여전히 믿을 수 없었기 때문이다.

한 주를 그렇게 보내고 나서 나이와 약속한 장소로 나갔을 때 그녀는 온통 검정색 차림으로 호텔 로비에 앉아 있었다. 검정색 코트 안에 검정 니트를 입었고, 무릎까지 오는 역시 검정색 치마를 입었다. 오직 신발만 흰색 단화였다. 그렇게 온통 블랙인 나이가 회전문을 밀고 들어오는 나를 발견하고는 자리에서 일어나 맞이해 주었다. 볼을 맞대는 프랑스식 인사를 하며 와주어서 감사하다고 했다. 얼굴에 와닿는 그녀의 뺨은 호텔까지 오는 도중의 상념을 모두 날려버릴 만큼 부드럽고 서늘했다.

"택시 불렀어요. 이름만 괜찮다면 바로 출발할 수 있어요. 자세한 이야기는 택시 안에서 할게요."

앞장서는 그녀를 따라나서면서 얼굴을 살폈다. 검은색 아이라인과 붉은색 립스틱으로 간단하게 화장한 나이는 긴장한 듯 보였다. 대기 중이던 택시의 좌석에 들어선 둘은 잠시 말이 없다. 기사에게 나이가 알려준 행선지는 성남시 어디쯤이었는데 나로서는 낯선 지명이다. 잠시 뒤 택시가 남산1호 터널의 샛노란 조명 속으로 들어섰을 때 비로소 그녀가 입을 연다.

"지금 우리가 가는 곳은 작은 절과 같은 곳이라고 해요. 뭐라고 하나요 그런 템플?"

잠시 미간을 찌푸리며 나이가 적절한 단어를 찾고 있었다.

"그러니까 가정집인데 절이기도 한 거예요."

나 역시 정확한 표현을 찾지 못한 채 대충 고개를 끄덕였다.

"친부는 스님이에요."

말하고는 의견을 구하는 듯 내 얼굴을 보았다. 아무래도 좋았다. 친부를 만나 무엇을 얻게 될 것인지에 대해서는 더 이상 생각하지 않기로 했기 때문이다. 다른 많은 고

아들이 그러하듯이 나이 역시 자신의 생물학적 기원을 확인해야만 하는 강박적인 내면의 요구에 시달리고 있다고 짐작할 뿐이다.

터널을 나서자 늦은 오후의 햇살이 창가에 앉은 그녀의 코와 입 언저리를 비추었다. 여자의 얼굴을 스치는 반짝이는 태양의 조각들을 바라보며 나는 이야기에 귀기울이기 시작했다. 나이가 부모를 본격적으로 찾기 시작한 것은 3년 전이라고 했다. 해외 입양된 이들이 대체로 그러하듯이 부모를 찾는 일은 결코 쉽지 않았다. 입양의 조건 자체가 친부모와 자식 사이의 철저한 결연을 전제로 하기 때문이다. 관련 서류나 정보는 모두 폐기되고 서로에 대한 교류는 금지되기 마련이다. 게다가 고아원에 아이를 버린 부모는 과거와 다시 연결되는 것을 원하지 않는 게 보통이다. 롯의 아내처럼 과거를 돌아보려 한다면 삶은 소금기둥이 되어 굳어버릴 수도 있었다. 너무 무거운 과거는 새로운 인생의 발목을 잡는 법이니까. 나이도 처음에는 이 일이 과연 가능한 것인지 자문했다. 하지만 방법이 전혀 없는 것은 아니어서 몇 가지 단서를 발견한 끝에 어렵사리 과거의 흔적을 추적해 낼 수 있었다고 했다. 나이의 표현을 빌자면, "그녀를 지지해 주는 몇몇 지인들의 헌신적인 도움으로" 가까스로 친부의 소재를 파악할 수 있었다는 것인데, 나로서는 어떻게 그런 일이 가능했는지 알 수 없는 노릇이었다. 오랜 시간이 흐른 뒤 이 모든 사건의 배후가 밝혀지게 되었을 때는 너무 늦어 버린 셈이지만, 당시의 나는 그녀의 매혹에 이끌려 무슨 말이든 믿고 따라나설 준비가 되어 있었던 거다.

"그에게 두 가지를 묻고 싶어요. 그 대답이면 돼요."

나이가 허공에 텅 빈 시선을 던지며 말했다.

"먼저, 손 없는 소녀를 아는지 묻고 싶어요."

내가 잠시 미간을 찌푸리며 고개를 갸우뚱했다.

"그림 형제 아세요?"

나이가 물었을 때 내가 비로소 고개를 끄덕였다.

"누군가 반복해서 그림 형제의 동화 『손 없는 소녀』 이야기를 들려주었어요. 그 기억이 생생하게 남아 있어요. 저를 가슴에 안고서 이야기를 들려주었죠. 악마가 나타나 소녀를 달라고 했고 소녀의 겁 많고 어리석은 아버지는 저항하는 소녀의 손목을 자른 뒤에 그녀를 악마에게 넘기려고 했다는 그 이야기. 손이 잘려 버린 가련한 소녀는 고생 끝에 새로운 손을 얻게 되고 결국은 행복한 삶을 살게 되었다는 이야기를 자장가처럼 들려주었어요. 이야기를

71

듣던 순간의 평온한 느낌이 아직도 남아있어요. 안락하고 행복했어요. 이야기를 들려주던 사람의 가슴 박동이 느껴져요. 반복해서 같은 이야기를 들려달라고 졸랐죠. 악마가 찾아오고 두 손이 잘리거나 집에서 쫓겨난다고 해도 마음 착한 아이는 결국 행복한 삶을 살게 된다는 이야기가 안도감을 주었어요. 이상하게도 그 이야기를 들려주던 사람의 얼굴은 기억나지 않아요. 그 시간의 따스한 느낌만 남아 있어요."

그건 그녀가 상실한 낙원의 모호하고도 유일한 기억이었다. 그래서 나이는 확인하려고 했다. 마음속에 남겨진 낙원의 흔적이 어린아이의 환상이 만들어낸 거짓된 기억은 아니었는지, 행복한 시간이 진정 실존했던 것인지 알아야만 한다고 생각했다. 그래야만 다시금 현실을 살아갈 수 있을 거라고. 프랑스에서의 반짝이는 삶이 과연 자신에게 가당키나 한 것인지 여전히 알 수 없었기 때문이다. 만일 한국에서의 어린 시절에도 자신을 향한 사랑의 흔적이 존재했던 것이라면, 그렇다면 프랑스에서 누리는 행복에 죄책감을 가질 필요는 없었다. 그런 행복을 누릴 자격이 있다는 사실을 확인하고 싶었다. 비록 돌아오는 대답이 자식을 버리는 비루한 인간의 하찮고 덧없는 넋두리에 불과할지라도, 어떻게든 당사자의 입으로 말하도록 해야 한다고, 그렇게 해서 기억의 유령이 애도 되어 사라지게 해야 한다고 생각했다. 아버지 혹은 어머니 당신이 나를 안고 동화 이야기를 들려주었던 적이 있었는지를 물어보아야 했다. 그렇게 하지 않으면 자신의 인생은 늘 반쪽짜리에 불과한 것이 되어버릴 것만 같았다. 무엇으로도 메꿀 수 없는 텅 빈 공허가 그녀의 심장 어딘가에서 검을 입을 벌리고 있다고, 나이는 담담하게 이야기하고 있었지만 나는 뭔지 모를 긴장감이 그녀의 얼굴에서 그리고 눈빛으로 전달되어 오는 것을 느꼈다. 마치 필립 글래스의 〈Mad Rush〉를 연주하는 사람처럼 그녀는 알지 못하는 사이에 그러나 확고한 리듬으로 고양되어 가고 있었다.

택시는 한남대교를 지났고 경부고속도로에 잠시 진입했다가 얼마 지나지 않아 양재인터체인지를 타고 성남시청 쪽으로 빠졌다. 다시 30분 정도 성남 도심을 가로지른 다음 언덕이 가파른 주택가로 들어섰다. 유독 점집이 많은 동네였다. 나이의 말대로 과연 작은 사찰들이 오래된 다세대 주택의 형태로 여러 군데 자리하고 있다. 사찰이라고 하기에는 어쩐지 무당집 같은 분위기가 물씬 풍기는 곳이 많았다. 잠시 뒤 택시가 주소를 확인하며 멈춘 곳은 언덕을 따라 오르는 도로의 거의 끝자락이다. 우리를 내려주고 방향을 돌려 언덕길을 내려가는 택시의 아득한 뒷모습을 잠시 바라보았다. 택시기사의 말로 이곳은 서울로 치자면 1970년대의 미아리 고개 같은 동네라고 했다. 귀신이나 죽은 혼령들이 쉽사리 모여드는 풍수지리로 알려져 있었다. 신을 모시는 강신무들이 한국전쟁 직후에 군락을 이루며 살기 시작한 것도 그 때문이라 했다. 이후 간헐적인 재개발이 이루어졌고 1990년대부터는 연립주택 단지를 형성했지만 무당집과 사찰들은 여전히 남았다.

나이로부터 주소를 받아 스마트폰 지도 앱을 켰고 골목의 계단을 오르기 시작했다. 계단 끝 막다른 곳에 만(卍)자가 그려진 하얀 깃발이 높이 솟아 있는 건물이 보였다. 깃발 아래 '용정암'이라 써진 낡은 간판이 3층 건물의 2층 베란다에 걸려 있었다. 내가 그곳을 가리키며 다 온 것 같다고 말해 주었다. 집으로 들어서는 입구 앞에서 우리는 한동안 말없이 멈추어 섰다. 그녀의 표정은 결연했고 주변 공기는 겨울 안개로 습하고 불투명했다. 나는 이제부터 벌어지게 될 일들에 대해서 마음의 준비를 단단히 해야만 한다고 스스로에게 타이르고 있었다.

열린 철문을 밀고 들어서자 2층으로 오르는 녹슨 철제 계단이 보였다. 삐그덕거리는 위태로운 계단을 나이가 앞장서 올랐다. 2층 베란다까지 올라가자 알루미늄 재질의 현관문이 보였다. 나이가 그 문 앞으로 성큼 다가선 다음 망설이지 않고 노크했다. 좁은 베란다에는 빈 화분들이 방치되었고 찌그러진 냄비류 가재 도구들이 널브러져 있었다. 얼핏 보기에도 사람이 자주 드나드는 장소 같지 않았다. 고개를 돌리면 위태로운 난간 아래로 펼쳐진 주택가 풍경이 1980년대에 만들어진 SF 영화의 한 장면을 연상시켰다. 자욱한 안개가 언덕의 허리를 감싸며 석양빛으로부터 마을을 차단하고 있었다. 〈블레이드 러너〉에 묘사되는 퇴락한 미래의 도시 풍경 같았다.

그렇게 내가 잠시 한눈을 파는 사이 현관문이 열리고 문틈으로 60살은 훨씬 넘겨 보이는 나이든 여자의 얼굴이 고개를 내밀었다.

"누구시오."

여자의 나이를 가늠하기 쉽지 않았다. 나이가 바로 대답했다.

"한상훈씨를 찾아왔습니다."

그러자 노파는 물끄러미 나이를 바라보았고, 다시 그

너머로 내 모습을 살폈다. 나이가 던진 그 한 문장에 늙은 여인의 눈빛이 흔들리고 있었다. 나이와 나를 살피던 시선은 흐려지고 탁해져서 갑자기 아무것도 보지 못하는 사람의 눈처럼 초점이 사라졌다.

"그 이름 참 오랜만에 듣는구려."

늙고 마른 여자의 얼굴이 말했다.

"법사님을 찾아온 것일 텐데."

그러고는 문을 열어 방문객을 맞는다. 어두침침했던 현관으로 외부의 빛이 스며들자 늙은 여자의 모습이 드러났다. 예민하고 날카로워 보이는 눈과 입술에 거미줄 같은 주름이 집중되어 있어서 감정이 움직일 때마다 물결이 일렁이듯 주름진 피부가 흔들렸다. 흔들리는 감정의 파동 속에서 갈 곳을 잃은 노파의 시선이 허공의 어디쯤엔가 멈춰 서있다. 우리가 누구인지 왜 왔는지 따위는 관심 없는 듯 노파는 무언가 자신만의 생각에 잠긴 것처럼 불편한 침묵을 지키고 있었다. 그러다가 이윽고는 "들어오시오"라고 결심한 듯 말한다. 나이가 먼저 노파를 따라 들어서며 신발을 벗었고 내가 그 뒤를 이었다. 바닥이 찼다.

가장 먼저 눈에 들어온 것은 좁고 어두운 거실 중앙을

차지한 사람 키 만한 불상이다. 그걸 먼저 발견한 나이의 두 눈에 놀라는 빛이 역력했다. 향냄새 가득한 좁은 거실 내부는 불교와 무속신앙을 뒤섞어 놓은 잡다한 제기들로 가득했다. 여자는 불상 앞에 아무렇게나 방치돼 있던 방석 두 개를 우리 앞에 내놓으며 자리를 권했다. 내키지 않는 엉거주춤한 태도로 방석 자리에 앉는 둘의 모습을 바라보며 늙은 여자가 이렇게 말했다.

"법사님이 아프시니까 잠시 기다려 줘요."

말하며 눈짓으로 불상 왼쪽에 있는 문을 가리켰다.

"보아하니 점괘 보러 온 건 아닌 거 같고. 전생에 인연을 찾으러 왔다면 법사님이 제정신 돌아왔을 때 만나보셔야지."

그 순간 나는 우리가 찾아온 이유를 노파가 알고 있다고 느꼈다. 그런 눈빛을 나이에게 전했다. 나이는 한동안 내 시선에 눈을 맞추다가 다시 노파에게 이렇게 말하기 시작했다.

"한상훈씨가 여기 계시다면 나희가 찾아 왔다고 전해주시겠어요? 저는 그분이 30년 전에 보육원에 맡긴 그의 딸입니다."

나이는 코트 주머니에서 명함 같아 보이는 무언가를 꺼

내 여자에게 건넸다. 그녀의 목소리가 떨리고 있었다. 그 떨림이 내게도 전해지고 있었다. 늙은 여자는 나이가 내민 명함을 물끄러미 바라보더니 다시 아무 감정도 느껴지지 않는 목소리로 대답했다.

"너무 늦지 않게 와서 다행이구려. 안 그랬으면 저승 가는 길에 발걸음이 무거워서 어쩌나 그랬지."

노파는 그제서야 초점이 돌아온 시선을 우리에게 던진다.

"법사님이 알아보지 못하더라도 섭섭하게는 생각하지 말구려. 신령님들과 노니느라 지금은 정신이 온전하지 않으시다오. 그냥 얼굴만 보고 한 풀고 간다 생각해요."

말을 마친 노파는 자리에서 일어나 부엌으로 보이는 쪽문을 열고 사라졌다. 나이가 혼잣말처럼 중얼거렸다.

"혼자였다면 힘들었을 거야."

내가 비로소 깊은 한숨을 내쉬었고 불안한 마음으로 나이의 표정을 살폈다.

"저 여자분이 누군지 아시나요?"

내가 물었다. 그녀가 나이의 친모일지 모른다고 생각했기 때문이다. 나이는 질문의 뜻을 이해하고는 고개를 저으며 대답했다.

"저 사람은 친부의 아내이지만 내 어머니는 아니에요. 어머니는 내가 입양되기 전에 이미 나를 친부에게 맡기고 사라져서 소식이 끊어졌다고 해요. 그래서...."

나이가 입을 잠시 다문다. 늙은 여자가 미키마우스와 미니마우스가 각각 그려진 낡은 머그컵 두 개를 들고 다시 나타났기 때문이다. 따뜻한 녹차였다. 군데군데 이가 나간 컵을 내밀며 여자가 말했다.

"잠시 이거라도 들고 계시구려. 들어가서 법사님을 깨워볼 테니까."

그러고는 자리에서 물러나 건너편 방문을 열고 안쪽으로 사라졌다. 문이 열리는 순간 방 안쪽의 좁다란 풍경이 얼핏 눈에 들어왔는데 바닥에 요를 깔고 누워 있는 누군가의 머리 부분이 보였다. 대머리의 늙은 남자였다. 다시 문이 닫혔을 때 나이가 나의 손을 잡는 것이 느껴졌다.

"제가 할 수 있을지 모르겠어요"라고 그녀가 말했을 때 나는 그 말이 무엇을 의미하는지 알 수 없었다. 친부를 만나는 것을 말하는 것일까? 아니면 죽어가는 친부의 모습이 견딜 수 없다는 것일까? 아마도 둘 모두를 의미할 거라는 데 생각이 미치자 문득 그녀에 대한 연민이 느껴졌다.

"괜찮을 거예요. 내가 함께 있을 테니까."

내가 말했지만 나이의 얼굴에서 긴장감은 사라지지 않았다. 깊은 생각에 잠겨들고 있었다. 그녀 자신만의 아득한 세계 저편으로 멀어지고 있는 듯했다. 내 손 위에 포개진 그녀의 손가락의 미세한 떨림으로만 나는 그녀의 존재를 희미하게나마 느낄 수 있었다. 그녀의 가느다란 손가락은 해독하기 어려운 모르스 부호처럼 이따금씩 뜻 모를 움직임을 내게 전해올 뿐이었다.

누구도 녹차를 마시지 않았다. 찻잔이 차갑게 식어갈 정도의 시간이 지났을 때 다시 방문이 열리고 노파가 거실로 나와 우리에게 눈짓했다. 들어와도 좋다는 말을 하고 있었다. 나이가 깊은 심호흡을 하는 것이 느껴졌다. 그런 그녀를 따라 나도 일어났다. 나이가 방으로 들어서는 것을 바라볼 뿐 노파는 움직이지 않았으므로, 나 역시 노파를 거실에 놓아두고 나이를 따라 방으로 들어섰다. 방은 어두침침했으며 좁았고 텁텁한 공기가 가슴을 답답하게 만들었다. 가구라고는 발목부터 썩어가는 검은 자개장하나가 놓여 있을 뿐이다. 그 아래 깔린 헤진 담요를 가슴까지 뒤집어쓴 늙은 대머리의 노인이 산소 호흡기를 입에

댄 채로 누워 있었다. 작고 마른 남자였다. 그의 불안한 시선이 나이와 나를 번갈아 쫓고 있었다. 머뭇거리는 나이를 옆에 두고 내가 먼저 남자의 발목에 자리를 잡고 앉았다. 그러자 나이가 나를 따라 노인의 왼쪽 팔 언저리에 무릎을 꿇고 앉는다.

"안녕하세요. 저의 한국 이름은 한나희라고 합니다. 세 살에 버려졌고 프랑스로 입양되었어요. 한상훈씨가 제 친부라고 들었습니다만. 저를 기억하시겠어요?"

단조로운 목소리로 나이가 말했다. 오래전부터 이 문장을 반복해서 연습해 왔던 것은 아닌지 그런 생각이 들 정도로 기계적인 말투였다. 노인의 동공이 초점을 되찾으려는 듯 허공의 어딘가를 연신 더듬고 있었다. 그러고는 오른손을 이불 바깥으로 빼내더니 산소마스크를 턱 밑까지 가까스로 잡아당겼다. 온 정신을 집중하지 않았다면 거의 들리지 않았을 작고 쉰 목소리로 이렇게 말했다.

"왜 왔어?"

나는 나이의 옆모습을 살폈다. 그녀는 넋이 나간 사람처럼 노인의 얼굴을 물끄러미 바라보고 있을 뿐이다. 우리는 환영받지 못하고 있는 듯했다. 아마도 그럴 것을 미리 알고 있었던 것인지도 모르겠다. 최소한 나이만큼은 그런 것 같았다. 그녀의 얼굴은 밀랍인형처럼 마비된 표정으로 노인에게서 시선을 떼지 못하고 있을 뿐 감정의 동요를 느끼지는 않는 듯했다. 오히려 불편하고 고통스러운 것은 내 쪽이었다.

"새로운 인생을 살라고 너를 멀리 보낸 거야. 좋은 부모 만나서 좋은 인생 살라고 그런 거야."

숨이 넘어갈 듯 가쁘게 몰아쉬며 노인이 필사적으로 말을 이어가려 했지만 발작처럼 터져 나온 기침이 노인의 존재를 압도해 버렸다. 그러나 그것도 잠시뿐이다. 그마저 힘겨운 듯 노인은 기침을 멈추었고 다시 헐떡이는 숨을 내쉬다가 이윽고 침묵에 잠겨 버렸다. 그러자 나이가 작정한 듯 입을 열었다.

"그렇게 말할 거라 생각했어요. 그런 거 상관없어요. 왜 그랬지 궁금하지도 않고. 나는 당신에게 사과 받으러 온 거 아니에요. 내가 당신을 찾아온 거는 어머니에 대해서 듣고 싶어서예요. 어디 있는지 알고 싶어요. 말씀해 주세요."

말하는 나이를 내가 놀란 얼굴로 보았다. 그리고 다시 노인을 보았는데 어느새 두 눈을 감고 있다. 여전히 숨을 헐떡이는 것으로 보아서는 잠든 것 같지 않았다. 그때였

82

다. 나이가 나의 손을 잡으며 말했다.

"잠시 자리를 비켜주겠어?"

나 역시 그녀 곁에 있는 게 도움이 되지 않는다고 생각했으므로 순순히 자리에서 일어나 방을 나왔다. 만일을 대비해서 10센티미터 정도 방문을 열어놓았고, 조금 전에 앉았던 거실 방석 자리에 털썩 주저앉았다. 참았던 한숨이 길게 터져 나왔다. 노파가 불상 발치에 쭈그리고 앉아 그런 나를 주시하고 있었는데 뭔지 모를 문장을 중얼거리고 있다. 가만히 들어보니 무언가의 주문과 같은 문장이다. 불경일지도 모르고 주기도문일지도 몰랐지만 아무래도 상관없었다. 가능하다면 당장이라도 이 어둡고 기괴한 공간에서 벗어나고 싶은 마음뿐이다.

시간은 믿기지 않을 만큼 느리게 흘렀다. 문틈으로 보이는 노인의 머리가 이따금씩 기침 소리와 함께 경련하듯 움직였지만 그것 말고는 어떤 대화가 오가는지 알 수 없었다. 소곤거리는 나이의 음성이 들려왔지만 감정조차 읽어낼 수 없는 작은 소리다. 손목시계는 어느새 저녁 6시를 가리키고 있다. 택시에서 내린 시간이 오후 4시 30분 정도였으니 이미 상당한 시간이 지나버린 거다.

나이는 손 없는 소녀에 대해서도 물어보았을까? 나는 문득 그런 생각을 했다. 친모에 대한 이야기는 친부에게 물어보고 싶었던 두 번째 질문이었을 거라고. 이렇게라도 우리 자신의 생물학적 기원을 확인해야만 존재의 확실성을 되찾을 수 있다는 생각이 문득 지겹게 느껴졌다. 낡고 오래된 기억을 찾아내어 마주해야만 새로운 인생이 가능하다는 것일까? 온갖 종류의 상념들이 판도라의 상자가 열린 듯이 머릿속을 휘젓기 시작했다. 그런 나를 응시하는 노파의 시선이 여전히 불편했다. 내 마음을 읽었는지 여자가 이렇게 말했다.

"고통스럽지만 감당할 수밖에...."

나는 대꾸하지 않았다.

"모든 게 업보라, 짊어지고 가야지. 죽기 전에 만났으니 그걸로 족하다고. 그런데 같이 오신 보살님의 업보는 무엇 하나 해결된 게 없어 보이는구만."

나는 대답하지 않았다. 노파의 무당 놀이에 반응하고 싶은 생각이 눈곱만큼도 없었기에, 방문 쪽으로 고개를 돌려 시선을 피했다.

문틈으로 노인의 얼굴이 다시 시야에 들어온 것도 그

순간이었다. 가죽만 남은 법사의 두 눈동자가 부풀어 오르듯 확장되는 것이 보였다. 무언가에 크게 놀랐거나 아니면 극도의 쾌락으로 경직되는 모습이다. 나는 노인이 발작한다고 생각했다. 걱정스런 마음에 자리에서 일어나자 노파도 무언가의 낌새를 차렸는지 따라 일어섰다. 방문 가까이 다가서며 괜찮냐고 소리 내어 말하고 문을 조금 열어 내부를 살폈다. 그러나 모든 것은 조금 전과 동일했다. 나이는 여전히 노인의 왼쪽 자리에 무릎을 꿇고 앉아 무표정한 얼굴로 그를 내려다보고 있었고, 노인은 눈을 감은 채 평온해 보였다. 내가 무언가를 잘못 보았던 것일까 하는 생각에 나이에게 질문하는 시선을 던졌다.

"이제 다 되었어요."

나이가 아무렇지도 않게 말하며 자리를 털고 일어선다. 며칠이나 잠을 못 자고 상을 치른 사람처럼 나이의 얼굴은 초췌해져 있었다. 반면 노인은 잠든 아이같이 평온했다. 뒤따라 들어온 노파가 노인의 안색을 확인하더니 안심하고 뒤로 물러섰다.

아마도 마지막일 수 있었던 우리의 방문은 그렇게 마무리 되어 가고 있었다. 회한의 감정 따윈 남지 않은 듯 나이는 한결 가벼워진 몸짓으로 노파에게 악수를 청했지만 여인은 그 손을 물끄러미 바라보며 씁쓸한 미소를 지을 뿐이다.

현관문을 나오자 베란다 아래의 세상에는 희미한 어둠이 검은 잉크처럼 안개 속으로 섞여들고 있었다. 위태로운 계단을 타고 내려와 골목을 나섰고 다시 마을 아래쪽의 평평한 도로까지 터덜터덜 걸어 내려가면서 우리는 아무 말도 하지 않았다. 도심의 소음이 영화가 끝난 상영관의 소란스러움 같이 느껴졌다. 엔딩 크레딧이 올라가듯 상점의 간판들이 하나둘씩 네온을 밝히기 시작하고 있었다.

돌아오는 택시 안에서 나이는 나의 어깨에 머리를 기댄 채 차창 밖을 한참 동안 바라보고 있었다. 나는 그녀에게 친부와 무슨 이야기를 나누었는지 물어보았다. 나이는 "손 없는 소녀"라고 대답했다. 그러면서 팔목을 들어 작은 문신 하나를 보여주었다. 작고 귀여운 손 모양이 그려진 단순한 타투였다.

"나약하고 어리석은 아버지에게 손목이 잘린 아이는 어떻게 되었을까요?" 나이가 물었다.

택시는 성남의 혼잡한 도심을 어둠 속에서 가로지르고 있었다. 아마존의 밀림과도 같은 미스터리한 어둠이었다. 택시를 둘러싸고 쫓아오는 자동차 불빛들과 네온사인들은 밀림을 떠도는 정령들처럼 보였다. 차 안은 아늑했고 나이는 내게 기댄 얼굴을 돌려 나를 마주보았다. 우리는 그렇게 우리의 두 번째 키스를 했다. 격렬하기 보다는 절박한 느낌의 입맞춤이었다. 그녀는 나의 손을 잡아 자신의 검은색 스커트 속으로 이끌었다. 허벅지 안쪽의 서늘한 피부에 손이 닿았고, 그러자 나이가 그녀의 아름다운 두 다리를 조금 더 벌렸다. 차창 밖의 풍경이 현실로 존재하는 세계인지 의심이 들 정도로 택시의 밀폐된 공간은 외부와 단절되어 있었다.

그날 밤 우리가 소공동의 호텔에 도착한 시간이 저녁 8시 즈음이다. 나는 나이와 좀 더 함께 있으려 했고, 그녀는 취하고 싶다고 했다. 우리는 '해리 할러'로 내려갔다. 바의 높은 의자에 앉아 나이가 바텐더에게 엔젤스 엔비를 주문했다. 이번에는 나도 같은 걸 마시기로 하고 하이네켄을 체이서로 시켜 그녀와 나 사이에 놓았다. 빌 에반스가 대중적인 레퍼토리를 연달아 연주하고 있었다. 〈My

Funny Valentine〉다음에는 〈Waltz For Debby〉였다. 〈Spartacus Love Theme〉이 시작되었을 때 우리는 이미 세잔 째 버번을 말없이 들이키고 있었다. 알코올 때문인지 아니면 그녀의 부드러운 시선 때문이었는지, 긴장이 풀려 몸도 마음도 느슨해졌다. 내가 물었다.

"어째서?"

그녀가 나를 보았다.

"입지 않았어?"라고 내가 말꼬리를 흐렸다. 나이가 조금 웃었고 "팬티?"라고 반문했다.

"뭐랄까... 오늘은 무언가를 모독하고 싶었어."

나이가 말하면서 테이블에 걸쳤던 두 손을 거두어 검정색 치마 위로 올려놓았다. 택시의 어둠 속에서 허벅지 안쪽을 더듬던 손가락이 그녀의 음모를 스쳤을 때의 그 표정이 떠올랐다. 그녀의 갈색 눈동자는 이제 막 모험을 떠나려는 어린아이처럼 반짝이고 있었다.

"죽음은 언제나 섹슈얼하니까."

그녀가 다시 묘한 표정을 짓는다.

"어쩌면 그 반대이든가. 성적인 것에는 언제나 죽음의 냄새가 묻어 있어. 둘을 떼어 놓을 수 없어요."

알 듯 모를 듯한 말에 내가 고개를 갸웃했다. 그러고는 다시 한 잔을 주문하고 나서 오늘의 일들에 대해 생각해 보려 했다. 일종의 시위였을까? 상복처럼 검은 옷을 차려 입은 나이는 산소 호흡기를 달고 죽어가는 자신의 친부를 만나러 갔었다. 아마도 속옷을 입지 않은 채로. 일종의 신성 모독과 같이 그녀는 자신만의 의식을 치르고 왔다.

"어떤 방식으로든 부모 자식 사이에 존재하는 위선적인 전통을 모독하고 싶었어요"라고 했다. 부모가 자식을 버릴 수 있는 거라면 자식 역시 그런 부모를 찾아가 그를 욕되게 할 수 있는 거라고. 그래서 그렇게 소심한 복수를 준비한 것일까? 나름의 애도였을까? 정확히 알 수는 없었지만 사실 나는 어떤 종류의 묘한 통쾌함을 느끼고 있었다. 잘되라고 입양 보냈다는 친부의 말을 들었을 때 나도 모르게 두 주먹을 움켜쥐었던 기억이 떠올랐다. 그런 말보다는 사과를 해야 하지 않았을까. 당신은 아이를 버렸다. 버려진 아이가 어떤 인생을 살게 될지 알지도 못하면서. 당신은 자신의 인생을 챙기기에 급급했으며 아이의 삶은 다음 문제였던 거다. 물론 그럴 수도 있다. 산다는 게 그런 거니까. 누구든 잘못된 판단을 하고 때로는 머저리 같은 인생을 살기도 한다. 그러니까 시간을 되돌리라고 요구하는 게 아니다. 나이가 요구했던 건 그런 게 아니라고 생각했다. 단지 미안하다는 말 한마디로 족할 뿐이었지만 자식을 버린 부모들이 그런 말 하는 것을 들어본 일이 없다. 하나같이 뻔뻔한 모습을 보였다. 내가 보아왔던 그들은 초라한 자존심을 지키려 했고 그나마 주워 모은 부모의 권위 뒤로 숨기 일쑤였다. 아무리 그래도 부모를 원망해선 안 된다는 삼강오륜의 철지난 망상 속으로 숨어버리는 거다.

나도 모르게 길고도 착잡한 한숨이 터져 나왔다. 내 기분을 눈치 챘는지 나이가 테이블 위의 내 손을 잡으며 말했다.

"오늘 고마워요. 이름이 없었으면 어려웠을 거야."

나이는 온전히 취한 것 같지는 않았지만 활력이 넘쳐 보였다. 인생의 한 챕터가 마무리된 느낌이라고, 이제 무언가를 새로이 시작할 수 있을 것만 같다고 말했다. "내 무의식 속 아버지를 죽인 기분이야"라고 말할 때 나는 처음으로 부모를 찾고 싶다는 욕망을 느꼈다. 마주하지 않는다면 넘어설 수 없을 거라는 생각이 들었기 때문이다. 그런 의미에서 나는 나이가 부러웠으며, 기쁜 마음으로 그녀의 새로운 인생을 축하해 주고 싶었다. 나이가 말했다.

"말했던가요? 나 이제 직업을 바꾸었어요."

내가 금시초문이라는 표정을 지었다.

"항공사에서 일하면서 세계를 여행하던 시절에 많은 친구들을 사귀었거든요. 그들 중에서 좋은 사람들이 제안했어요. 그래서 새로운 일자리를 찾았고 한국에 자리 잡기로 했어요."

내가 어떤 일인지 물었다.

"정신분석 심리상담하는 기관? 한국도 심리치료 같은 서비스가 많이 있다고 하던데, 내가 일하게 된 곳은 미국에 본사를 둔 심리치료 서비스 회사예요. 사실 나 역시 거기서 상담 받고 내면적인 문제를 극복하는 데에 도움을 받았거든요. 한국에 지사를 설립하는 일에 참여하게 되었어요."

나로서는 조금도 관련이 없는 분야였지만, 중요한 것은 그녀를 계속 볼 수 있게 되었다는 사실이다.

"축하해요. 나이씨. 정말 잘됐네요. 그럼 이제 한국에서 살게 되는 건가요?"

나이가 고개를 끄덕였다.

"한동안은 그렇게 될 것 같아요. 그리고..."

나이가 다시 내 두 눈을 똑바로 응시하며 말했다.

"어머니 찾는 일만 끝이 난다면, 아마도 나는 한국에서 오래도록 살 수 있을 것 같아요."

내가 고개를 끄덕이며 다시 깊은 숨을 내쉰다. 숙제가 모두 해결된 것은 아니라는 사실을 불현듯 깨달았기 때문이었다.

"어머니를 만나는 일에 내 도움이 필요하다면 말해줘요. 뭐든 할 테니까."

내가 말했고, 나이가 만족스런 표정을 지어보였다.

"하지만 당장은 아니에요. 찾고 있지만 아직 그녀가 어디 있는지 몰라요. 그보다는 새 직장이 흥미로워요. 당장 다음 주부터 출근해야 할 텐데. 회사는 압구정에 있어요. 멋진 건물이에요. 이름도 한 번 방문해 줘요."

나이는 들뜬 아이처럼 새로운 직장에 관해 이야기하기 시작했다. 미국을 중심으로 심리학자들과 정신분석학자들이 모여 심리상담의 새로운 개념을 만들었고 그걸 토대로 설립된 기관이라 했다. 흥미로운 것은 내담자들로부터 상담료를 받아서 운영되는 일반적인 수익체계가 아니었다. 수익은 전적으로 기부자들에게 의존했다. 일종의 국제비영리기관인 셈이다. 게다가 아무나 상담을 받을 수 있는 것도 아니었다. 상담을 원하는 지원자들을 심사한 다음 자신들의 지향에 부합하는 내담자들만을 선별했다. 그렇게 선택된 내담자들은 무의식에 숨겨진 내면 세계의 힘을 경험하는 정신분석상담에 3년간 참여한다. 그곳의 이름은 WUR이었는데, '위트니스 오브 언컨셔스 렐름' 그러니까 '무의식의 왕국의 증인'이라고 번역될 수 있는 문장의 약자였다. 나이 역시 이들로부터 선택되어 정신분석을 받았다고 했다. 나이 자신의 표현을 빌자면 "놀라운 치유의 경험이었고 자신의 내면에 대한 전혀 새로운 인식을 가능하게 만들어 주었다"고 했다. 평소 이런 종류의 정신분석상담 효과에 대해서 회의적이던 나는 나이의 이야기에 크게 공감하지는 못했다. 그럼에도 나이가 좋은 조건으로 한국에서의 삶을 시작하게 되었다는 사실이 기뻤다. 그날 나이는 빠른 속도로 술에 취해 갔고 나 역시 그랬다. 나이의 친부를 방문하면서 누적됐던 긴장이 한꺼번에 풀리면서 나는 그만 수다스러워지고 말았다. 카톨릭 보육원에서 보낸 어린 시절과 신부가 되려고 신학교를 들어갔던 일들을 털어놓았다. 프랑스로 떠난 지 2년 만에 신을 버린 이야기도 들려주었다. 누구에게도 하지 않았던 이야기들이다. 어디서도 말할 수 없었던 나의 과거를 마치 술안주 삼듯 말해버렸다. 털어놓고 나자 그토록 무겁게 느껴졌던 인생이 한 편의 코믹한 단편소설처럼 여겨졌다. 그저 누구나 겪을 수 있는 별다를 것 없는 에피소드처럼. 그러자 세상 모든 일이 깃털처럼 가볍고 덧없어 보이기 시작했다. 그 순간 내 옆에 앉아 마주하고 있었던 나이의 시선을 제외하고는 그랬다는 말이다. 나는 그녀의 시선이 이끄는 곳이라면 어디라도 달려가려는 사람처럼 그녀의 눈빛에 반응하고 있었다.

"우리 올라가요."

마침내 나이가 짧은 침묵을 깨고 말했다. 내가 계산했고 나이가 나를 따라 자리에서 일어났다. 호텔로 오르는 엘리베이터까지 걸어가는 우리의 모습은 이제 막 사랑을 시작한 연인들 같았다. 스피커에서 흘러나오는 마일스 데이비스의 〈Two Bass Hit〉이 둘을 배웅했다. 엘리베이터에 올랐을 때 그녀가 나에게 안겨 입을 맞추었다. 세 번째 키스였고 그녀의 방은 십층이었다. 문을 열고 룸에 들어섰을 때 도시의 불빛이 커다란 통창의 유리를 수놓고 있었다. 나이는 커튼을 닫지 않은 채로 창 앞에서 코트와 니트를 그리고 치마를 벗었다. 속옷을 입지 않았으므로 그녀는 곧바로 나체가 되었다. "아름다워"라고 나는 말하지 않을 수 없었다. 한밤의 도시가 뿜어내는 불빛을 배경으로 서 있는 그녀는 밤의 여신이었다. 나는 한동안 그렇게 그녀를 바라보기만 했다. 그런 나를 그녀는 가만히 놓아두었다. 그러다가 "잠시만"이라 했고, 벗어놓은 코트를 다시 집어 올리더니 주머니에서 무언가를 꺼내 들었다. 처음에는 검은 손수건처럼 보였지만, 펼쳐 보이자 레이스 없는 검은색 팬티라는 것을 알게 됐다. 그뿐만 아니라 팬티에는 적지 않은 양의 하얀색 액체가 엉겨 붙어 있었는데, 나는 무슨 이유에서인지 그것을 남자의 정액이라고 단정지었다. 내가 그녀의 얼굴을 마주하며 설마 하는 표정을 지었다. "맞아요."

그녀가 대답한다.

"친부의 정액이야. 나이의 기원을 가져온 거야."

말하면서 팬티를 다시 바닥으로 툭 하고 떨어트린다. 나이의 기원이 추락하고 있었다.

나이와의 섹스는 개념 자체가 달랐다. 쾌락을 움켜쥐는 그녀의 방식은 낯설고도 압도적이다. 나이는 내 손을 잡아 이끌어 침대 맞은편의 소파에 앉게 했고, 그 앞에 무릎을 꿇고 앉아 벨트를 풀고 바지 지퍼를 내렸다. 그녀의 입속으로 발기한 페니스가 깊숙한 지점까지 밀고 들어갔을 때 나이는 테이블 위에 놓여 있던 전자 담배를 내게 건넸다. 그러고는 눈짓으로 담배를 피우도록 부추겼다. 나는 이런 플레이가 무엇을 겨냥하는지 직감했다. 그녀는 자신의 두 팔을 뒤로 두르고 마치 포박당한 사람처럼 입으로만 목젖 깊숙이 페니스를 박아 넣었다. 그녀가 원하는 것은 마조히즘이었다. 그녀는 내게 아무것도 숨기려 하지 않았고 나도 그런 태도를 기꺼이 수용하려 했다. 섹스라는 게 본질에 있어서 지배와 피지배의 감정에 연결되어 있다는 사실을 이해하고 있었으니까. 게다가 그녀의 아름다움에는 그 어떤 규범도 넘어서게 만드는 힘이 있었다. 펠라치오 하는 나이를, 눈물 콧물을 흘려대며 서서히 망가져 가는 아름다운 여자의 얼굴을 담배 피우며 내려다보는 기분은 지배자의 그것이었다. 여기서의 쾌락의 본질은 배려가 아니라 지배하거나 지배받는 순간의 망아적 해방감이다. 그녀는 그걸 움켜쥐려 하고 있었다. 그날 밤 나이는 자신의 존재가 서서히 추락해 가는 속도감을 즐기고 있었던 거다. 나는 그녀가 이끄는 대로 압박했고 팔을 뒤로 꺾거나 목을 감아 위협적인 자세를 연출했다. 평생 그런 섹스를 해온 남자처럼 모든 게 자연스러웠다. 그녀의 눈빛과 표정 그리고 신음 소리가 나를 인도했다. 그녀는 완강하게 저항하며 빠져나갈 듯 미끄러지다가 다시금 절망적으로 포획되는 반복 운동 속에서 경련하며 움직였다. 그리고 마지막으로 찾아온 길고 느린 사정의 순간 나의 정액이 그녀의 자궁 안쪽 깊숙한 곳으로 삼투압 되는 것을 느꼈을 때 내가 본 것은 그녀의 영혼이다. 절정의 순간 부풀어 오른 그녀의 갈색 동공 속에서 나는 그녀의 거의 모든 것을 보아버린 기분이었는데, 그것은 내가 결코 소유할 수 없는 거대하고 무한한 깊이의 우주였다.

침대 위로 평온이 찾아왔을 때 내가 바닥에 굴러다니는 팬티를 가리키며 어떻게 된 거냐고 물었다.

"섹스하는 동안에도 그 생각을 한 거야?"

나이가 웃으며 말했다.

"그 사람 집에서 당신이 자리를 비켜 주었을 때 내가 물어보았어요. 손 없는 소녀에 대해서. 그 사람 기억조차 하지 못하더라구. 그런 동화를 알지도 못하는 것처럼 고개를 저었어. 그때 문득 남자에게 나의 진짜 손을 느끼게 해주고 싶었어요. 살아있는 나이의 생생한 손을. 이불 속으로 손을 넣어 남자의 페니스를 움켜쥐었는데 생각보다 쉽게 발기되었어. 신기하게도 죽어가는 남자의 페니스 같지 않았어요. 단지 몇 번을 움직였을 뿐인데 남자는 그대로 사정하고 말았어. 그래서 입고 있던 팬티를 벗어 손에 묻은 정액을 닦아냈어요. 그러고는 가져온 거야. 전리품처럼."

나이는 덤덤한 표정으로 마치 링거병을 갈아주고 나온 간호사처럼 간단히 말하고 있었다. 나로 말하자면 이번만큼은 놀란 눈빛을 감추지 못했다. 그러나 그것도 잠시뿐이다. 그녀가 나의 페니스에 손가락을 올리고 간지럽히듯 움직이기 시작했기 때문이다. 자장가를 연주하는 조심스런 피아니스트처럼 움직이는 나이의 손가락을 바라보면서 나는 다시금 내가 영원히 가질 수 없을지도 모를 무한한 것에 대해 생각하기 시작했다.

두 번째 섹스가 끝나고 나이가 일어나 소파 위에 앉았을 때 나는 덮쳐오는 잠의 파도와 싸우고 있었다. 그녀는 냉장고에서 꺼낸 국산 맥주를 마시기 시작했다. 아른거리는 그녀의 이미지가 사라지지 않도록 시선을 조준해야 했다. 안경 너머로 그녀의 모습이 차츰 흐려지고 있었다. 내가 말했다. 나는 어쩌면 잠들어 버릴지도 모르겠다고. 그래도 좋다고 나이가 대답했다. 하지만 잠들기 전까지 이야기를 들려주겠다고 했다. 안티고네의 이야기라고 했다. 외디푸스의 딸이자 폴리네이케스의 여동생인 안티고네의 이야기를 나이가 시작했을 때 나는 이미 절반쯤의 가수면 상태로 들어서고 있었다. 그녀의 음성이 멀어지고 있었다. 안티고네가 원했던 것은 무엇이었을까? 그런 문장이 아득한 곳에서 들려왔다. 다시 태어나기 위해서는 모든 것을 몰락시켜야 한다는 말도 들려왔다. 거짓된 왕국을 몰락시켜야 진실한 왕국이 태어날 수 있다는 말도 들려왔던 것 같다. 어쩌면 이 모든 목소리들이 그저 하나의 꿈에 불과한 것인지도 몰랐다. 요즘 들어 꿈과 현실의 경계를 명확히 할 수 없는 일들이 연달아 일어나고 있다고 나는 꿈속에서 중얼거리고 있었다.

3장

텅 빈 무덤

내가 아직 아버지께 올라가지 않았으니,

나를 만지지 말라.

『요한복음』 20장 16-17절

빠당

다시 잠에서 깨어났을 때는 열대우림의 폭우가 쏟아지고 있었다. 수은처럼 무거운 회색빛의 바다가 꿈틀대며 비를 맞고 있었다. 자리에서 일어나 한참 동안 창밖의 풍경을 바라보았다. 해변의 야자수들이 쏟아지는 스콜을 거대한 초록색 스펀지처럼 빨아들이며 흔들리고 있다. 손목시계는 아침 7시를 가리키고 있다. 호텔 방의 공기는 덥고 습했고 벽에 걸린 거울 속의 내 모습은 이루 말할 수 없이 초췌했다. 나는 맥북을 열어 애플뮤직으로 제임스 블레이크의 〈Love Me in Whatever Way〉부터 틀었다. 룸서비스로 커피와 토스트를 주문했고 간이 테이블에 앉아 다시 창밖으로 시선을 던졌다. 아침의 시간을 그렇게 보낼 작정이었다. 움직이지 않고 머물면서 생각을 정리해 보려고 했다. 그렇게 하지 않으면 다시 길을 잃어버릴 것만 같았기 때문이다. 인도네시아에 도착한 이후로 지난 몇 달간 나의 판단력은 논리의 임계점을 향해 접근하는 듯했다. 나이가 갑자기 사라진 이유에 대해 나는 여전히 갈피를 잡지 못하고 있었다. 그녀가 친모에 관련해서 어떤 비밀을 알아내게 된 것인지도 알지 못했으며, 나로부터 도망치려는 이유에 대해서는 짐작조차 하지 못하고 있다. 내가 할 수 있는 일이란 어떻게든 그녀의 뒤를 쫓는 것이었지만, 그럴수록 그녀로부터 멀어지고 있다는 인상을 받게 될 뿐이다. 자카르타에서 메단으로 그리고 다시 빠당으로 옮겨 다니며 나이와 그녀의 모친을 찾는 여행에 지쳐가고 있었다. 불현듯 방향 감각을 잃었고, 나는 어쩌면 미로의 한가운데에 이미 도달한 것인지도 모르겠다. 이런 식이라면 영원히 그녀를 다시 만날 수 없을 거라는 절망적인 예감이 엄습해 왔다. 스콜의 빗줄기가 더욱 거세지고 있었다. 16인치 맥북 프로의 내장 스피커로는 쏟아지는 빗소리를 밀어내기에 역부족이다. 나는 곡을 바꾸어 윈튼 마살리스의 〈Black Codes〉를 틀었다. 창을 열어 빗줄기가 음악 소리와 자유롭게 뒤섞이도록 했다. 그러자 머릿속을 떠돌던 상념들이 봉인 해제된 시간의 악령들처럼 눈앞으로 엄습해왔다. 그들 중 무엇 하나 놓치지 않으려는 사람처럼 나는 집중했고 회상했다. 길을 찾아야 했기 때문이다. 그녀에게로 가는 길은, 그녀가 내게로 왔던 길과 같은 여정일 수 있었기에. 회상해야 한다.

서울

나이의 친부를 방문하고 나서 이틀이 지났을 때 자신을 경찰이라고 소개하는 젊은 남자에게 전화가 걸려왔었다. 집 앞이라며 근처에서 만나볼 수 있냐고 물었다. 나이에 관련된 일이라고 했다.

"나이 에티엔씨를 잘 알고 계십니까?"

인근 카페에서 마주한 남자의 질문이 조금 묘했다. 답하기가 애매해서 나는 그저 물끄러미 질문하는 남자를 바라보기만 했다. 허리가 잘록한 다크 블루 정장을 단정하게 차려입고 발레리노의 토스처럼 날렵해 보이는 갈색 가죽구두를 신은 30대 초반의 스마트해 보이는 남자였다. 나는 먼저 신분을 밝혀줄 것을 요구했다. 남자가 부드럽게 웃으며 명함 한 장을 내밀었다. 손요한이라는 이름이 영문으로 적혀있었고 그 밑에는 ICPO & CGVC라고 표기되어 있었다. 뒷면에는 메일 주소가 하나 있고, 그 외엔 아무것도 없다. 얼핏 보아도 일반적인 경찰의 명함이 아니다. 내가 알 수 없다는 표정으로 남자의 명함을 테이블 위에 던지듯 내려놓았다. 사실 나는 조금 혼란스러웠다. 나이와 보냈던 밤의 여운이 채 가시기도 전에 낯선 남자의 전화를 받게 된 것이 불안을 자극했기 때문이다.

"ICPO는 인터폴의 약잡니다. 그리고 CGVC는 바티칸 시국 헌병대의 약자구요."

낱말 풀이하듯 남자가 말했다. 내가 미간을 찌푸리며 물었다.

"경찰이라고 하지 않았습니까?"

그러자 남자가 테이블 위에 방치된 명함을 다시 내 쪽으로 밀어 내보이며 이렇게 대답한다. "인터폴은 아시겠지만 바티칸 헌병대는 생소하실 테니까. 설명 드리자면 이렇습니다. 바티칸도 어쨌든 국가에 준하는 체제니까 치안이나 범죄수사 담당하는 경찰 같은 조직이 있는데, 저는 그 소속이고 해외 관련 사건을 조사하고 있어서 인터폴에도 속해 있습니다."

나는 여전히 고양이가 개 쳐다보는 눈빛으로 그에게 시선을 던지고 있을 뿐이다. 남자가 덧붙였다.

"그러니까 저는 선생님을 만나기 위해서... (그가 잠시 뜸을 들였다) 로마에서 온 겁니다."

그래서 뭐가 어쨌냐는 완고한 표정을 감추지 않고서 내가 물었다.

"그래서 용건이 뭡니까."

남자는 무언가 복잡한 생각을 감추려는 듯 얼굴을 잔뜩 찌푸리며 웃었다.

"그러니까 말입니다. 용건이 뭐냐면..."

나는 문득 이 남자가 사기꾼이거나 나이에게 집착하는 스토커쯤은 아닌지 의심하기 시작했다. 최소한 나이의 전 남친 정도일 수 있겠다는 추측을 하기 시작했을 때 그가 비로소 설명하기 시작했다.

"WUR이라고, 나이 에티엔씨가 속해 있는 단체 말입니다. 그곳에 대해서 조사 중입니다. 여기서 다 말씀드릴 수는 없지만 어쨌든 문제가 많은 곳입니다. 강이름 선생님께도 조심하시라고 그런 말씀드리러 온 겁니다."

남자는 말하면서 내 두 눈을 가만히 응시했다. 내가 어떤 반응을 보이는지 관찰하려는 듯이 물끄러미 바라보고 있었다.

"무슨 말씀 하시는지 전혀 알 수가 없군요." 내가 말했다.

"저는 그런 단체 모릅니다. 나이라는 사람 알게 된 지도 얼마 안됐고...."

어느 정도는 솔직한 눈빛으로 내가 그렇게 대답하자 남자가 고개를 끄덕였다.

"네, 현재로서는 그러실 겁니다만. 하지만 그 단체가 선생님께도 접근해 올 거고, 그때가 되면 제가 한 말 잊지 않으셨으면 해서요. 나이 에티엔씨가 속해 있는 그 단체는 저희 바티칸 입장에서는 위험한 조직이고... (남자가 어깨를 으쓱했다) 근데 물론 그건 당신들 문제라고 선생님께서 말씀하신다면 어쩔 수 없지만 말입니다. 언젠가는 WUR이 문제를 일으킬 거라고 저희는 예상하고 있어서요. 강이름 선생님께도 접근할 수 있는 문제니까 미리 조심하시라고 말씀은 드려야 할 것 같아서 이렇게 실례를 무릅쓰고라도 찾아뵈려 한 겁니다."

남자가 거짓을 말하는 것 같지는 않았지만 그렇다고 명확한 사실을 해명하는 것도 아니어서 나는 조금 답답해졌다.

"그게 답니까?"

내가 물었고, 로마에서 왔다는 이 남자는 한쪽 뺨에 보조개를 만들며 어깨를 다시 으쓱했다. "그게 답니다. 선생님. 저희도 이 일이 앞으로 어떻게 전개될지 몰라서 그냥 선생님 얼굴도 익힐 겸 그렇게 온 거니까, 너무 복잡하게 생각은 말아주셨으면 해요. WUR 일이 아니라도 선생님은 한 번 뵈어야 할 분이라는 말들이 있어서요. 그래서 자진해서 파견 왔던 거니까 너무 별나게 생각하지는 말아주세요."

남자가 웃으며 덧붙였다. 손요한이라는 이 남자는 뭐랄까, 이러다 정들겠다 싶은 타입이었다. 서글서글했고 스스럼이 없어서 어디선가 한 번쯤은 만나본 일이 있겠다는 착각을 주는 인상이다. 나는 문득 남자가 말하는 WUR에 관해 묻고 싶은 궁금증이 치밀어 올랐지만 애써 침착한 얼굴을 하고 침묵을 지켰다. 남자에게 말려들 것 같다는 불안감이 여전했기 때문이다. 남자의 정체에 대해서 확신할 수 없었으므로, 일단은 입을 다물기로 했다. 내가 아무런 반응도 보이지 않는 것을 확인하자 남자는 시원섭섭하다는 애매한 표정으로 자리에서 일어났다. 그러면서 잊고 있었다는 듯 이렇게 덧붙였다.

"아, 그리고... 그거 아십니까? 나이 에티엔씨의 친부가 어제 사망했습니다. 선생님이 성남의 그 집을 방문하시고 나서 몇 시간 뒤에 사망 신고가 접수됐더라구요."

말하면서 남자가 마지막 인사를 건네듯 손을 내밀어 악수를 청했다. 나는 남자의 손을 잡지 않았고, 물끄러미 바라만 보았다. 피아니스트처럼 가늘고 섬세한 손가락이었다. 약지에 십자가 문양이 새겨진 금반지가 반짝이는 게 보였다. 역시 반응이 없자 그가 어색하게 웃으며 돌아섰다. 그러고는 아무 일 없었다는 듯 카운터 쪽으로 성큼 걸어가 커피 값을 계산하고 카페를 떠나버렸다.

사라지는 남자의 뒷모습을 확인하고 나서 나는 즉시 나이에게 전화했다. 손요한이라는 그 남자가 나이 역시 찾아왔었는지부터 물었다. 나이는 내가 무슨 이야기를 하고 있는지 전혀 이해하지 못하는 듯했다. 그런 나이에게 친부가 사망한 사실을 알리자 그녀가 뜻밖의 말을 했다.

"나도 알고 있어요. 지금 그의 장례식장이야."

전화를 끊고 나서 곧장 성남의 어느 초라한 병원 지하 장례식장으로 향했고, 도착했을 때 나이는 혼자였다.

"그의 아내는 지금 없어요. 나한테 여길 맡기고 돌아갔어. 이제 내가 상주야."

나는 도무지 일이 전개되는 속도를 따라잡을 수 없을 것만 같은 기분이었다. 급하게 달려온 탓에 장례식에 어울리는 검은색 옷차림은 아니었지만 주위를 신경 쓸 필요조차 없었다. 조문객이 전혀 없었기 때문이다. 아무도 찾아오지 않는 쓸쓸한 장례식장의 풍경이다. 나이는 지난번에 보았던 검은색 옷차림 그대로였다. 검은 코트와 검은 니트와 흰색 단화. 달라진 게 있다면 이번에는 화장하지 않았다는 점이다. 나이가 노파로부터 전화를 받은 것은 어제 아침, 그러니까 내가 나이의 호텔에서 밤을 보내고 나온 직후였다고 했다. "법사님이 돌아가셨다"고 노파가 친부의 죽음을 전해왔다.

"여기 처음 왔을 때부터 그녀 말고는 아무도 없었어요."

나이가 나에게 한쪽 자리를 권했다. 그러고는 메마른 목소리로 "아무래도 내가 죽인 거 같아"라고 말했을 때 내가 고개를 저으며 잠시 그녀의 시선을 피했다. 뭐라고 해야 할지 몰랐다. 어차피 죽어가던 사람이라고 말하려

했지만 차마 입이 떨어지지 않았다. 그런 나를 바라보며 나이가 말했다.

"괜찮아. 나는 죄책감 같은 거 느끼지 않아요. 오히려 잘 된 거라 생각해. 그가 나를 보냈듯이 나도 그를 보낸 거야. 그가 원하던 새로운 인생 살라고. 여자도 말했어요. 극락 세계로 갔다고."

고개를 들어 나이를 보았다. 그녀의 얼굴이 눈에 띄게 핼쑥했다. 줄곧 빈소를 지켰던 거냐고 내가 물었다. 그녀가 고개를 끄덕였다.

"어제 아침에 온 이후로 줄곧. 그리고 밤을 지샜어요. 여자는 돌아갔고요. 당신에게 전화하려 했지만... 이건 내 일이라고 생각해서 그러지 않았어."

내가 나이의 손을 잡았다. 그러고는 다시 손을 들어 그녀의 뺨을 감쌌다. 나이는 내가 하는 행동을 가만히 지켜보다가 고개를 기울여 나의 손바닥에 뺨을 밀착시켰고 마침내 두 눈을 감았다. 우리는 한동안 침묵 속에 있었다. 벽에 걸린 원형 시계의 바늘이 저녁 7시를 가리키고 있었다. 나는 그제야 비로소 주변을 둘러보기 시작했다. 영정 사진과 향을 피운 구리 단지가 없었다면 빈소는 오래된 공장의 초라한 구내식당이라 해도 좋을 만큼 을씨년스러

112

웠다. 식당이라기보다는 미심쩍은 변두리 기도원의 지하 기도실이거나 원양어선 바닥의 낡은 휴게실처럼 보이기 도 했다. 오래된 흰색 페인트가 군데군데 벗겨진 벽과 천 장으로 백열등이 이따금씩 깜빡이며 창백한 빛을 던지고 있을 뿐이다. 이런 곳에 나이를 혼자 두고 싶지 않았다. 그래서 함께 있어 주겠다고 말했고, 나이가 나의 손에 입 을 맞추며 고맙다고 말했다.

"그의 시신과 단둘이 밤을 지새우는 게 두려웠어요." 그 러고는 "당신에게 말할 게 있기도 해요"라고도 했다. "고 백할 게 있어"라는 말에 내가 다시 웃으며 "또 고해성사 같은 거?"라고 대꾸했다.

나이는 내게 빈소의 음식을 차려주고는 함께 식사했다. 된장국에 몇 가지 나물무침이 전부였다. 식사를 마치고 나서 병원 근처의 스타벅스에서 커피를 사왔다. 그렇게 둘은 영정 사진 맞은편에 방석을 깔고 앉아 뜨거운 커피 를 마시며 비로소 편안한 마음이 되었다. 한동안 침묵을 지키던 나이가 입을 열었다.

"무의식에 대해서 어떻게 생각해요?"

갑작스런 질문이었고 내가 어깨를 으쓱했다. 그러고는

"내가 알지 못하는 내가 내 안에 있다는 사실에 대해서?"
라고 대답했다. 나이가 웃었다.

"으응. 그런 거. 궁금하지 않아요? 자기 자신의 무의식
에 뭐가 숨겨져 있는지?"

나는 "그닥"이라고 말했다.

"그닥...."

나이가 따라 했다.

"전에 이야기했지만, 나 사실 오래도록 정신분석을 받
아왔어요. 그래서 무의식에 관한 여러 가지 경험을 했어.
내가 친부를 찾으려 했던 것도 그렇고. 그에게 그런 일을
한 것도 사실은 정신분석의 경험과 관련이 있어요."

나이가 기이한 고백의 이야기를 시작하고 있었다.

"처음 분석을 받게 된 건 대학 다닐 때였어. 프랑스는
정신분석 받는 일이 흔하니까 누구든 심리적인 문제가 있
으면 쉽사리 분석가를 찾아갈 수 있어요. 그리고 나는 섹
슈얼한 부분에 문제가 있다고 생각했던 거고."

나이는 말하면서 뒤로 묶었던 머리를 풀어헤쳤다. 마지
막으로 커피 한 모금을 마시고는 종이재질의 용기를 바닥
에 내려놓았다. 그런 다음 곁으로 와서 벽을 등지고 내 어
깨에 머리를 기댔다.

"평범한 섹스는 내게 아무런 기쁨도 주지 않았어요. 처음으로 그걸 한 게 열다섯 살 때였는데 정말 별거 아니라는 생각을 했어. 이런 걸 하려고 아이들은 그토록 달아올랐던 거구나 하고 실망했어요. 그래서, 아... 나는 이런 거 안 좋아하는 타입이야─라는 생각도 했고. 옷을 벗고 서로의 몸을 이리저리 만지다가 삽입한 채로 헐떡이고, 또 그러다가 사정하면 어색한 표정을 지으며 사랑한다고 말하는 남자아이들이 귀엽긴 했는데 끌리진 않았어요. 조금 귀찮았다고 해야 할까. 그러다가 스무 살이 되었을 때 나의 핸들러를 만나게 됐어."

내가 고개를 돌려 그녀를 보았다.

"핸들러?"라고 되물었다.

"응 핸들러"라고 그녀가 다시 한 번 확인해 주었다.

"사도마조 플레이에서 지배하는 위치에 있는 사람을 말하는 그거?"라고 내가 되물었다. 그러자 나이가 "척척 박사님"이라 말하며 미소 짓는다.

"맞아요 그거. 대학에서 만났는데 그는 교수였고 나는 이제 막 대학원 준비를 시작하는 3년 차 대학생이었어요. 매력이 넘치는 그런 사람은 아니었지만, 어쨌든 그가 먼저 다가왔어요. 잘 알고 있겠지만 프랑스에서는 교수와

학생이 연애하는 게 터부시되지는 않아요. 드문 일도 아니고. 또래 아이들과 만나는 데에는 거의 관심이 없었기 때문에 그 사람이 데이트 제안했을 때 호기심이 생겼어요. 나이든 남자는 어떨까ー라는 생각도 했고. 40대 후반이었던 걸로 기억해요. 백인이고 마른 체구에 신경질적인 외모를 하고 있었어요. 첫 데이트 때부터 그는 취향을 숨기지 않았어요. 자기는 남녀 관계에 섹스가 중심이라고 생각한다고 했고, 그리고 자신이 생각하는 섹스는 새디즘 플레이라고 했어요. 자신과 데이트를 한다는 건 플레이하는 걸 의미한다면서 그걸 받아들일 수 있는지 물었어요. 학교에서 보던 은밀하고 비밀스런 분위기와는 다르게 솔직한 남자라고 느꼈어요. 게다가 인문학계에서는 꽤나 알려진 교수가 설마 나에게 해를 끼칠 거라고는 생각하지 않았어요. 그래서 제안을 받아들였어요. 호기심이나 모험심 같은 거? 그런 게 자극이 되었어. 그가 말하기를 지배하고 지배받는 과정에서 상상하지 못했던 강도의 쾌락이 발생할 거라고 했어. 그런 쾌락은 단순히 성적인 영역뿐만 아니라 일상의 곳곳에 스며들어 힘을 발휘할 거라고도 했어. 이런 건 단순한 생체적 오르가즘이 아니라고. 이건 세계관에 관련된 거라고. 처음 그런 소릴 들었을 때는 무슨 말인지 이해하지 못했어요. 그냥 그때의 나의 기분은...
뭐더라, 반신반의라고 하나요 이런걸?"

나이가 묘사하는 그 남자와의 첫 번째 플레이는, 그러
니까 첫날밤의 섹스는 그녀가 섹스에 대해 알고 있던 그
무엇과도 닮지 않았다고 했다. 남자는 나이의 옷을 벗기
고 본디지 플레이부터 시작했다. 거칠고 굵은 밧줄로 정
교한 매듭을 지으면서 나이의 두 팔과 가슴을 견고하게
묶었다. 그러고는 남자의 거실 천장에 설치된 강철 도르
래식 갈고리에 두레박을 올리듯 밧줄을 걸어 나이의 몸뚱
이를 공중에 매달았다. 그 순간의 느낌을 나이는 결코 잊
을 수 없다고 말했다.

"그건 해방감이었어요. 밧줄에 묶인다는 건 구속되는
느낌이지만 자유로부터의 해방감이기도 했어. 그렇게 공
중에 매달리면 수치심이 미칠 듯이 차올라요. 온몸의 구
멍들이 벌어져 그 남자 앞에서 흔들리게 되니까. 그런데
도 좋았어. 어떤 말로도 표현할 수 없어요. 그저 매달리
는 것만으로 나는 벌써 오르가즘의 문턱에 도달하고 있었
어."

완전한 구속감이, 절망적인 수치심이 그녀 안의 무언가
를 폭발시켜 버렸다. 플레이는 밤새 이어졌고 남자는 그

녀에게 참을 수 없는 모욕의 말을 서슴지 않았다. 그녀 신체의 모든 구멍들에 페니스를 쑤셔 넣었고 조롱하고 명령하고 지배했다. 그녀는 마치 인간이 아니라 사물이 된 것처럼, 그녀의 표현을 빌자면 "악마적인 의학 실험용 동물이 된 것처럼" 학대받고 있었는데 그건 아주 오래전부터 그녀가 열망하던 감각이었다는 사실을 그날 깨닫게 된다. 그날 밤의 나이는 생각하지 않는 존재, 단지 육체이고 고깃덩어리와 같은 사물이어서 인격 따위는 소멸해 버린, 절대적이고 사악한 신에게 제물로 바쳐진 어린 양과 같이 나약한 존재였다. 교수는 능숙했고 특히 심리적인 자극에 뛰어났다. 그는 단지 눈빛만으로도 나이가 스스로 노예 상태라는 것을 자각하도록 만들었다. 그의 앞에서 그녀는 아름다운 쓰레기였고 탐스러운 오물 덩어리였다. 새벽이 밝아오던 어슴푸레한 조명의 거실 한가운데서 교수는 마지막으로 그녀에게 배변 볼 것을 명령했다. 그렇게 함으로써 그녀가 자신의 온전한 소유물이자 순종적인 애완동물이었다는 사실을 확인하며 플레이를 마무리했다.

　나로서는 충격적으로 느껴졌던 나이의 고백을 듣는 동안 그녀의 얼굴을 마주 볼 수 없었다. 복잡한 감정이 마음 깊은 곳에서 밀쳐 올라왔기 때문이다. 어떻게 정리해야 할 지 모를 상념들이 그녀에 대한 나의 감정을 혼탁하게 만들고 있었다. 나는 깊은숨을 힘겹게 들이키면서 좀 더 이야기를 들어보아야 한다고 생각했다. 그런 나를 기다려 주려는 듯 나이가 잠시 말을 멈추었다. 조심스레 나의 표정을 살피는 그녀의 시선이 어깨 너머로 느껴졌다.

그렇게 첫 번째 플레이의 밤이 지나고 자신의 아파트로 돌아온 나이는 세상이 돌이킬 수 없는 방식으로 뒤바뀌어 버렸다는 사실을 직감했다고 한다. 그녀는 이제 더 이상 자신이 알고 있던 그런 사람이 아니었다. 독립적이고 이성적이며 합리적인 여자. 의지가 강하고 자존심이 강한 사람이 아니었다. 그녀는 복종하며 쾌락을 느끼는 짐승과도 같은 존재였다. 밧줄로 묶이고 채찍으로 구타당하면서 더 때려 달라고 울부짖으며 수치심을 탐닉하는 괴물이었다. 그날 아침 미지의 여행에서 돌아온 듯 거울 속에 나타난 자신의 새로운 육체를 그녀는 불안에 떨며 바라보았다. 밧줄 자국과 채찍으로 맞은 생채기들이 돌이킬 수 없는 타락의 문신처럼 거울 속의 벌거벗은 몸뚱이를 뒤덮고 있었다. 우아하고 아름답던 그녀의 육체는 온데간데없고, 어두운 쾌락의 그림자에 더럽혀진 낯선 몸뚱아리가 불안에 떨고 있을 뿐이다. 또 하나의 물음표가 그녀의 인생에 먹구름을 드리우는 듯했다. 나이가 정신분석을 받기로 결심했던 것은 바로 그날의 플레이 직후였다고 했다.

"교수와는 더 이상 만나지 않았어요. 나를 찾아온 악마 같은 쾌락의 정체가 뭔지 먼저 알아야만 했어. 만일 내가 사람들이 말하는 그런 성도착자라면, 그중에서도 가장 수치스런 것을 좋아하는 마조히스트라면 그게 어떤 식으로 내 마음을 지배하고 있는지 알아야 했어. 그래서 누군가의 소개로 파리 중심가에 있는 어느 여성 정신분석가를 찾아갔어요. 아무래도 여자 분석가가 편하다고 생각했어. 그리고 나이가 많은 게 좋다고도 생각했어요. 그 사람은 70살이 넘은 아주 나이가 많은 여자 분석가였어요. 하지만 여전히 또렷하게 쏘아보는 눈동자를 가졌어. 뭐라고하죠, 그런 눈을? 꿰뚫어 보는 눈? 이해심 많은 눈? 그런 눈빛으로 나를 안심시키는 사람이었어. 이 사람에게 나는 매주 수요일과 금요일에 45분씩 분석을 받았어요. 사실처음에는 내가 질문하느라 대부분의 시간을 소비했어요. 나는 알고 싶었으니까. 그게 유전인지. 내가 범죄를 저지를 가능성은 없는지. 이런 성충동을 가지고 사회 생활은 가능한지, 그런 질문들. 그 사람이 말해준 것들이 지금 모두 생각나지는 않지만 대체로 프로이트 정신분석의 교과서적인 내용이었다고 기억해요. 기본적인 이론들이었지만 당시의 내게는 새로운 지식이었어.

분석가는 우선 먼저 성도착이라는 게 병이거나 범죄가 아니라는 사실부터 알려줬어요. 내가 가장 궁금했던 게 그거였기도 했으니까. 그녀가 말하기를 인간의 성적 욕망은 아주 다양하고 때로는 기이하고 때로는 병적인 것처럼 보인다고 했어요. 그런 성충동이 다른 사람을 아프게 하는 범죄의 수준으로 발전하지 않는 게 중요하다고도 했어. 사실상 성범죄를 저지르는 대부분의 범죄자들은 전혀 성도착자들이 아니라고도 했어. 그걸 판단하는 사람들의 규범도 시대마다 변한다고. 그러니까 성도착자라고 해도 그런 욕망 때문에 범죄를 저지르지만 않는다면 다른 평범한 사람들과 똑같이 행복한 삶을 살아갈 수 있다고 했어요. 그 이야기를 들었을 때 나는 이 분석가를 꼭 믿어야 한다고 생각했어요. 당시에 나의 불안한 마음이 의지할 곳은 그 사람뿐이라고 생각했으니까. 신뢰하는 감정이 솟아올랐어요. 분석가는 계속해서 나의 질문에 간단하게 대답해주었는데 지금 기억나는 가장 중요한 것은 이래요. 내가 마조히즘의 성충동을 갖게 된 것은 어린 시절의 뭔가를 포기하지 못했기 때문이래요. 보통은 유아기의 경험들이 포기되고 억압되어서 기억되지 않는데, 그래서 무의식이 형성되는데, 나는 그렇지 않다는 거죠. 내 몸이 뭔가를 기억하고 있어. 그게 뭔지 몰라도 나의 무의식은 그걸 포기하려 하지 않는다는 거야. 이후로 분석이 본격적으로 진행된 후에도 그게 정확히 무엇인지 밝혀지지는 않았어요. 어쨌든 나는 과거에 얽매인 어떤 부분을 내 무의식의 어둠 속에 숨겨두고 있다고 했어. 그게 평소에는 은밀하게 억압되어 있다가 사도마조의 플레이를 하는 순간 갑자기 고개를 들어요."

여기까지 말하던 나이가 고개를 돌려 나를 바라보았다.

"어때요 이런 고백? 성도착자의 고백."

그녀의 질문이 정확히 어떤 답을 원하는 것인지 확신하지 못한 채로 나는 비로소 그녀에게 눈을 맞추었다.

"상관없어요. 게다가 내가 뭐라 할 문제가 아니잖아. 뭐든지 나는 상관없어요."

그게 뭐가 되었든 나는 그녀가 원하는 대답을 말할 준비가 되어 있었다. 조금 전까지 마음을 흔들던 상념은 그녀의 시선이 내게로 향하는 순간 흔적도 없이 사라져버렸으니까.

변명하자면 나는 사실 성적인 편견이 전혀 없는 편에 속한다고 스스로를 생각해 왔다. 이상하게 들릴지 몰라도 내가 신학교 생활을 하는 동안 보았던 종교적 세계의 욕망은 내가 아는 그 어떤 성도착의 행위보다도 더욱 도착적으로 보였기 때문이다. 자신의 몸을 학대하는 수준으로까지 스스로의 존재를 한없이 낮추는 방식으로 신의 위상을 드높이는 행위들에는 음란한 쾌락의 흔적이 여기저기 묻어 있었다. 그런 관점에서 보면 수도원의 사제들과 수녀들은 마조히즘의 대가들이었고, 특히 서언을 하는 장면은 가장 상징적이기도 했다. 수백 명의 사제들이 자신의 몸을 바닥에 던진 채로 망아적 상태에서 신에 대한 복종을 맹세하는 장면은 외설적이기까지 했던 거다. 자신의 주체성을 철저히 포기하면서 절대적인 존재에게 몸을 던지는 행위는 나이가 묘사했던 성도착의 구조와 외관만 다를 뿐 근본적으로는 동일한 쾌락을 탐하는 행위가 아니었을까. 그런 생각에 잠겨 한동안 입을 열지 못하는 나에게 나이가 다시 말하기 시작했다.

"6개월 정도 분석을 받고 있을 무렵 이제 나는 더 이상 불안하지 않게 되었어요. 그렇게 되면서는 다시 교수의 아파트를 드나들기 시작했어요. 나에게 찾아온 검은 쾌락을 이제는 본격적으로 탐사하려는 자신감이 생겼던 거야."

그리하여 마침내 쾌락의 시대가 열리게 되었다고 한다. 일주일에 한 번, 주말의 밤에 교수의 아파트에서 조련당하는 플레이를 했다. 그곳에서 나이는 덫에 걸려 학대받는 짐승이었고 복종을 강요받으며 길들여지는 펫이었다. 교수는 나이가 오기 최소 하루 전에는 플레이에 사용될 시나리오를 이메일로 보내주었다. 교수가 보낸 대본에 덧붙일 것이 있거나 받아들이고 싶지 않은 내용이 있으면 답장으로 교정을 요청했다. 시간이 지날수록 시나리오의 내용은 정교해졌고 그걸 연기하는 두 사람의 연기력 또한 비약적으로 발전해 갔다. 교수의 아파트에 들어서는 순간 나이는 외부 세계에서 통용되던 상식과 규범이 모조리 폐기되는 것을 느꼈다. 어떤 종류의 보이지 않는 막과 같은 것이 내부와 외부를 분리해 내고 있는 듯했다. 그곳에서 나이가 플레이한 것은 쾌락의 세계로 직진할 수 있도록 고안된 시나리오였다. 엄밀히 말해 그건 연기라기보다는 나이의 근본적인 성충동이 자신을 드러내는 가장 리얼한 모습이다. 오히려 일상에서의 현실이 연극에 가깝게 느껴졌다. 현실을 살아가는 사람들의 모습이란 진정한 욕망을 외면한 채 가짜 인생을 연기하는 것처럼 보였기 때문이다. 그렇게 격렬한 밤이 지나고 새벽에 교수의 집을 나와 자신의 아파트로 돌아오면 나이는 녹초가 되어 잠이 들었다. 꿈도 꾸지 않는 깊은 잠을 스무 시간 넘게 자곤 했다. 하루를 그렇게 꼬박 잠 속에 빠져 있다 눈을 뜨면 어느새 다음날 아침이다. 침대에서 유령처럼 기어나와 커피를 내리고 담배를 피워 문 채 발코니로 나갔다. 테이블에 앉아 건물 아래의 세상을 내려다보았다. 그러고는 이렇게 말하곤 했다. "La vraie vie est absente. Nous ne sommes pas au monde." 번역하자면... "진정한 삶은 존재하지 않으며, 우리는 이 세상에 있지 않다"는 랭보의 시구를 중얼거렸다. 그러면서 진짜 인생은 전혀 다른 곳에 있었던 것은 아닐까-하고 자문했다. 그 다른 곳이란 망각 속에 잊혀진 유아기의 한국이거나 사랑으로 충만했던 프랑스의 유년기가 아니다. 진정한 삶의 장소는 끔찍한 비명소리가 울려 퍼지며 플레이가 진행되는 교수의 아파트였다. 그곳에서 나이는 자신이 누구인지 그리고 어디서 왔는지 생각할 필요조차 없었다. 그녀는 단지 몸뚱이였고 일종의 공물이자 전능한 지배자의 소유물이었다. 전능한 신에게 자신을 봉헌하는 순교자가 그러하듯이 나이는 존재에 관련된 복잡한 질문들로부터 해방되었고 그리하여 가장 실질적인 존재감에 도달할 수 있었다. 비록 그것이 애완동물이거나 오나홀과 같은 것으로 환원된 극도로 초라한 존재일지라도 그것은 관념으로서의 존재가 아니라 지금 여기에 살아 숨쉬는 진짜 존재였던 거다. 그러한 실재에 도달한 사람은 그것을 말로써 설명할 필요를 느끼지 않게 되는 듯했다. 마조히즘의 쾌락이 나이를 충만하게 하면 할수록 나이는 질문하는 삶보다는 온전히 존재하는 삶을 선호하게 되었다. 그건 언어를 통해 살아가기보다는 신체의 감각에 집중하는 삶이었으며, 그런 경향이 강해질수록 정신분석은 거추장스런 것이 되어 갔다. 분석은 언어에 집중했고, 나이에게 자신의 욕망을 설명할 것을 요구했다. 그러나 나이는 자신의 경험이 단어와 문장에 의해 침해받는다는 느낌을 받기 시작한다. 분석가의 해석에 동의하지 않는 경우도 잦아졌다. 나이의 이런 변화를 지켜보던 노분석가는 이렇게 말했다.

"그래도 당신을 해방시켜 줄 수 있는 것은 언어의 힘이야. 지금 당신이 탐닉하는 것은 과거의 경험이 파놓은 마음속의 고랑으로 현재의 리비도들이 흘러들어와 만들어

내는 소용돌이라고 생각해요. 그건 중요한 쾌락이고 나는 그걸 반대할 생각이 전혀 없어요. 하지만 마담 에티엔... 당신은 당신의 존재보다 더 중요한 사람이야. 당신의 쾌락보다 더 고귀한 사람이야."

그러나 나이에게 그녀의 말들은 점점 더 이해할 수 없는 사변처럼 들리기 시작했다. 나이가 이제 막 발견한 쾌락과 그로부터 생성되는 존재의 무게감보다 더 고귀한 것이 있을 수는 없다고 생각했기 때문이다. 게다가 나이는 분석가가 보이는 은근하면서도 차가운 태도에도 진절머리가 나기 시작했다. 나이가 분석가에게 다가가려는 지속적이고도 집요한 시도를 분석가는 번번이 좌절시키는 방식으로 거리를 두려고 했기 때문이다. 나이에게 분석가는 이미 어머니와 같은 존재였지만 분석가는 뭔지 모를 결벽증적 태도를 보이며 살가운 위치를 거부했다. 후에 알게된 사실이지만 분석가의 이러한 태도는 그녀가 속해 있었던 라까니언이라는 정신분석 학파가 고수하는 윤리였다. 내담자의 어머니가 되지 않으려는, 내담자를 의존하게 만들지 않으려는 태도가 그것인데, 당시의 나이로서는 거절당한다는 느낌으로 화가 날 뿐이었다. 그래서였는지 3년의 시간이 지나고 나이가 대학원 과정을 끝마칠 무렵에는 분석을 받으려는 욕망이 사라지고 말았다. 그와 동시에 교수와의 관계도 끝장이 났다. 나이에게 교수는 이제 더 이상 자신을 조련할 만큼의 카리스마적 핸들러가 아니었다. 3년 동안 매주 주말을 그와 함께 보내면서 나이는 그의 나약함을 바닥까지 보고 말았기 때문이다. 그의 사디즘은 더 이상 나이의 마조히즘을 자극할 수 없었다. 그러자 나이가 파리에 남아야 하는 이유가 모두 사라졌다. 학업과 플레이와 정신분석. 나이의 20대를 지탱하던 이 세 개의 기둥이 어느 따스했던 여름날 밤의 꿈처럼 사라져 갔다.

"처음에는 세계 이곳저곳을 돌아다니며 여행하려고 했어요. 돈 걱정은 없었으니까. 프랑스의 부모님이 미리 상속해 주신 재산이 적지 않았어. 그래서 1년간은 여행만 했고, 그러다가 문득 스튜어디스라는 직업에 주목하게 된 거야. 특히 동아시아 계열의 항공사에서 일하는 승무원이 내 취향에 맞는다고 생각했어요. 왜 그랬을까?"

나이가 나를 보며 물었다. 내가 멍한 눈빛을 잠시 추스르며 이렇게 대답했다.

"그들이 상하관계에 더 민감한 태도를 보이도록 훈련되

어 있어서?"

그러자 나이가 끄덕이며 미소 지었다.

"그들이 승객들을 대하는 태도에는 어쩐지 좀 더 숙이는 뉘앙스가 있어요. 유럽에서는 보기 드문 태도야. 그게 나를 매혹 시켰어. 승객이 주문한 커피를 서브하기 위해서 무릎을 꿇는 아름다운 스튜어디스의 모습에는 내가 연기하고 싶은 무언가의 핵심이 섞여 있어요."

그래서 나이는 곧장 싱가포르 항공에 입사했다. 불어와 영어 그리고 한국어까지 완벽하게 구사할 줄 알았던 아름다운 나이가 승무원이 되는 것은 어려운 일이 아니었다. 게다가 나이에게는 승객들과의 관계에서 핵심이 되는 권력관계를 교묘하게 다루는 능숙함이 있었다. 마조히즘의 플레이가 그녀에게 남긴 흔적이었다. 입사한 지 얼마 되지 않아 그녀는 이미 사내에서 가장 잘 알려진 승무원이 되어 있었다. 싱가포르 항공의 광고 방송에 출연했고, 창사 이래 가장 빠른 승진으로 사무장의 자리에 올랐다. 그 해 그녀의 나이가 서른한 살이었는데, 바로 이 시기에 그녀 인생에서 세 번째로 중요한 사람을 만나게 되었다고 했다. 첫 번째와 두 번째가 그녀의 새로운 욕망을 촉발하고 설명해 준 교수와 노분석가였다면 세 번째 인물은 WUR의 정신분석가였다.

"우연이었어." 나이가 말했다.

"파리발 도쿄행 항공기에서였는데, 나는 사무장으로 비즈니스 클래스를 담당하고 있었어요. 비행기가 출발한 지 얼마 되지 않아 작은 사고가 있었어. 그런 걸 한국에서는 갑질이라고 하나? 그렇죠? 한 백인 남자가 무리한 요구를 하기 시작했어요. 분명 술에 취한 것 같았어. 남자는 포도주가 맘에 들지 않는다고 했죠. 싸구려 와인 말고 다른 걸 가져오라고 소리치기 시작했어. 그래서 내가 나섰어요. 남자에게 다가가서 자세를 낮추고 마음도 낮췄어요. 그러면서 남자의 자존심이 어떤 위치에서 상처받았는지를 살폈어요. 보통 이렇게 비행기에서 화를 내며 문제를 일으키는 사람들은 두 부류로 나눌 수 있거든요. 첫 번째는 공격성을 과시하며 그걸로 쾌락을 맛보려는 사람들. 이런 사람들은 자신들이 권력 서열에서 우위에 있다고 느끼면 여지없이 힘을 휘두르며 가학적 쾌락을 탐하기 시작해요. 대체로 타고난 새디스트들이 그렇긴 한데, 그런 부류는 사실 극히 드물어요. 그리고 두 번째로는 상처받은 사람들. 가장 흔한 타입이죠. 이런 사람들은 아주 사소하게

라도 자존심에 상처를 받으면 그걸 보상받을 때까지 거의 모든 것에 컴플레인해요. 첫 번째 유형에는 답이 없어요. 새디스트적 경향에 대해서는 내가 누구보다 잘 알고 있잖아요? 그들이 자신들의 공격성을 통해 쾌락을 얻어가든가 아니면 공권력에 의해 좌절되든가 하는 것을 기다려야 하죠. 하지만 두 번째 유형에는 언제나 해결책이 있어요. 그들은 나약하거든요. 이들이 원하는 것은 고급 포도주도 아니고 진심 어린 사과도 아니야. 이런 사람들은 인정받기를 원해요. 그래서 내가 그 남자에게 말했어요. 조금 전에 짐칸에 캐리어를 올리며 도움 받은 것에 대해 다시 한 번 감사드린다고. 실제로 남자는 제가 캐리어를 올리는 걸 도왔어요. 그럴 필요 없었지만 한사코 도움을 주려 했어. 관심을 끌고 자신이 얼마나 젠틀한 백인 남성인지 인정받고 싶었던 거야. 항공 티켓에 표시된 남자의 성이 특이했는데 내가 그걸 발음하면서 같은 성을 쓰는 사람이 나의 대학교 은사였다고도 말했어. 물론 거짓말이야. 하지만 그런 수법은 언제나 통하게 되어 있어요. 남자의 분노는 싼값에 녹아버리고 오히려 소란을 피워 미안하다는 말을 듣게 되죠. 갑자기 고결해진 자신의 성에 걸맞는 태도를 보이려고 하는 거죠. 흔한 사건이었고 흔한 결말이었어요. 국제선을 5년 이상 타다 보면 누구든 배우게 되는 사소한 능력일 뿐이야. 하지만 누군가에게는 이런 나의 행동이 인상 깊게 보였나 봐요. 도쿄에 도착하기 한 시간쯤 전에 역시 비즈니스 클래스의 어딘가에 탑승했던 50대 중반의 백인 남성이 탄산수를 부탁하며 명함을 건넸어요. 명함에는 그가 속한 협회명이 있었고 그의 전화번호와 이름이 새겨져 있었어요. 제임스 커틀러라는 이름의 이 남자가 내게 새로운 인생을 제안했어요. 실제로 그런 표현을 썼어. 새로운 인생, Vita Nova라고 라틴어로 먼저 말했어. 비행하는 동안 줄곧 나를 지켜보았고, 내가 자신이 속한 단체에서 필요로 하는 그런 사람처럼 보인다고 했어요. 이 정도면 스튜어디스를 유혹하는 방식치고는 상당히 유치한 편에 속한다고 할 수 있죠. 승무원 생활을 하다 보면 열 번 비행에 두세 번 꼴로, 특히 비즈니스 클래스에서 그런 남자들의 유혹을 받게 돼요. 그런 게 아니라면 부유한 몰몬교 선교사가 접근하는 느낌이었다고나 할까. 그런데 이 남자 정말 진지하게 말했어. 남자가 뿜어내는 카리스마의 기운이 나를 압도했어요. 포마드를 발라 단정하게 빗어 넘긴 금발의 머리카락이 후광을 비춘 듯이 눈부시게 빛나고 있었어. 파란색 눈동자는 시선만으로도 상대방을 설득할 수 있는 듯했고. 무엇보다도 묘한 영어 발음이 가장 인상적이었어요. 어미의 T를 전혀 굴리지 않는 영어였는데 그렇다고 영국식도 아니었어요. 그냥 커틀러식 영어라고 해야 할까? 발음하는 문장의 모든 자음들을 하나하나 살피듯이 말하고 있었어. 그러다 보니 듣는 사람은 두 가지 인상 중에 하나를 받게 돼요. 첫 번째는 그가 자신이 하는 말에 도취된 사람처럼 보이는 거야. 하지만 두 번째 경우라면 그의 말투에 매혹당해요. 음절하나하나가 내게로 던져져서 내 몸을 터치하는 것만 같은 감각이 느껴져요. 내 경우가 그거였어. 별다른 말을 한 것 같지 않았는데 그의 목소리에 주목할 수밖에 없게 되었어. 나는 최면에 걸린 듯 그의 앞에 한쪽 무릎을 꿇어앉은 채로 명함을 뚫어지게 바라보다가 문득 정신을 차렸어요. 기회가 된다면 그렇게 하겠다는, 지금 생각해도 애매한 대답을 하고 나서 서둘러 자리를 떠났어요. 그게 내가 제임스 커틀러라는 분석가를 만난 첫 번째 경험이에요.

그리고 나서 며칠 뒤에 그에게 실제로 연락했어요. 도쿄에서 그를 만나 그에게 분석을 받기 위한 스케줄을 잡았고 그에게 이끌려 WUR이라는 협회에 참여하기로 마음을 정하게 돼요. 나이의 새로운 인생은 그렇게 시작되었죠. 그리고 무엇보다…"

나이가 문득 말을 멈추고 나의 두 눈을 똑바로 응시했다. 무언가 흥미로운 사실을 전하려는 사람처럼 갈색 눈동자를 반짝이더니 이렇게 털어놓았다.

"무엇보다 당신을 만나게 된 건 바로 커틀러 때문이야. 그가 당신이 쓴 박사 논문을 내게 보여주고 의견을 구했거든요. 커틀러는 오래전부터 당신을 알고 있었어요. 우리는 커틀러를 통해서 만나게 된 거야."

수수께끼 같은 문장을 발음한 뒤에 그녀가 한동안 침묵을 지켰다. 나 역시 무슨 말을 해야 할지 몰라 그녀의 침묵을 거들 뿐이었고, 다른 어떠한 생각도 떠오르지 않았다. 무언가를 잘못 들은 사람처럼 귀를 의심했다. 처음에는 그렇게 어리둥절했을 뿐이라면, 이윽고 나이와 관련된 감정들이 지면으로부터 허공을 향해 천천히 떠오르는 기이한 감각이 느껴졌다. 아주 잠시 동안이었지만 손요한이란 남자의 목소리가 혼탁한 마음 한구석을 스쳐 지나간 것도 그 순간이다. 불현듯 모든 게 원점으로 돌아갔고, 모든 게 의문투성이가 되고 말았다. 나이는 지금 WUR이라는 단체의 커틀러 때문에 나를 알게 되었다고 말하고 있었다. 그러니까 그녀는 우연히 나의 독자가 되어 찾아왔던 게 아니라는 말이었다. 나는 그녀를 바라보며 도대체 당신은 누구인 거야－라고 실제로 발음해버리고 말았다.

"나는 나이죠." 그녀가 진지하게 대답했다.

"이제 막 당신을 사랑하게 된... 그리고 당신을 몇 년 전 부터 알고 있었던 나이. 내게 조금 더 설명할 기회를 준다면 많은 것들이 이해되고, 그러면 모든 게 편해질 거야."

나는 당혹스런 감정을 감추는 데 실패한 눈빛으로 그녀를 뚫어지게 바라보았다. 그녀의 말과 문장들 속에서 길을 잃어버린 것만 같았기 때문이다. 미로처럼 복잡한 이야기들은 말해질 때마다 우회로를 덧붙여 가는 듯했고, 그 안에 던져진 나를 어리둥절하게 만들고 있었다. 도대체 나이라는 이름의 이 여자는 지금 무슨 이야기를 하고 있는 것일까? 커틀러가 나를 이미 알고 있었다는 말은 무슨 뜻일까? 게다가 논문이라니... 내가 고개를 저었다. 한숨을 내쉬었고 어깨를 한 번 크게 으쓱하고는 그녀에게 설명을 요구하는 시선을 던졌다. 그런 나를 나이가 조심스런 태도로 가만히 응시하고 있다. 벽시계의 바늘은 벌써 자정을 넘기고 있었다. 불현듯 찾아온 어색한 침묵이 참을 수 없게 느껴졌다. 누구든 어서 입을 열지 않는다면 침묵의 무게에 질식할 것만 같았다.

　나이의 이야기는 제임스 커틀러라는 남자에게 정신분
석을 받기 시작하던 부분부터 다시 시작됐다. 커틀러는
도쿄 미나토구의 아오야마에 상담실을 가지고 있었다. 나
이는 도쿄로 비행하는 주에 한 번씩 분석을 받았다.
　"항공사에 부탁해 싱가포르-도쿄 간 직항을 타기 시작
했어서 그에게 분석 받는 데에는 문제가 없었어요."
　그렇게 시작된 새로운 분석은 예전에 파리에서 노분석
가와 조심스레 무의식을 탐사하던 것과는 전혀 다른 방식
이었다. 커틀러는 나이가 믿고 따를 수 있는 아버지 역할
을 자처했다. 심지어 성도착의 플레이를 통해 억압된 쾌
락을 해방시키는 과정에도 개입했다.
　"물론... (나이가 고개를 저으며 말했다) 커틀러와 섹스
했다는 말은 아니에요. 하지만 그는 내 삶과 쾌락의 영역
에 상당히 가깝게 다가서 주었어. 내가 플레이의 경험을
이야기하면 적극적으로 그에 대한 의견을 내고 디렉션을
제시하곤 했으니까. 나는 그에게 거의 모든 것을 말했고,
그 속에서 커틀러는 억압된 쾌락의 흔적들을 찾아내어 그
로부터 빠져나갈 수 있는 길을 알려주었어요. 어떤 의미

에서 그는 내가 플레이하는 도중에도 나를 지켜보는 보이지 않는 응시와 같은 존재였어. 일종의 수호신과 같았어요. 도착적인 쾌락의 파도에 휩쓸려가지 않도록 도와주었고 그것과 함께 어떻게 일상을 살아갈 수 있는지 상당히 구체적인 부분까지 알려주었어요. 무엇을 해야 하고 또 무엇을 하지 말아야 하는지 세세한 규범을 만들어 주었어요."

여기까지 말했을 때 나는 그녀의 말을 가로막고 싶은 충동을 느꼈다. 분석가가 내담자에게 성적 쾌락의 구체적인 방향을 제시한다거나 삶의 규범을 설정해준다는 식의 이야기를 들어본 일이 없기 때문이다. 내가 아는 한 정신분석은 그런 게 아니었다. 프로이트에 대한 기초적인 지식만으로도 지금 나이가 이야기하는 커틀러의 중립적이지 못한 태도는 비난받을 수 있었다. 내가 그런 거부감을 표현하자 나이가 설명했다.

"맞아요. 커틀러와의 분석은 일반적인 정신분석은 아니었던 것 같아. 하지만 내담자가 그런 특수한 관계를 동의하고 받아들인다면 문제가 되지 않는다고 생각했어요. 어쨌거나 그건 나의 분석이었으니까. 내가 원한다면 무엇이든 허용된다고 생각했어. 그런 생각에는 지금도 변함이 없어요."

나이가 단호한 목소리로 설명을 이어 나갔다.

"게다가 당시의 나는 그 사람의 세심한 보호가 필요했어요. 분석을 받던 시절에 새로운 쾌락의 신대륙을 발견했었거든요. 그건 사도마조 플레이의 낙원이었어."

나이가 말하는 그 신대륙이란 도쿄였다. 일본은 이쪽 분야에서 따라올 나라가 없을 정도로 발달된 커뮤니티를 형성하고 있었다. 그곳에서 나이는 특히 본디지 테크닉에 관한 다양한 체험을 했고, 그렇게 새로 시작된 플레이의 쾌락은 분석의 경험과 교차하며 그녀가 자신의 과거로부터 해방될 수 있는 마지막 단계를 횡단하도록 만들어 주었다고 한다. 나로서는 그것이 무엇을 위한 그리고 어떤 종류의 횡단인지 도무지 알 수 없었지만 어쨌든 그 과정에서 커틀러는 나이의 보호자 역할을 자처했다.

"커틀러는 나의 비타 노바, 새로운 인생의 멘토였어. 그 사람도 그런 역할에 대해 부정하지 않았어요. 이건 단순한 정신분석 상담이기보다는 WUR의 인재를 키우기 위한 교육분석의 일종이기에 그러하다고, 커틀러는 말하곤 했어요."

분석이 진행됨에 따라 나이는 항공사를 그만두고 전적

으로 WUR을 위해 일하겠다는 희망을 가지게 됐다. 그렇게 3년의 시간이 흘렀고, 마지막 분석 세션에서 커틀러가 처음으로 나에 대해 언급했다는 것이다.

"그때 당신 이름을 처음으로 들었어요. 이름이라는 멋진 이름을."

나이가 말하면서 회상하듯 가늘게 눈을 뜨고 생각에 잠겼다.

"커틀러가 당신을 알게 된 건 논문 때문이라고 했어요. 우리가 처음 만났던 지난번 학회에서 당신이 소개했던 바로 그 박사 논문 말이에요. 그가 설명하기로는 그 논문이 교황청에서 논의되고 있다는 거야."

나이가 말했을 때 내가 마침내 허탈하게 웃고 말았다. 정확한 표현을 찾을 수 없었지만 갈수록 태산이란 말이 떠올랐다. 목차조차 흐릿한 5년 전의 글이었다. 잊고 살았던 과거의 기록이 커틀러의 정신분석 상담실까지 흘러 들어간 것도 모자라서 교황청이라니, 믿을 수가 없었다. 그런 표정을 하고 나이를 보았다. 그러자 그녀가 이렇게 설명한다.

"그 논문 나도 읽었어요. 좋은 논문이야. 지오반니를 주제로 그 정도까지 깊은 내용을 써낸 사람은 당신이 유일해요. 그리고 지금 교황청에서는 지오반니의 파문에 관해서 다시 생각하는 중이래. 복권하려는 움직임이 한창이라고 해. 그래서 그 화가에 관련된 논문들이 수집되고 있는데, 생각보다 많지 않아요."

내가 잠시 말을 끊었다.

"하지만 당신이 분석을 받았다는 커틀러의 그 뭔지 모를 이름의 단체가 어째서 지오반니를...."

그러자 나이가 정정했다.

"WUR이야. 우리의 무의식에 대한 경험을 증언하는 그런 실천을 하는 단체라는 의미를 갖고 있어요. 그곳에서 지오반니의 복권에 관심 갖는 이유를 알고 싶은 거죠?"

나이가 다시 설명하기 시작했다.

"사실은 이래요. WUR의 분석가들은 인간의 무의식에는 의식의 힘을 뛰어넘는 역능이 있다고 생각해. 커틀러가 나를 분석할 때도 그 부분에 주목했어요. 이런 역능을 종교적인 언어로 표현하자면 신성이라고 부를 수 있고, 실제로도 커틀러는 그게 인간이 가진 신적인 능력이라고 말했어요. 그는 항상 이렇게 표현하곤 했어요. 인간은 자신의 무의식에 베스티지아 데이, 즉 신의 흔적이라 할 수 있는 뭔가를 가지고 있다ー라고 말하곤 했어. 그걸 찾아내서 경험하게 되면 인간의 한계를 넘어설 수 있다고도 했고. 거기에 대해서는 당신이 더 잘 알고 있겠지만... 지오반니가 바로 그런 생각을 가진 사람이었잖아요?"

말하는 나이를 내가 복잡한 시선으로 바라보았다. 나이의 설명이 완전히 틀린 건 아니었다. 지오반니의 작품들은 그렇게 해석될 여지가 있었고 그게 빌미가 되어 파문에 이르게 된 것이기도 했다. 그가 그렸던 프레스코화 〈놀리 메 탕게레〉가 그런 생각을 암시하는 대표적인 작품이다. 예수가 십자가에 못박혀 죽은 지 사흘 만에 부활하는 장면을 묘사했지만 지오반니는 일반적인 성서 해석을 따르지 않았다. 신약에서는 부활한 예수를 보고 놀란 마리아가 그를 만지려 했고, 예수는 여인에게 '나를 만지지 말라'고 경고한 것으로 기록되어 있다. 그러나 지오반니의 그림에서 마리아는 예수의 육신을 온전히 느끼고 있었다. 정확히 표현하자면, 그림 속의 마리아는 부활한 예수의 왼발을 두 손으로 감싸며 입맞추고 있었다. 이런 묘사는 예수의 육신을 인정하려는 태도의 표현이다. 이 점에서만큼은 다른 해석의 여지가 없어 보였다. 지오반니에게 부활이란 죽은 자가 다시 살아난다는 있을 법하지 않은 기적이기보다 오히려 현실적인 삶 속에서의 진실한 변화를 가리키는 정신적 사건을 의미했기 때문이다. 그래서 그는 부활한 예수를 여전히 피와 살로 이루어진 인간으로, 다가가서 만지고 입맞출 수 있는 살아있는 존재로 묘사하려 했던 거다.

한편으로 이런 관점은 종교의 초월성을 부정하고 현실적인 삶에 충실하려는 태도로 해석될 수 있었다. 그러나 다른 한편으로는 현실 세계의 한계를 넘어서 초인적 능력을 추구하는 신비주의적 태도로 해석될 여지도 있다. 예수가 인간이라는 말은 인간이 신의 경지에 도달할 수 있다는 뜻이기도 했기 때문이다. 밀교적 형태로 출현했던 기독교 신비주의 이단들이 후자의 관점에서 지오반니를 해석했던 것도 그 때문이었고, 그런 점에서라면 WUR의 주장 또한 같은 맥락을 향하고 있는 듯했다. 나이가 다시 말하기 시작했다.

"당신이 논문에서 세심하게 분석했던 지오반니의 세계관은 WUR의 신념과 멀지 않아요. 그래서 지오반니가 복권된다는 건 WUR이 믿는 세계관이 교황청으로부터 인정받는다는 의미가 있어요. 지오반니의 복권을 주장하는 세력들이 바티칸 내에서 결집하는 기회가 될 수도 있구요. WUR이 지오반니를 복권시키려는 바티칸의 주교들과 소통을 시도하는 것도 그 때문이에요. 당신처럼 지오반니를 연구하는 연구자들과도 연대하려 해왔고요. 더구나 교황청이 주목하는 연구자라면 말할 것도 없지요. 그래서 나를 당신에게 보낸 거예요. 당신이 지오반니를 주제로 학회 발표를 하던 바로 그날 당신을 만나서 우리의 생각을 전하라고 했어요. 뭐랄까, 선교사 같은 임무랄까요? 어쨌든 그렇게 나는 당신을 만나러 갔고, 당신이 어떤 사람인지 알고 싶어졌어요. 시간은 충분했으니까, 천천히 가까워지고 싶었어. 그렇게 된 거야. 지난 수개월 동안의 일들에 우연만 있었던 건 아니에요. 필연적인 것들이 당신과 나 사이를 연결하고 있어요."

나이가 손을 내밀어 내 손을 잡았다.

"만일 당신이 원한다면 우리는 당신의 연구 활동을 지원할 수도 있어요. 당신과 교황님의 만남을 주선해 줄 수도 있구요."

나이가 말했을 때 다시 한번 나도 모르게 한숨과 웃음을 동시에 흘렸다.

"교황을...."

"그래요, 교황을 만나요. 교황에게 지오반니 작품의 의미를 직접 해명하는 자리를 마련할 수 있어요. 우리는 그 정도 능력은 있어요."

내가 흐린 말끝을 나이가 다소 들뜬 목소리로 매듭지었다. 그런 나이의 얼굴을 물끄러미 바라보았다. 밤새 뒷마당에 떨어진 운석의 흔적을 영문도 모르고 바라보는 어느 외진 마을의 농부처럼 확신 없는 눈빛으로, 이 여자는 도대체 어떤 세계에서 온 사람일까?라고 나는 되묻고 있었다. 그렇게 자문하며 생각에 잠겨 있던 바로 그 순간 누군가 빈소의 입구로 뛰어 들어오는 모습이 보였다. 병원 관계자로 보이는 남자였고, 창백한 얼굴로 우리를 찾았다.

"죄송합니다만 정말 알 수 없는 일이 벌어졌습니다."

더듬거리며 이렇게도 덧붙였다.

"시신이, 없어졌어요."

4장

메시아

여인이 말하기를,
메시아께서 오실 줄을 내가 아노니
그분이 오시면 모든 것을 알려주시리이다.

『요한복음』4장 25절-27절

빠당

폭우는 오래가지 않았다. 정오가 되기도 전에 구름 한
점 없는 푸른 하늘이 드러났고 열대의 태양이 빠당 해변
의 모래밭을 달구기 시작했다. 나는 호텔 방에서 나와 복
도를 따라 걷다가 로비로 내려가는 엘리베이터에 올랐다.

위키피디어에 따르면 빠당은 16세기부터 네덜란드와
영국의 침략자들이 각축을 벌이던 식민지 무역의 중심지
였다. 파가루융 왕국의 지배 아래 있던 이곳을 처음 침략
했던 유럽인은 네덜란드 사람들이다. 그들이 1663년 네

덜란드-동인도-회사를 설립하면서 향후 수백 년 동안의 식민지배가 시작됐다. 수마트라섬에서 채광되는 금을 비롯해 후추와 커피가 주요 착취와 통상의 대상이었다고 했다. 빠당은 그렇게 최소 400여 년 전부터 이미 서양과 인도 그리고 동남아시아의 다른 지역들을 잇는 무역의 중심지 역할을 했다. 그러나 지금으로서는 세계적인 서핑 명소인 믄타와이 군도로 가는 경유지 정도로만 알려져 있다. 이제 더 이상 국제적인 무역항도 아니었거니와 관광지 또한 아니다. 나 같은 한국인이 관광 삼아 오게 될 장소는 더더욱 아니었다. 나이가 내게 보낸 마지막 메시지가 아니었다면 죽는 순간까지 빠당이라는 도시를, 나이의 기원이자 어쩌면 우리 이야기의 기원이 될 이곳을 나는 알지 못했을 거다.

나이에게 메시지를 받은 것은 한 주 전이었다. 북부 수마트라 섬의 주도인 메단의 뒷골목을 헤매고 다닐 무렵이었다. 허기를 달래려고 만두 파는 식당에 앉아 텅 빈 시선으로 골목길의 고양이들을 바라보고 있었다. 이슬람을 믿는 수마트라 사람들에게 고양이는 은혜로운 존재라고 했다. 선지자 모하메트가 고양이를 사랑했기에 그렇다는데,

이곳 고양이들은 유독 날씬하고 눈이 그윽했다. 길고양이라 해도 사람을 두려워하지 않았다. 식사 중인 나에게 등 줄무늬가 선명한 새끼 고양이 한 마리가 다가와 발목을 간지럽히기 시작했다. 식당 주인은 고양이를 쫓지 않았다. 주인은 메단의 다른 많은 주민들이 그러하듯이 수백 년 전에 중국 본토에서 이주한 화교였다. 식당 한쪽 벽에는 100년도 더 돼 보이는 낡은 흑백 사진이 걸려 있었고, 중국 전통 복식 차림의 대가족이 시간의 먼지를 뒤집어쓴 채로 무표정하게 앉아 있는 모습이 어렴풋이 눈에 들어왔다. 멍한 눈빛으로 사진 속의 중국인들을 바라보고 있을 때였다. 메일의 수신 알림이 울렸고 나이의 메시지가 유령처럼 폰 화면 위로 떠올랐다. 거기서 그녀는 이렇게 말하고 있었다.

"이름. 아미르 함자. 빠당에 가서 그를 찾아요. 오직 그 사람만이 당신을 진실로부터 보호해 줄 수 있어요."

나는 한동안 폰 화면에서 시선을 떼지 못했고, 거의 숨도 쉬지 못한 채로 굳어버렸다. 한 달 이상 연락이 닿지 않던 나이였다. 내가 보낸 메시지를 모조리 무시하며 잠적해 버린 나이였다. WUR의 의심스런 정체에 대해서 알리려 했지만 그런 나의 염려가 무색하게도 그녀는 종적을

149

지우며 잠적해 버렸었다. 친모를 찾는다고는 했지만 나로서는 그녀가 진정으로 찾고자 하는 것이 무엇인지 확신할 수 없었다. 무작정 그녀의 흔적을 따라 인도네시아로 날아갔고, 자카르타의 코트라(한국무역사무소)에서 찾아낸 친모와 관련된 몇 가지 단서에 의존한 채 수마트라섬을 누비고 다녔다. 섬이라고는 했지만 수마트라는 한반도의 두 배쯤 되는 면적이고 인구 역시 한반도 인구 전체에 맞먹는 수준이었다. 나이의 친모는 바로 이곳에서 태어나고 자란 수마트라 사람이라 했다. 정확하게는 미낭까바우족의 가계에 속했고 한 때 수마트라섬을 지배했던 파가루융 왕족의 후손이라고도 했다. 그녀가 한국에 온 것은 1990년이었다. 당시 한국 정부는 건국 이래 처음으로 이주노동자 계약이라는 걸 인도네시아 정부와 체결했다. 그녀는 그때 한국으로 건너온 최초의 외국인 노동자들 중 하나였다. 계약 체결 초기에는 노동자 선정에서부터 근로지 등록까지 모두 세심하게 관리된 덕에 친모에 대한 기록이 자세히 남아 있었다. 친모의 이름은 카르티니였고 한국에 도착했을 때의 나이가 20세다. 안산의 어느 봉제공장에서 2년간 일했던 기록도 남아있었다. 그러나 어떤 이유에서인지 이듬해 카르티니는 인도네시아로 강제 출국당한다.

그러고는 연락이 끊겼다. 여기까지가 코트라 무역사무소에서 내가 어렵사리 알아낸 내용이다.

나이의 친모가 한국인이 아니라는 사실을 알았을 때 조금 놀랐다. 그제서야 나이의 태닝한 듯 건강한 피부색이 설명됐다. 나이의 갈색 눈동자와 신비로운 미소의 기원도 이해되기 시작했다. 그녀가 어머니를 찾아내기를 바라는 마음은 더욱 간절해졌다. 친부를 찾아 나서던 그녀를 바라보는 불편했던 마음과는 사뭇 달랐다. 나이와 카르티니 이 두 여인이 함께 있는 모습을 꼭 보고 싶었지만, 그런 나의 마음을 아는지 모르는지, 연기처럼 사라진 나이는 흔적조차 찾기 힘들었다. 그녀의 친모를 찾는 것이 나이를 찾아내는 유일한 길이었기에 나는 사력을 다했다. 그때까지만 해도 나는 나이의 친모가 중국계 인도네시아인과 재혼하여 메단에 살고 있다는 단서를 마지막 지푸라기 삼아 탐문하고 다녔지만 번번이 허탕만 치고 있었다. 그러던 중에 메시지를 받았던 거다. 나는 즉시 항공편으로 빠당으로 향했다.

빠당에 도착한 뒤에는 해변 근처의 아무 호텔이나 골라잡아 투숙했고, 나이가 말했던 아미르 함자라는 이름을 수소문했다. 일은 생각보다 쉽게 풀렸다. 아미르 함자는 빠당 지역 내에서 꽤나 유명한 인물이었기 때문이다. 특히 젊은이들 사이에서 그는 영적인 리더로 알려져 있었다. 표면적으로 아미르는 요가 수련을 지도하는 구루였지만 사람들은 그를 정신적 스승으로 추앙하는 듯했고, 심지어 그를 메시아라 부르는 젊은이들도 있었다. 아미르는 매주 수요일 정오에 빠당의 구도심에 위치한 대형 강당에서 수백여 명의 참가자들과 함께 요가를 수련했다. 2시간가량의 수련이 끝나면 사람들이 가져온 음식을 나누어 먹었다. 특이한 점은 이 수련에 참여하는 상당수가 서양 청년들이라는 사실이다. 빠당을 거쳐 믄타와이로 가서 서핑을 하려던 서양의 청년들이 아미르의 곁에 남는 일이 흔했기 때문이다. 아미르는 그렇게 빠당이라는 지역을 넘어서 마음의 평온과 구원을 욕망하는 젊은 세대에게 하나의 아이콘이자 문화-종교적 현상이 되어가고 있는 듯했다. 그런 아미르에게 나이는 무엇을 기대했던 것일까? 여전한 안개 속에서 장님이 코끼리 다리 더듬듯이 나는 아미르를 만날 수 있는 길을 찾고 있었는데, 해결책은 멀지 않은 곳에 있었다. 혹시나 하는 마음으로 검색하던 중에 아미르 함자의 인스타그램 계정을 찾아냈던 거다. 그리로 DM을 보냈고 얼마 지나지 않아 답장이 왔다. 계정의 운영자는 아미르 함자 본인은 아니었다. 그를 돕는 한나라는 네덜란드인 여자였고 그녀가 답을 주었다. 그녀에게 아미르를 만날 수 있는지 물었다. 나이가 보내서 왔다는 말도 덧붙였다. 그러자 그녀가 호텔로 직접 찾아오겠다는 답장을 보내왔다. 나이라는 이름이 그들에게도 무언가 특별한 의미를 지닌 것처럼, 한나는 내게 정중했다.

엘리베이터를 타고 내려오면서 나는 유리에 비춘 내 모습을 보고 한심해졌다. 면도라도 할 걸 그랬다는 생각을 하고 있을 때 엘리베이터가 열리고 로비가 보였다. 그 한가운데 한나가 서 있었다.

"만나서 반갑습니다. 강이름이라고 합니다."

내가 영어로 말했다. 로비의 초록색 카펫 위에 서 있던 붉은 머리 젊은 여성이 나를 발견하고는 잠시 머뭇거리며 살폈다. 여자의 눈빛에서 복잡한 감정이 일렁이며 지나가는 듯했지만 이내 햇살이 구름 사이로 드러나듯 활짝 웃으며 인사했다.

"나이스 투 미츄."

독일어권의 억양이 짙게 섞인 영어였다. 그러면서 자신의 이름을 다시 한번 정식으로 소개했다. 한나 힐베르트는 콧잔등에 주근깨가 가득한 귀여운 여자였다. 이십 대 후반이거나 어쩌면 그 이상 되어 보였는데, 1970년대의 히피들을 생각나게 하는 옷차림을 하고 있었다. 헐렁한 반팔 티셔츠와 배기팬츠를 입었다. 제니스 조플린이 생각날 정도로 하나같이 화려한 염색의 천으로 만든 편한 복장이다. 그런 그녀가 스스럼없는 태도로 내게 손을 내밀어 악수를 청하기에 무심코 응하려 했는데, 손을 잡은 그녀가 머리를 낮추며 나의 손등을 자신의 이마에 가져다 댔다. 그게 무슨 의미인지 전혀 알 수 없었기에 나는 조금 당황했다.

"그냥 따라오시면 돼요"라고 여자가 말했다.

호텔 주차장에는 그녀가 몰고 온 지난 세기의 딱정벌레 자동차가 주차되어 있었다. 차라고 하기에는 소형 마차에 가까운 그것에 요란한 시동을 걸었다.

"빠당에는 처음이신가요?"

내가 그렇다고 하자 "그렇지 않을 거예요"라고 가볍게 반박한다.

"이곳에 와야만 했다면 그럴 만한 카르마를 전생에 경험했을 테니까."

내가 잠시 답을 찾지 못했고, 한나는 웃으며 이렇게 말

154

했다.

"우리는 그렇게 생각해요. 전생의 인연이 우리를 이곳까지 이끌었다고 믿는데 조금 웃기죠? 그냥 은유라고 생각하시면 돼요. 산다는 게 다 은유잖아요?"

고등학교 시절의 철학 선생님을 떠올리게 하는 말투였다. 내가 별다른 말 없이 그저 어색한 미소를 짓고 있을 때 한나가 다시 이렇게 입을 열었다.

"동양 남자들은 모두 비밀스러워."

그녀의 말투에 적응하려면 시간이 조금은 걸릴 듯했다.

갑작스런 폭우가 다시 시작되었고, 차는 도심을 가로지르며 오토바이들과 삼륜택시들을 피해 나아갔다. 빗물에 잠겨버린 도로 위에서 위태로운 나룻배처럼 가다 서기를 반복했다. 그들이 공동생활을 한다는 주택에 도착한 것은 그로부터 30여분이 지나서였다. 한나는 운전하는 동안 줄곧 자신들의 공동체에 대해서 들려주었는데, 컨셉 자체가 그리 낯설지 않았다. 1970년대 히피들의 생활과 다를 바 없었기 때문이다. 그들의 할머니 세대가 캘리포니아나 발리에서 살았던 방식을 지금은 빠당이라는 뜻밖의 장소에서 반복하고 있는 느낌이다.

"커뮤니티"라고 한나가 부르는 곳은 정원이 넓고 베란다도 널찍한 3층의 낡은 건물이었다. 전형적인 네덜란드 식민지 양식으로 건축된 오래된 저택이다. 단순명료해 보이는 기둥과 처마의 라인이 건물 전면을 장식했고, 높이가 기다란 창문은 검소한 느낌을 주었다. 아치 형태의 곡선은 조심스레 암시만 되는 방식으로 사용되고 있어서 화려함은 누르고 실용적인 측면이 강조된 모습이다. 처음에는 오렌지색이었을 기와지붕은 갈변됐고, 흰색 벽면은 세월이 남긴 그을음에 퇴락해 가고 있었다. 게다가 이끼와 덩굴이 잔뜩 뒤덮고 있어서 폭우 속의 저택은 앙코르와트나 아마존의 밀림 어딘가에 버려진 도시의 유적처럼 보였다. 그런 저택의 앞마당으로 차를 몰고 들어가 진창에 주차하고 나서 건물 현관으로 황급히 뛰어 들어갔지만 쏟아지는 폭우에 두 사람 모두 온전히 젖어 버리고 말았다. 그때 비로소 나는 한나가 브래지어를 하지 않았다는 사실을 눈치챘는데, 아무렇지도 않은 듯 그녀는 머리의 물기를 털어내며 나를 안내했다.

"이쪽으로 오세요. 복도를 따라 안쪽까지 들어가면 계단이 있어요."

그녀는 마치 내가 공동체의 새로운 세입자라도 되는 듯

건물의 이곳저곳을 세심하게 설명했다.

"아래층은 주로 구성원들의 거주용으로 사용돼요. 화장실이 두 개 있고 샤워실도 따로 있어요. 침실로 쓰이는 널찍한 방이 세 개 있어요."

그러고는 투박한 돌계단을 오르면서 2층은 요가를 수련하는 장소라고 말해 주었다. 과연 2층에는 활짝 트인 홀이 있었고 베란다 쪽으로 개방되어 있어서 실외에서도 함께 수련할 수 있는 구조였다.

"요가 하세요?"

한나가 물었고, 내가 웃으며 고개를 저었다. 요가는 물론이고 조깅이나 체조도 해본 일이 없었기 때문이다. 유일하게 익숙한 운동이라면 산책 정도였다.

"하게 될 거예요."

한나가 나에게 한쪽 눈썹을 윙크하듯 움직이며 말했다. 마침내 3층으로 오르는 계단 앞에 섰을 때 숨을 돌리며 위쪽을 가리켰다.

"아미르 함자는 저기 살아요. 그가 지금 당신을 기다리고 있어요."

내가 알았다는 의미로 고개를 끄덕였고, 돌아서 계단 위쪽을 바라보았다. 묘한 냄새가 흘러 내려오고 있었는데 향을 피운 것 같았다. 그 향냄새를 따라 계단을 올라갔다. 3층에 이르렀을 때 탁 트인 또 하나의 홀이 눈앞에 펼쳐졌고, 그 한가운데 상의를 입지 않은 한 남자가 가부좌를 틀고 앉아 있었다. 나이를 짐작하기 힘든 모습이었다. 군살이 전혀 없는 아름다운 몸매였고 어깨까지 내려오는 구불거리는 머리카락은 온통 백발이었다. 그렇다고 노인은 아니다. 오히려 청년 쪽에 가까웠다. 전형적인 인도네시아인의 얼굴도 아니다. 그보다는 일주일 전에 메단에서 흔히 볼 수 있었던 중국계 인도네시아인처럼 보였다. 그런 모습의 아미르가 두 손을 합장하며 나에게 영어로 환영의 인사를 했다.

"어서 오세요. 환영해요. 나이의 친구이면 나의 친구이기도 합니다."

살면서 단 한 번도 들어본 적이 없는 차분한 음성이었다. 사적인 감정이 전혀 느껴지지 않았지만 상대방의 마음에 다가서는 따뜻함이 있었다. 뭐라고 표현해야 할지 알 수 없는, 추상적인 따스함과 같은. 말을 할 때마다 그의 숨결이 나의 가슴에 손을 가져다 댄 듯 목소리에서 체온이 느껴졌다. 나도 모르게 두 손을 합장했다. 머리를 숙여 만나서 반갑다고 했다. 만날 수 있게 되어서 감사하다고도 했다. 그런 나를 그가 생각에 잠긴 얼굴로 물끄러미 바라보았다. 텅 빈 시선은 다른 세계를 향하는 듯 보였고, 그가 응시하는 그곳으로 나를 초대하는 듯했다. 고결함이 느껴졌다. 사람들이 어째서 그를 메시아라 부르는지 알 것 같았다. 문득 아미르가 나에게 가까이 다가오라고 손짓했다. 나는 그의 앞으로 다가선 뒤 무릎을 꿇고 앉았다. 편히 하라고 말하면서 자신의 두 다리를 시선으로 가리켰다. 나는 양반다리로 자세를 고쳐 앉았고 그러는 사이 우리는 무릎이 맞닿을 정도로 가까운 거리가 되었다. 내가 조심스럽게 나이에 대해서 알고 있는지 물었다. 나이의 행방을 찾고 있다고도 했다. 그러자 아미르가 나의 영혼을 들여다보는 시선으로 얼굴을 마주했다. 오래도록 기억에 남을 눈빛이었다. 그 시선이 무엇을 전하려 했는지는 시간이 더 지난 뒤에야 비로소 알게 될 터였지만, 그 순간의 나는 아미르의 눈빛이 그저 신비롭기만 했고 한없이 슬퍼 보였다. 그가 나의 손등에 자신의 손을 얹으며 말했다.

"나이가 지금 어디 있는지 말해줄 수는 없어요. 나이가 원하지 않습니다. 그녀의 여행이 아직 끝나지 않았기 때문에 그래요. 하지만 당신에게 이것만은 말해주고 싶어요."

잠시 말을 멈춘 아미르는 내가 속한 세계와 자신이 속한 세계의 거리를 가늠하듯 침묵 속에 머물렀다. 이윽고 깊은숨을 내쉬며 이렇게 말했다.

"나이의 어머니는 나의 어머니입니다. 그러니까 나이는 나의 누이입니다. 어머니가 한국에서 돌아온 뒤에 다시 결혼하셨고 나를 낳으셨어요. 우리는 형제입니다."

말하던 그의 눈빛을 잊을 수가 없다. 모든 것을 말하는 동시에 모든 것을 지우는 시선이었다. 깊고 어두운 세계를 남김없이 보아버린 눈빛이었고, 그럼에도 아이 같은 슬픔을 간직한 시선이었다. 모든 것을 상실한 사람의 눈빛인 동시에 상실 자체를 사랑하는 사람의 눈빛이다. 그건 내가 어린 시절에 십자가에 매달린 예수를 마음속에 그리며 상상했던 눈빛이기도 했다. 가슴 한구석이 먹먹해졌다. 나이에게 아버지가 다른 남동생이 존재하리라고는 상상조차 하지 못했다. 나이의 친모가 인도네시아로 돌아간 뒤에 새로운 인생을 살았을 거라는 사실을 짐작하고 있었지만 이런 식의 만남은 예상하지 못했기 때문이다. 눈시울이 붉어졌고 설명할 수 없는 감정의 동요가 찾아왔다. 나는 흔들리고 있었다. 알 수 없는 나약함이 엄습해 왔다. 그런 나를 바라보던 아미르가 다가왔고, 두 팔을 뻗어 안아 주었는데 그로부터 유향기름 냄새가 났다. 나는 어디로 가고 있는 것일까? 아미르의 품에 안긴 채 내 마음의 목소리가 묻고 있었다.

아미르 함자를 만나고 나왔을 때 비가 그친 빠당 시내는 다시 떠오른 태양의 열기로 타오르기 시작했다. 폭우 때문에 진흙 반죽이 되어버린 붉은 대지를 이글거리는 햇살이 도자기 구워내듯 달구기 시작했다. 열대의 빠당은 스콜과 태양의 반복되는 강렬함에 지쳐가고 있는 것처럼 보였다. 한나는 내가 호텔에 도착해 짐을 꾸리는 동안 로비에서 기다려 주었다.

다시 그녀의 차를 타고 커뮤니티로 돌아왔을 때, 그녀는 내가 자리잡는 일을 세심하게 돌보아주었다. 커뮤니티에 머물기를 아미르가 바랐기 때문이다. 원한다면 언제까지고 자신의 곁에 머물러도 좋다고 했다. 나는 생각이 정리되는 대로 떠나겠다고 했지만, 어떤 생각을 어떻게 정리해야 할지 알지 못했다. 한나는 그런 나를 주목하고 배려하면서 하나에서부터 열까지 공동체의 생활을 설명하고 그곳에 참여할 수 있도록 돕기 시작했다. 공동체에는 20여 명이 함께하고 있었다. 요가를 수련하는 매주 수요일 이벤트에 참여하는 인원은 그보다 훨씬 많았지만, 아미르와 함께 기거하면서 그의 강연을 듣고 토론하며 영적인 수련을 함께하는 사람들은 소수였다. 그들 중 절반이 인도네시아인이었고 나머지 절반은 네덜란드와 호주, 미국과 독일 그리고 일본이나 대만 등지에서 온 외국인들이다. 한국인은 나 혼자였다. 이십에서 삼십대가 대부분이고 드물게는 사오십대의 장년층도 있었다. 그들 모두에게 아미르는 마스터로 불렸다. 정확하게는 "나의 마스터"였다. 세계 각지에서 온 남녀 청년들에게 아미르는 꾸란과 불경과 성서의 내용을 뒤섞어 놓은 듯한 내용을 강론했다. 정확한 의미를 파악하기 쉽지 않은 신비적 표현들이 많았다. 강론이기보다는 시를 낭독하는 느낌이었다. 그는 모하멧과 예수와 붓다를 동등한 선지자로 간주했고 그들의 삶이 보여준 사랑에 대해서 주로 말했다. 드물게는 아브라함과 모세에 관해 말하기도 했다. 모든 강론은 영어로 진행됐다. 일상에서도 아미르는 결코 인도네시아어를 쓰지 않았다. 그는 오직 영어와 아랍어와 네덜란드어만을 썼다. 특히 네덜란드어에 더 익숙한 듯 보였지만 나에게는 생소한 언어였기에 가늠만 할 뿐이다.

커뮤니티에서의 첫 번째 날에 나는 거실 구석에 앉아
그곳 사람들을 바라보며 시간을 보냈다. 다가올 미래의
시간에 골몰하는 사람처럼. 해결되지 않은 과거에 발목
잡힌 미래는 모호하고 불안하게 느껴졌다. 밤이 찾아왔
을 때는 쉽사리 잠들지 못했다. 한나가 마련해준 침구 위
에 누워 새벽 늦게까지 뜬눈으로 지새웠다. 천장에 돌고
있는 거대한 실링팬에 잠들지 못하는 시선을 던져두었고,
그러자 나이를 만난 뒤로 벌어졌던 일들이 주마등처럼 스
쳐 지나갔다. 친부의 장례식 소동에서 사울과 카즈히로라
는 남자를 만나게 된 일들까지... 그러는 동안 나이에 대
한 나의 감정은 점점 더 복잡한 양상으로 전개되었던 것
인데, 그것은 사랑이라고 부를 수조차 없는 낯선 심리상
태였다. 그녀는 누구에게도 모노가미의 형태로 자신의 마
음을 내어주는 사람이 아니었기 때문이다. 나이를 사랑하
기 위해서는 그녀를 온전히 소유하려는 욕망부터 버려야
한다는 사실을 받아들여야만 했었다. 그녀를 갖기 위해서
라면 우선 먼저 그녀를 포기하는 법부터 배워야 했던 거
다. 그런 다음에야 그녀 마음의 가공된 일부를 특별히 배

려된 형태로 소유할 수 있게 될 뿐이었다.

서울

빈소에서 사라진 시신 사건은 늙은 여인과 법사를 따르던 몇몇 추종자들이 벌인 해프닝으로 밝혀졌다. 노파의 꿈에 법사가 나타나서 다시 이승으로 돌아가야 한다며 고집을 피웠다고 했다. 노파는 법사의 원귀가 무서웠다. 죽은 혼령이 찾아와 자신에게 들러붙을까 혼비백산했다는 거다. 그래서 추종자들과 함께 시신을 업어다 용정암으로 옮기고는 법사를 살리는 굿을 시작했다. 경찰이 용정암을 방문했을 때 그녀와 다른 두 명의 남자가 시신 앞에서 신약 성서를 암송하고 있었다. 만일 예수가 부활해서 그를 따르던 여인을 안심시켰다면, 법사라고 다시 살아 돌아오지 못할 이유가 없다고 그들은 주장하고 있었다.

어처구니없는 소동 끝에 장례가 마무리되고 나자 나이는 이제 비로소 새로운 인생을 시작하게 된 사람처럼 보였다. 그녀의 표현에 의하면 그랬다. 예전에 자신이 성도착자라는 것을 알게 되었을 때는 신체를 되찾은 느낌이었다고. 그건 물리적인 존재감이었고 현재에 대한 감각이었다. 그때부터 나이는 "지금 이순간" 존재하는 자신의 육체에 대한 확신을 가질 수 있게 되었다. 그러나 물리적 신체에 대한 확신이 삶의 역사에 새겨진 공허감까지 해소시켜주지는 못했다. 누락된 기원은 새로운 인생의 이야기들이 서사되는 것을 가로막았기 때문이다. 그러나 이제 그녀는 친부의 존재를 확인했고 그를 떠나보냈으므로 더 이상의 모호함은 없다고 했다. 그녀에게 있어 친부는 삶의 시작점을 가늠케 하는 최초의 표지와 같은 의미였고 그뿐이었다. 그녀는 불어로 이렇게 말했다. 나의 père(아버지)는 나의 re-père(기준점)였던 거라고. 아무리 보잘 것 없는 인간이었을지라도 망각된 친부의 존재는 소실된 퍼즐 조각처럼 삶의 전체 그림을 완성하지 못하도록 방해했다. 이제는 최초의 누락된 부분이 비로소 채워졌으므로 새로운 문장을 써나갈 준비가 되었다.

"도쿄에서의 분석에서 다시 한번 확인할 수 있었던 것은 내 마음을 지배하는 과거의 유령들이었어요. 커틀러와 함께 무의식에 남겨진 유아기의 흔적들을 찾아낼 수 있었어. 나도 모르는 내 마음 깊숙한 곳을 지배하는 기억의 유령들이 있어요. 그들이 더 이상 힘을 발휘하지 못하도록 하기 위해서 친부를 만나야 한다고 말했던 건 바로 커틀러였어. 친부를 만나서 그를 어떻게든 떠나보내야 한다고 했어요. 물론 그 사람이 그렇게 죽어버릴 거라 생각하지 못했지만. 그 사람의 장례까지 치렀으니 내 마음도 한결 가벼워졌어. 이제 남은 건 친모를 만나는 일뿐이에요" 라고 나이는 말했다. 그런 그녀를 내가 조금은 걱정스런 마음으로 바라보았다. 장례식 이후로 그녀에게서 듣게 된 커틀러와의 관계에는 여전히 납득하기 어려운 부분들이 있었기 때문이다. 나이에게 커틀러는 단순한 정신분석가 이상의 의미를 갖는 듯했다. 나이는 그를 일종의 영적인 스승으로 간주했다. 자신의 무의식을 함께 탐사하고 이야기하며 조언을 구하는 분석가의 수준을 넘어서는 지배력을 커틀러가 행사하고 있었다. 이런 나의 마음은 한편으로 질투의 감정에 가까운 것일 수도 있다. 그러나 그뿐만이라고 말할 수는 없지 않을까? 적어도 나에게 있어 종교적인 태도는 언제나 경계심을 갖도록 만들었기 때문이다. 영혼을 인도해 줄 누군가를 갈구하는 마음으로 인생의 절반을 살아 왔던 나이기에 그게 어떤 평온함을 가져다주는지 잘 알고 있었다. 그러나 그것은 공짜로 주어지는 평온이었고 마약처럼 인간의 마음을 중독시키는 안락함이기도 했다. 누군가를 철저히 믿고 따른다는 것은 자신의 존재를 포기하는 것에 다름 아니다. 그러나 이런 생각을 나이에게 말할 수는 없었다. 그녀에게 커틀러가 얼마나 중요한 인물이었는지 알게 되면서부터는 더욱 그랬다.

장례식 이후 나이는 압구정의 사무실로 출근하기 시작했다. 빌딩 건물 한 층을 모두 임대해서 분석실과 그에 대한 업무를 보는 오피스로 공간을 마련한 형태였다. 나이는 그곳에서 분석을 하게 될 미국의 분석가들이 체류할 수 있도록 호텔과 차량 문제 등을 조율했다. 내담을 신청하는 사람들에 대한 심사에도 관여했고, 분석이 실제로 진행될 경우 그 내용에 대한 기록을 입력하여 미국과 유럽과 일본의 데이터에 종합될 수 있도록 작업했다. 그렇게 함으로써 각각의 임상에서 탐지된 내담자의 무의식에 관한 자료는 세계 각지에서 수집된 빅데이터에 통합되었다. 짐작건대 이들이 원하는 것은 21세기 문명의 무의식의 지도를 그려 내는 것이라 생각되었지만 그건 그저 추측일 뿐이다. 그들이 프라 지오반니의 복권에 관여하는 진짜 의도조차 파악하기 쉽지 않았다. 일주일에 한 번씩 나이와 만나 밤을 함께 보내는 날이면 그녀에게 조심스레 WUR에 대해서 물어보곤 했다. 그럴 때마다 그녀는 자신이 경험한 WUR에 관해 솔직하게 말해주었지만 그 이야기들은 나를 더욱 혼란스럽게 할 뿐이었다. 정신분석-심리상담이라는 임상 영역과 영혼에 새겨진 신의 흔적이라는 종교적 레토릭이 어떻게 연결될 수 있는지 납득되지 않았다. 그녀가 매혹당한 이 단체가 또 다른 형태의 종교 집단은 아닌지 걱정되기도 했다. 일전에 찾아왔던 손요한이라는 바티칸의 인물이 이따금씩 떠오르기도 했지만 나이에게는 더 이상 언급하지 않았다. 나이와의 관계를 흔들 수 있는 모든 요소들을 나도 모르게 무시하는 태도를 보이기 시작했던 거다.

그러던 중에 김사울이라는 인물을 만나게 됐다. 나이의 소개로 저녁 식사를 함께하게 된 이 사람은 WUR이 한국에 파견한 첫 번째 분석가였다. 45세의 재미교포였고 WUR에서 정신분석을 받기 전에는 미국에서 목사로 활동하던 인물이라고 했다. 프린스턴에서 종교사학과 신학으로 각각 박사 학위를 받았고 그곳에서 10년간 교수생활도 했다. 그런 이력을 전해 들었을 때 내 머릿속에는 권위적인 프린스턴의 동양인 교수 이미지가 떠올랐다. 미국 대형교회에서 부흥회를 이끄는 선동적인 말투의 인물이 떠오르기도 했다. 뭔지 몰라도 편하게 대화할 수 있는 그런 이미지는 아니었다. 따스해져 가는 봄날의 저녁에 이야기꽃을 피우며 저녁 시간을 함께 보내고 싶은 타입은 아니라고 생각했다. 그럼에도 나이가 함께 하기를 원했으므로 나는 별다른 이의 제기 없이 약속을 잡았다. 어차피 다른 약속이 있었던 것도 아니었고, 혼자 보내는 저녁 시간이 차츰 낯설어지고 있었기 때문이다.

예약된 식당은 청운효자동에 있었다. 나는 약속 시간이던 8시보다 15분 정도 일찍 도착했고, 마침 나이로부터는 차가 막혀 늦을 수 있다는 연락이 왔다. 하는 수 없이 예약된 룸에 먼저 들어가 기다리기로 했는데, 뜻밖에도 김사울이 먼저 와 있었다. 게다가 그는 내가 상상했던 그런 모습도 아니었다. 170센티미터 즈음이거나 그보다 작은 키였고 낡은 청바지에 역시 닳아서 언제든 구멍이 날 것처럼 보이는 베이지색 점퍼를 입고 있었다. 정수리가 벗겨진 대머리였는데, 팔토시를 끼워준다면 영락없는 회계사의 모습이다. 오즈 야스지로의 오래된 흑백 영화에서 이제 막 걸어 나온 사람처럼 검소하고 왜소한 인상을 주었다. 검은 뿔테안경에 가려진 얼굴은 병약해 보였고 눈빛은 겸손했다. 다만 목소리에만큼은 힘이 있었다. 상대방을 압도하는 기운이기보다는 스스로 말하고 있다는 사실에 대한 일종의 확신에 가까운 힘이다. 개인적인 느낌을 말하자면 궁금증을 불러일으키는 호감형에 가까웠다. 내가 먼저 손을 내밀어 악수를 청하자 그가 황급히 일어나며 손을 맞잡았다. 작고 따스한 손이었다.

"반갑습니다. 강이름 박사님. 말씀 많이 들었습니다."

사울이 말했고 나 역시 비슷한 인사말을 건네며 목사님이라는 호칭을 썼다. 그러자 사울이 정정했다.

"이젠 목사 아닙니다. 그럴 자격도 없습니다."

나이의 도착은 생각보다 늦어지고 있어서 사울과 나는 30분 넘게 단둘이 대화를 이어 나가야 했는데, 초면이었지만 어색하지 않아서 신기했다.

"박사님 논문을 영어로 번역한 게 접니다." 사울이 말했다.

"WUR 사람들이 그 논문에 관심이 많았습니다. 바티칸에서 검토되고 있다는 소식을 듣게 돼서 그렇게 된 거지만 논문을 읽고 나서는 다들 훌륭한 논문이라고 입을 모았어요."

"하지만..." 내가 솔직하게 말하기 시작했다.

"제 논문이 그렇게까지 중요한 의미를 갖는다고 생각하지는 못했어요. 물론 제 개인적인 삶에서는 나름 의미 있지만, 그게 어떻게 교황청으로 흘러들어갈 수 있었는지, 그리고 또 어떻게 WUR에까지 알려져 관심을 끌게 됐는지 도무지 어리둥절합니다."

이미 수차례 나이에게 질문했던 문장이었지만 WUR의 또 다른 의견이 있는지 궁금했다. 사울은 나의 질문이 끝나자 테이블 중앙에 시선을 놓아두고 신중한 눈빛으로 생각을 정리하려는 듯 잠시 침묵을 지켰다. 그러고는 진지하게 말하기 시작했다.

"교황청 얘기는 충분히 있을 수 있는 이야깁니다. 그 사람들은 유럽에서 발표되는 연구서들과 논문들을 수집해서 참고하는 기관을 따로 두고 있습니다. 특히 각 대학에서 매해 발표되는 박사 논문들에 관심이 많아요. 새로운 이론들이기도 하고 또 그걸 대학에서 심사까지 하고 있으니까 신뢰할 만하다고 생각하는 거죠."

사울이 두 팔을 가로질러 팔짱을 꼈다.

"나이에게 들으셨는지 모르겠지만, 최근 10년 동안은 지오반니와 에크하르트의 복권 문제로 카톨릭계가 상당히 시끄럽습니다. 둘 다 중세의 비슷한 시기에 이단으로 지명돼서 파문당한 사람들이죠. 마이스터 에크하르트의 복권에 대해서는 이미 상당한 진전을 보이고 있어요. 지지자들도 많고 연구서들도 쏟아져 나오고 있으니까요. 하지만 지오반니라는 화가에 대해서는 알려진 바도 그리 많지 않고 연구자도 드물어서 난항입니다. 그런 면에서는 교황청이 강박사님의 논문에 관심을 가질 여지가 충분히 있다고 생각합니다. 지오반니의 사상을 지지하는 WUR에서 박사님 활동을 기대하는 것도 전혀 이상하지 않은 일입니다."

말하던 사울이 테이블에 던져 놓았던 시선을 들어 나를 보았다. 그러고는 이렇게 말했다.

"하지만 그런 것들 모두 세속의 일이죠."

그의 눈빛이 불현듯 다른 세계로 향하는 듯했다.

"사실 박사님 논문은 제 삶을 흔들었어요."

약간 쉰 듯한 그의 목소리가 떨리고 있었다.

"교황청이니 WUR이니 하는 사람들도 중요하지만 무엇보다 그 논문은 제가 가진 내밀한 신앙을 처음부터 다시 생각하게 만들었습니다. 박사님을 만나게 된다면 그 말씀부터 드려야 한다고 생각하고 있었습니다."

사울은 팔짱을 풀고 마음을 열어 보이듯 테이블 위에 손바닥을 펼쳐 보였다. 손금에서 자신의 운명을 읽어내려는 사람처럼 손바닥에 시선을 고정시킨 채 움직이지 않았다. 가늘고 작은 손이었다. 평생 주먹 한 번 쥐어보지 않았을, 육체노동에는 어울리지 않는 손이다. 섬세한 손가락이 중세의 사제를 떠올리게 하는 벗겨진 정수리와 묘하게 어울렸다. 그가 다시 말하기 시작했다.

"논문에서 박사님은 파문당하고 나서 방황하는 지오반니의 삶에 대해서 애정을 가지고 묘사하셨어요. 파문당했기에 천국의 약속을 상실한 지오반니가 상처받은 여생을 어떻게 살아내는지에 대해 언급하셨죠. 버림받은 자의 방황이야말로 예수의 삶에 가장 가까운 모습이라고 말하는 논문의 목소리가 아직도 생생하게 기억납니다."

사울의 얼굴이 상기되는 듯했다. 테이블에 펼쳤던 두 손을 다시 무릎 위로 내렸고, 나에게 시선을 던지며 멋쩍은 미소를 지어 보였다.

"초면에 이렇게 수다를 떨어서 죄송합니다만. 하지만 저는 말이죠, 그 논문을 읽고 제 이름을 바꿀 정도로 영향을 받았답니다. 부모님이 지어주신 이름은 바울이었습니다. 사도 바울과 같이 되라고 그렇게 지어 주셨는데 그걸

제가 다시 사울로 되돌린 겁니다. 박사님 논문 읽고서 그런 결정을 했어요. 아버지 하나님의 권위로 보호받는 바울이 아니라 오히려 방황하는 사울이 되겠다고 작정했습니다."

갑작스런 간증이었기에 내가 무슨 말로든 대답해야 할 것만 같은 분위기가 만들어졌다. 세 평 남짓한 공간에 불현듯 긴장감이 차올랐다. 어색해진 공기를 흩어내리고 내가 잠시 핸드폰을 들어 메시지를 살폈지만 30분 전에 나이에게 온 것이 전부다. 시간은 8시 반을 넘어서고 있었다. 나는 차츰 몸 둘 바를 모르게 되어버렸는데, 마침 그 순간 나이가 나타나지 않았더라면 침묵은 우리 두 사람을 마주보는 돌기둥처럼 굳어버리게 했을지도 모를 일이었다.

5장

사울의 비늘

찾는 자들은 발견할 때까지 찾기를 멈추지 말지어다.

그들은 찾은 즉 근심하게 될 것이다.

근심한 즉 경이로울 것이다.

『도마복음』서문

빠당

다음 날 아침 늦게 눈을 떴을 때 나는 한동안 내가 잠들었던 그곳이 어디인지 알 수 없었다. 눈부신 아침 햇살과 함께 어렴풋한 의식이 돌아왔고, 비로소 그곳이 아미르 함자의 커뮤니티라는 사실을 기억해 냈다. 나이를 찾는 여정 중이었다는 사실도 기억해 냈다. 그렇다면 나는 이미 나이를 찾아냈던 것일까? 나이가 나를 찾아왔던 것이었을까? 그런 질문을 스스로에게 던지며 내게 안겨 잠이 든 한 여자의 머리를 내려다보았다. 헝클어진 붉은 색 머리카락에 반쯤 가려진 주근깨의 얼굴이 보였다. 잠시 숨이 멎는 듯했다. 여자는 새근거리는 숨소리를 내며 아이처럼 잠들어 있다. 고개를 돌려 주변을 살폈다. 적어도 열 명 이상의 커뮤니티 사람들이 거실 이곳저곳에 앉아 책을 보거나 무언가 저들끼리 소곤거리며 대화를 나누고 있었다. 아무도 나에게 주목하지 않았다. 천국처럼 평온하고 찬란한 아침의 풍경이었다. 나는 잠시 내가 여전히 꿈을 꾸고 있는 것은 아닌지 의심했다. 하염없이 돌아가는 실링팬의 회전운동을 바라보며 기억을 되살려 보려 했지만 어째서 한나가 내게 안긴 채 잠들어 있는지 이해할 수 없었다. 단지 한 번 숨을 크게 들이쉬는 것만으로도 내 가슴에 머리를 누이고 잠든 그녀를 깨우는 데는 충분했다. 한나가 잠에 취한 눈을 떴고 나를 올려다보면서 이렇게 말했다.

"굿 모닝."

커뮤니티의 아침은 차분하면서도 활기찼다. 때로는 부산스러웠지만 무언가 나름의 질서를 따르는 것처럼 보였다. 아무 일도 없었다는 듯 자리를 털고 일어난 한나는 나를 식당으로 이끌었다. 1층 홀의 뒤쪽으로 난 통로를 지나자 중앙에 기다란 테이블이 놓인 또 다른 홀이 나왔고 몇몇 사람들이 그곳에 모여 앉아 간단한 아침 식사를 하고 있었다. 한나는 나에게 접시를 하나 내어 주고 그 위에 노란 쌀과 함께 푸른색 야채볶음을 얹어 주었다. 자세히 보니 공심채였다. 내 곁에 앉은 한나는 나에게, 그리고 자리에 먼저 앉아 식사하는 다른 사람들에게 "보나뻬띠또"라고 경쾌하게 한마디 던지고는 오른손의 엄지, 검지, 중지 그리고 약지를 사용해 쌀과 야채를 능숙하게 집어먹기 시작했다. 나는 한동안 잠이 덜 깬 눈으로 테이블 위의 접시를 물끄러미 바라보았다. 식탁 맞은편에는 어젯밤 자신을 호주인이라고 소개했던 덩치 큰 젊은 남성과 그 옆에 날씬한 인도네시아 남자가 함께 앉아 식사하고 있었다. 그들이 내게 눈길을 주면서 두 손을 합장하며 인사했고, 나 역시 비슷한 모양새로 인사했다. 모두 즐겁게 아침 식사를 하고 있었지만 나는 커피가 마시고 싶었다. 옆에서 식사하는 한나에게 머뭇거리면서 원하는 걸 말하자 그녀가 웃으며 자리에서 일어났다. 내게 잠시 기다리라 말하고는 어디론가 사라졌다. 연인처럼 행동하는 한나의 태도가 너무도 자연스러웠기에 나 역시 그녀를 편하게 대하고 있었다.

"어제 도착했지요?"

테이블 맞은편의 인도네시아 청년이 친절한 미소를 보내며 물었다. 내가 그렇다고 하자 국적을 물었다. 한국에서 왔다고 대답했고, 그러자 옆에 있던 호주 청년이 의미심장한 표정을 지으며 고개를 끄덕였다. 멀리서 왔군요 - 라고 했다. 전체적으로 털이 많은 체형이었다. 갈색과 금발이 뒤섞인 잡초처럼 거친 머리카락이 수사자의 갈기처럼 자랐고, 광대 아래쪽으로는 역시 거친 턱수염이 얼굴의 절반을 뒤덮고 있었다. 내가 이름을 묻자 올리버라고 자신을 소개했다. 옆에 앉은 인도네시아 청년은 와얀이라고 했다. 짙은 속눈썹을 가진 그윽한 눈빛의 와얀은 자바섬 출신이었고, 이곳에 오기 전에는 변호사였다. 올리버는 서퍼였고 주로 발리에서 서핑했었다. 1년쯤 전에 신비로운 파도를 찾아 믄타와이로 가던 도중에 빠당에 들렀다가 아미르 함자를 알게 되어 이곳에 눌러앉았다. 생각이 깊어 보이는 와얀은 수줍은 듯 과묵했고, 사자 갈기털의 올리비에는 궁금한 것이 많았다. 그는 식사하는 도중에도 끊이지 않고 나에게 질문을 던졌다. 나는 이것저것 사실대로 대답해 주었다. 글을 쓰는 작가이고 미술사를 연구한다는 등등의 이야기다. 빠당에는 사람을 찾으러 왔다는 말도 했다. 옆에서 가만히 내 이야기를 경청하던 와얀이 팔에 차고 있던 팔찌를 빼더니 나에게 건넸다. 오렌지색을 물들인 굵은 실의 중간중간에 동그랗게 매듭을 지어 모양을 낸 소박한 팔찌였다. 환영의 뜻이라 했다. 내가 고맙다고 말하고 있을 때 한나가 커피잔을 들고 다시 나타나 "호오~"라는 소리를 내며 팔찌를 가리켰다. 수줍은 와얀이 대단한 호의를 보여주고 있네-라고 감탄하며 말했다. 그러고는 나에게 커피잔을 건네면서 물었다.

"오늘 정오에 요가 수련이 있어요. 같이 가볼테야?"

커피잔을 받아 한 모금 마시면서 그녀를 보았다. 커피에서 깊고 그윽한 향이 흘러나오고 있었다. 한 모금 마셨을 때 혀끝으로부터 목구멍을 타고 식도로 내려가는 시큼하면서도 신선하고 그윽한 맛에 감탄하고 말았다. 내가 그녀에게 커피가 아주 맛있다고 말했고, 고맙다고도 했다. 당신이 데려가 준다면 요가 수련을 구경해 보고 싶다고 말해 주었다.

잠시 뒤에는 또 다른 커뮤니티의 구성원들이 내가 앉은 테이블 곁으로 다가왔고, 그렇게 해서 그날 아침 나는 그곳의 거의 모든 사람들과 악수하며 인사하게 되었다.

정오에 요가 수련이 시작되는 구시가의 강당 끝자락에

앉게 되었을 때는 이미 그들 중 하나인 것처럼 편안함을 느꼈다. 요가는 전혀 할 줄 몰랐지만 그저 구경하는 것만으로도 마음이 편안해졌다. 강당에는 최소 백 명은 넘게 모여든 것 같았다. 그들은 아미르 함자의 조용한 구령에 맞추어 동작을 하나하나 완성해 갔다. 하나의 자세에서 다른 하나의 자세로 이동하면서 조용하고 깊은 호흡을 나누고 있었다. 2시간가량의 수련이 끝나면 강론이 있는 저녁 시간까지 다시 흩어져 각자의 소일거리로 시간을 보냈다. 한나는 내게 커뮤니티 인근의 주택가를 함께 산책하자고 제안했다. 나는 그녀를 따라서 지난밤의 폭우로 진창이 된 길을 걷기 시작했다. 5분쯤 걷다가 그녀가 이렇게 말했다.

"잠에서 깰 때 놀랐어요?"

나란히 걷던 내가 그녀를 돌아보며 고개를 저었다. 그저 무슨 일인지 궁금했다고만 대답했다. 그러자 한나가 말했다. 나에게 내어준 그 자리가 원래는 그녀의 잠자리였다고.

"오랜만에 다른 곳에서 눈을 붙이려니까 잠이 오지 않았어요. 그래서 당신 곁으로 간 거야. 다른 뜻은 없어요."

그녀의 얼굴에 미소가 번지고 있어서 정말 다른 뜻이

없었는지 도무지 알 수 없는 표정이 되었다. 그녀가 웃자 콧잔등의 주근깨는 더욱 짙어졌고, 그 모습이 장난기 많은 어린아이 같아 보였기에 나도 그만 따라서 웃고 말았다. 오후의 저물어 가는 태양 아래로 미지근한 바람이 불어왔다. 주택가라고는 했지만 대부분 벽도 제대로 칠하지 않은 거친 담장이 일렬로 늘어선 모습이었고, 벌거벗은 어린아이들이 진창 위를 뛰놀고 있었다. 그들 중 몇몇은 한나를 알고 있는 듯했다. 다가와서 장난치거나 다시 도망가거나 했다. 그러는 사이 한나 역시 그들 중 하나인 듯 아이처럼 장난치며 걷거나 뛰기를 반복하기 시작했다.

저녁 식사 후에는 강론이 이어졌다. 커뮤니티 저택의 2층에 마련된 넓은 홀에는 꽤나 많은 인원이 몰려들어 어깨와 어깨를 맞대고 앉았다. 그 한가운데 아미르 함자가 서서 이야기를 시작했다. 나는 한나를 따라 아미르의 바로 곁에 앉아 강론을 들을 수 있었다. 창밖의 거리에서는 이따금씩 자동차 경적이 울렸고, 갑작스런 소나기가 쏟아지기도 했지만, 아미르의 음성은 울림이 좋은 종소리처럼 홀에서 테라스까지 청명하게 퍼져나가고 있었다.

아미르가 누군가 가져온 피자 한 조각을 손에 들었다.

그러고는 말하기 시작했다.

"이 음식에 주목해 주세요. 이것은 요가 수련에 참여했던 한 형제가 우리와 나누고자 가져온 음식입니다. 이것을 사려면 몇 달러가 필요합니까?"

질문하는 아미르의 시선이 좌중을 둘러보았다.

"얼마인지는 몰라도 어쨌든 돈이 필요할 겁니다. 하지만 돈만으로는 안 됩니다. 이걸 주신 그분은 우정을 함께 주셨어요. 따뜻하고 정성어린 우정입니다. 하지만 우정만으로도 안 됩니다. 그분은 또한 진리에 대한 사랑으로 이것을 주셨습니다."

아미르가 손에 든 피자를 둘로 찢어 나누었다.

"여러분께서는 예수의 기적을 알고 계시지요? 물고기 두 마리와 전병 다섯 조각으로 그토록 많은 사람을 배불리 먹였다는 것은 무슨 말입니까? 달러로 환산될 수 없는 것, 돈으로 살 수 없는 고귀한 것을 선지자께서는 사람들에게 나누어 주신 겁니다. 진리에 목마른 자들에게 말씀을 주신 겁니다."

손에 든 피자 조각들을 바닥에 내려놓으며 그가 강론을 이어 나갔다.

"나도 여러분께 같은 것을 나누어 드리고자 합니다. 그것은 나의 욕망이고 여러분의 지칠 줄 모르는 진리에 대한 소망입니다. 값을 매길 수 없는 의지이고 평가를 거부하는 무조건적인 사랑입니다. 물론 돈은 중요합니다. 가족을 먹여 살리는 물질적인 안정은 중요합니다. 달러가 없으면 하루도 살 수 없어요. 하지만 그렇게 눈에 보이는 것들, 달러로 셈해질 수 있는 것들을 지탱하는 것은 가족의 사랑이고 연인의 희생이며 친구의 우정입니다. 그리고 이러한 사랑과 희생과 우정을 지탱하는 것은 무엇입니까?"

질문하는 아미르가 두 손바닥을 들어 하늘을 향해 펼쳐 보였다.

"그것은 바로 신에 대한 사랑입니다. 신에 대한 사랑은 무한한 것에 대한 사랑입니다. 무한한 것에 대한 사랑은 물질적인 세계에는 존재하지 않는 보다 귀한 것에 대한 열망입니다. 신을 사랑하십시오. 여러분이 신을 사랑하는 것이 신이 여러분을 사랑하는 방식입니다. 여러분이 저를 통해 듣고 보고 느끼는 것은 여러분의 마음속에 이미 존재하는 신의 목소리이자 모습이고 감촉입니다."

아미르가 잠시 말을 멈추고 두 눈을 감았다. 그러자 몇몇 사람들 역시 눈을 감았고 나도 그렇게 했다. 눈을 감은 어둠 속에서 그의 목소리가 다시 울려 퍼졌다.

"나는 거울과 같은 존재입니다. 여러분이 가진 진리에 대한 열망을 거울처럼 비출 뿐입니다. 여러분 중에 진실한 자는 나로부터 자신의 진실함을 보게 될 테고, 그렇지 못한 자는 우상을 보게 될 겁니다. 그래서 선지자께서는 진리가 마음이 가난한 자의 것이라 하셨던 것입니다. 진리는 간절히 구하는 자에게 찾아올 테지만, 그것을 가졌다고 자랑하는 자로부터 달아납니다. 진리에 대한 열망은 연인에 대한 사랑과도 같아서 그것을 가졌다고 느낄 때면 이미 사라지고 없을 것입니다."

내가 감았던 눈을 뜨고 주변을 둘러보았다. 그날 저녁의 커뮤니티 사람들은 진지하고 편안해 보였다. 그들은 아미르가 하는 말의 뜻을 이해하려고 고민하는 것 같지 않았다. 아미르의 목소리를 들을 수 있으면 그걸로 족하다고 생각하는 듯 보였다. 물론 그건 나만의 생각일 수도 있었겠지만. 아미르의 음성이 듣기에 참으로 좋았기 때문이다. 인도네시아 엑센트가 짙게 스며든 영어 문장들은 간결했으며 아름답고 고상한 톤으로 공간을 울렸다. 모두가 그 소리를 마음 편히 음미하고 있는 듯 보였다. 그중에서도 아미르가 발음하는 '진리', 그러니까 "트루스"라는 단어는 묘한 굴림을 갖는 음향을 내며 나의 마음을 건드렸다. 그의 혀끝에서 전해오는 소리가 내 영혼을 어루만지듯 들려오고 있었다.

"진리는 눈에 보이지 않는 것이기에 그것이 나타나면 기적처럼 경이로울 것입니다. 또한 낯선 것이기에 유령처럼 근심스러울 것입니다. 여러분께서는 그와 같은 근심 속에서도 그것에 대한 사랑을 멈추지 말아주세요. 진리와 마주하기를 두려워하지 말아 주세요. 여러분이 두려워하면 진리도 여러분을 두려워하며 달아날 테니까요."

말을 마치며 아미르가 감았던 두 눈을 떴고, 곁에 앉은 나를 내려다보았다. 그때 나는 불현듯 나이를 만난 이후 경험했던 일련의 사건들이 진리에 관계된 것이었다는 사실을 깨달았다. 확신에 가까운 감정이 나를 찾아왔다. 나이는 나를 진리의 사건으로 이끄는 존재였는데, 어째서 그토록 명백한 사실을 이제야 깨닫게 되었던 것일까?라고 자문했다.

서울

청운동의 한식당에서 사울과 처음 만난 이후로 우리는 빠르게 가까워졌다. 그는 나의 논문에 대해 좀 더 자세히 알고자 했고, 나는 그가 살아온 이야기가 궁금했다. 사울이라는 이 남자가 주는 소박한 매력이 나를 끌어당기고 있었다. 나보다 여섯 살가량 많은 나이였음에도 그는 나를 진지한 친구로서 대해주었고, 자신의 삶에 대해 숨김 없이 말해주었다. 나의 논문이 그의 삶에 중요한 의미를 갖게 된 만큼 자신의 이야기를 털어놓는 게 부담되는 일은 아니라고 했다. 그의 인생은 한 편의 파란만장한 영화 같았다.

두 번째 만남은 그가 제안했다. 장소는 북촌의 산자락에 위치한 자택이었다. WUR이 마련해준 사택이라 했는데, 작지만 고풍스런 한옥이다. 마침 나이는 다른 일정이 있었으므로 나는 일몰 즈음해서 혼자 방문했다. 초인종을 누르고 몇 초 뒤에 지난번과 똑같은 차림의 사울이 나무 대문을 열어 주었다. 아담하고 미니멀한 정원으로 안내받으며 현관을 올려다보았다. 한옥이라고는 했지만 현대식 건축으로 틀을 잡고 지붕과 마루 정도를 한옥 형태로

디자인한 모습이다. 일층은 정원으로 개방된 대청마루 거실이었고 이층은 시원스런 크기의 침실이다. 방은 그렇게 단 두 개였고 생각보다 넓은 욕실 겸 화장실과 키친이 있는 흔히 말하는 협소주택이다.

"나쁘지 않죠?"

사울이 집안 구석구석을 소개하며 말했다.

"WUR은 자기 사람들에게 공을 많이 들이는 편이에요. 미국에서 재단을 만들어서 그런지 돈 문제에 관해서는 상당히 자유롭다고 봐야 돼요."

그는 대청마루에 나를 안내하고 앉은뱅이 소파에 앉기를 권했다. 마루와 정원을 가르는 통유리 창을 닫자 순식간에 세상의 소음이 차단되어 버렸다. 고요했다. 정원 담장 아래로 북촌 아래 서울 풍경이 한눈에 내려다보였다. 광화문에서 시청까지 펼쳐진 모습이 장관이었다. 내가 창밖의 풍경에 넋을 놓고 있는 동안 사울이 잔 두 개와 샤토-퐁테-카네라는 라벨의 와인병을 가져오며 말했다.

"고백하자면, 저는 술을 좋아합니다."

나 역시 즐기는 편이라고 말하자 그가 겸연쩍은 미소를 띠며 이렇게 덧붙였다.

"그냥 즐기는 게 아니고, 말하자면 중독이었습니다. 커틀러 만나기 직전까지 중증 알코올 중독이었어요. 집단치료 프로그램에 한동안 참여했었고, 사실 커틀러와 가까워진 것도 치료 때문이라고 볼 수 있습니다."

쓸쓸하게 웃으면서 털어놓는 사울을 내가 뜻밖이라는 표정으로 쳐다보았다. 그러는 동안 사울은 포도주를 잔에 따르며 조심스레 앉은뱅이 테이블을 정리했다. 접시에는 기하학적인 비율로 잘린 각종 치즈와 소세지들이 가지런히 차려져 있었다. 그가 말했다.

"무엇부터 이야기해야 할까요? 박사님 논문을 만나기 전까지의 제 인생에 대해서 언젠가 만나 뵙는다면 들려드리고 싶다는 마음을 항상 지니고 있었어요."

사울의 본명은 그가 말했던 대로 김바울이었다. 미국으로 이민 오기 전에 그의 아버지는 경기도 부천 어딘가의 변두리 개척교회 목사였다고 했다. 어머니는 결혼 전에 피아노 학원 선생이었다. 결혼 후 아버지는 어머니에게 집안 살림은 물론이고 교회 살림까지 모두 맡긴 채로 목회에만 전념했다. 기도와 설교가 아버지의 전부였기에, 바울이 태어난 것도 어찌 보면 참으로 사소한 기적 중에 하나였다. 어쨌든 결혼 3년 차에 바울이 태어났고 그

즈음해서 교회의 신도들이 눈에 띄게 늘어나기 시작했다. 기껏해야 열대여섯 명 남짓 모이던 다락방 교회가 백여 명에 가까운 신도들의 교회로 자리 잡기 시작했던 거다. 대부분 부천 인근 공장에서 일하던 노동자들의 아내들과 그 자녀들이다. 1980년대의 경제 부흥기에 처음으로 누리게 된 주말 시간을 보다 가치 있는 일을 하며 보내려는 사회적 욕망이 사람들에게 교회를 찾게 했던 것일까? 일제강점기와 한국전쟁은 전통사회를 지탱하던 유교문화를 뿌리부터 잘라버렸고, 이제 남은 것은 그저 완력을 휘두르는 술주정뱅이 가부장제뿐이었다. 길 잃은 영혼들이 의지할 또 다른 아버지가 필요했다. 누구든 최소한의 생존이 해결되고 나면 삶의 의미를 찾으려 하고, 그것을 말해줄 아버지 같은 신의 존재를 찾게 되는 법이다. 그런 의미에서 바울의 아버지가 토해내는 통성기도는 사람들을 겁주는 동시에 매료시켰다. 술 취해서 악쓰는 아버지만 보아왔던 사람들에게는 영원한 삶을 약속하며 울부짖는 바울 아버지의 기도는 전혀 새로운 경험이었다. 목사라는 사람이 저 정도로 미쳐서 확신하며 외칠 수 있는 진리라면 믿어볼만하지 않을까? 사람들은 생각했고, 자발적으로 그의 신성한 광기에 함께하려 했다. 그렇게라도 미치지 않고서는 살아낼 수 없는 허망한 현실이 당시의 한국 사회를 지배하고 있었기 때문이다. 특히 여자들이 그러했다. 공장노동과 가사노동으로 지쳐버린 그녀들의 영혼이 매달릴 수 있었던 건 여생을 책임져 줄 아들에 대한 헌신 아니면 돈에 대한 집착뿐이었는데, 이것마저 좌절되면 막다른 골목이었다. 바로 그 막다른 길의 끝자락에 교회라는 새로운 형태의 안식처가 들어섰던 거고, 엄청난 사람들이 몰려들었다. 아버지의 교회가 그곳에 오래도록 버티고 서 있었다면 지금쯤은 여느 대형교회 못지않을 덩치를 키웠을지도 몰랐다. 그러나 아버지는 생뚱맞게도 기도 중에 자유의 여신상을 본다. 미국으로 가라는 하나님의 계시를 받았다고 믿게 됐다. 그에게 계시의 내용은 명백해 보였다. 자유주의라는 타락의 우상이 지배하는 미국을 구원하라는 계시였다. 터무니없고 허무맹랑한 내용이었지만, 당시 한국 개신교단에는 케네디 대통령 이후로 미국이 타락하게 되어 구제불능이 되었다는 담론이 널리 퍼져있었다. 1960년대부터 미국의 공립학교에서 성경 공부를 폐지했기에 타락이 가속화되었다는 주장이다. 바울의 아버지에게 계시를 내린 하나님은 정교분리 따위에는 관심이 없었다. 신은 민주주의가 생겨나기 수천 년 전부터, 아담과 이브의 시절부터 이미 세상을 다스리던 존재였으니 공화제도 따위는 무시해도 상관없었던 거다. 그래서 바울의 가족은 미국행을 결심한다. 이제 막 살림이 나아지려던 참이어서 그런 결정은 일종의 도박이었지만 바울의 어머니는 반대하지 않았다. 그녀는 한국 사회에 진절머리가 나 버렸기에 미국행을 오히려 반겼다. 가난은 오래된 벗처럼 익숙했고, 광기에 가까운 남편의 종교적 열정을 막을 수 없다는 사실 또한 잘 알고 있었다. 그렇게 해서 10살이 된 바울은 어머니의 손을 잡고 아버지를 따라 미국행 비행기에 오른다. 바울도 새로운 세상을 반겼다. 수줍음 많고 왜소했던 목사의 아들에게는 친구가 없었고, 그래서 미련도 없었다. 차라리 바다 건너의 세상이 궁금했다. 미국이라면 통성기도의 울부짖음이 아닌 다른 것이 기다리고 있을지도 모른다고 생각했다. 어린 바울의 눈에도 아버지의 교회는 숨 막히는 공간이었기 때문이다. 교회는 아버지 한 사람의 신앙의 무게로 이미 포화 상태가 되어가는 듯 보였다. 아버지라는 인물의 한계 안에서 더없이 무거워지는 신앙의 독재가 작은 교회를 광기어린 장소로 만들고 있었다. 바울이 보기에 성서는 더 넓고 풍부한 상상력의 세계였다. 바울이 글자를 떼면서부터 읽기 시작했던 성경의 이야기들은 아버지가 해석하는 어둡고 복수심으로 가득 찬 분노한 신의 세계가 아니었다. 아직은 그런 차이를 표현할 언어를 갖지 못했던 바울이지만 그럼에도 분명하게 자각했던 것은 보다 넓고 보편적인 세계에 대한 열망이다. 바울에게는 그런 것에 대한 타고난 감각이 있었다. 모두가 이해하고 받아들일 수 있는 진리를 사랑하는 감각 말이다. 보다 많은 사람들에게 사랑받는 신의 이미지에 대한 열망. 바로 그런 의미에서라면 미국은 바울에게 새로운 기회의 땅이었다.

LA의 한인 타운에서 목회를 시작한 바울의 아버지는 특유의 열정적인 설교로 교민들을 끌어 모았다. 여기서도 길 잃은 영혼들은 목사의 통성기도에 매혹당했다. 교포들의 세계라고 다를 바 없었던 거다. 그러나 타락한 미국을 구원하라는 신의 계시를 따르는 것은 또 다른 문제였다. 쉽지 않았다. 고래 뱃속에 삼켜졌던 요나처럼 도망친 건 아니었지만, 문제는 영어였다. 미국인들을 구원하려면 영어로 목회를 해야 했는데, 마흔 줄에 들어선 바울의 아버지에게 영어는 불가항력이었다. 방언이라면 술술 나왔지만 영어로는 통조림 하나를 사고 거스름돈 받는 것도 힘겨웠다. 그래서 찾아낸 대안이 바울을 영어의 능력자로, 영어로 설교하는 목사로 키우는 것이다. 자신이 못다 이룬 소명을 바울이 이루어 주길 바랐다. 빠듯한 살림에도 아버지는 바울을 뉴저지 어딘가의 미션 스쿨로 보냈고, 바로 거기서 바울은 새로운 언어로 표기된 성서를 통해 새로운 세계를 보게 된다. 그때까지 바울이 읽던 성서는 1961년에 개역된 고루하기 그지없는 말투의 한글판이다. 단지 같은 내용을 다른 언어로 읽게 되었을 뿐인데도 영어로 말하는 신의 성서는 바울에게 전혀 다른 책처럼 느껴졌다. 조선 말기의 고어체가 여전히 남아있는 당시의 한국어 성경과 비교할 때 영어 성서는 어쩐지 밋밋했고 엄숙함이 부족한 듯했지만, 그런 만큼 살아있는 일상의 현실언어처럼 느껴졌다. 게다가 그때까지만 해도 예수를 백인이라 생각하던 바울에게 영어는 하나님과 그 아들의 음성에 훨씬 근접한 언어로 느껴졌던 거다. 물론 이런 환상은 바울이 프린스턴에 들어가던 바로 그 해에 박살나고 말테지만, 어쨌거나 바울이 새롭게 만난 영어로 말하는 하나님의 목소리는 청소년기의 삶을 충만하게 해 주었다.

그에 반해 프린스턴 시기는 고난의 시간이 되어버린다. 이후 벌어진 일들을 떠올려보면 차라리 처음부터 프린스턴 신학교(PTS)를 선택했다면 좋았을 것을, 프린스턴 대학은 그가 상상하지 못했던 자유를 너무 갑작스레 가져다주었다. 그곳의 종교학과에서 배우게 된 기독교는 그가 알던 아버지의 분노한 기독교가 아니었으며, 그렇다고 미션 스쿨의 성경시간에 배웠던 소박한 하나님의 세계도 아니었다. 종교는 정치였고, 이단과 정통을 나누려는 성질 고약한 교황과 피에 목마른 목사들이 투쟁하는 진창과도 같은 세계였다. 혹독하게 신고식을 치른 셈이라고, 사울은 그 시절을 회상했다. 게다가 그곳에서 새롭게 알게 된 또 하나의 놀라운 사실은 성서가 그가 알던 텍스트가 전부는 아니라는 것이다. 더 많은 성서들이 있었고, 지금의 공인된 성서는 개신교도들이 그토록 혐오하는 로마의 교황과 교활한 주교들이 담합하여 선택했던 극히 일부에 불과했다. 한마디로 바울은 자신이 알던 교회와 신에 관한 모든 것을 부정해야만 하는 시험에 들게 된 거다. 술에 처음 손을 댄 것도 그 시절이다. 종교학과라고는 했지만 술과 담배는 전혀 터부시되지 않았다. 심지어 권장했고 진지한 지식인의 상징처럼 받아들여졌다. 그런데 문제는 바로 여기서 더욱 심각해진다. 바울을 찾아온 기독교 세계관에 대한 혼돈을 잠재우는 데에 술이 톡톡히 한몫했기 때문이다. 특히 버번 위스키가 그랬다. 그걸 마시면 즉각적으로 예수가 이해됐다. 사울은 그걸 이렇게 표현했다.

"우습게 들릴 수도 있겠지만, 위스키를 마시면 예수의 음성이 들리는 듯했어요. 화해하라고 그가 말했죠. 오직 사랑하라고, 너 자신부터 사랑하라고 말하는 그의 목소리가 찰랑거리는 술병 안쪽에서 뱃고동 소리처럼 울려 퍼지는 듯했단 말이죠."

마르고 왜소한 체구의 이 청년, 벌써부터 머리숱이 빠지기 시작했던 프린스턴의 바울은 그렇게 버번 위스키를 마시며 신앙의 안정을 되찾았다. 그가 미국 최고의 대학교 종교학과에서 만난 예수의 이름은 버번이었던 셈이다.

생애 처음으로 맞이했던 일탈과 질풍노도의 시기를 프린스턴대학에서 보낸 청년 바울은 맞은편의 PTS 즉 프린스턴 신학교 대학원으로 서둘러 진로를 옮긴다. PTS는 보다 전문적이고 깊이 있는 신학연구의 커리큘럼으로 알려진 곳이다. 사실 프린스턴 대학의 학부 시절에는 그다지 배울 게 없었다.

"그렇게 말하면 동문들이 들고일어나겠지만, 저에게는 모든 게 시시했습니다. 제가 원하는 것은 성서에 대한 보다 근본적인 연구였는데 그런 욕구가 학부 수준에서 만족될 수는 없었죠. 그래서 PTS에 지원했고 역시 전액 장학금으로 석사와 박사 과정을 통과했어요."

여기서 바울은 더 이상 과음하지 않았는데, 공부가 재미있었기 때문이다. 버번 예수와의 만남은 주일에만 한정했다. 이곳에서 신학 박사 학위를 가뿐하게 취득한 다음에는 다시 프린스턴 대학교로 돌아가 종교학 박사 학위 또한 취득했다. 그러고 나자 그도 30대가 되었고, 프린스턴 대학에서 조교수를 거쳐 5년 만에 정교수가 된다. 결코 쉬운 여정은 아니었지만 그렇다고 혹독하게 어려운 성취도 아니었다. 바울의 아버지는 그런 아들이 대견하기보다는 낯설었다. 자신이 상상하던 아들의 모습은 이런 게 아니었다는, 뭐라고 설명할 수 없는 묘한 감정이 목구멍 언저리 어딘가를 묵직하게 누르고 있었다. 타락한 미국을 구원하기에는 바울은 너무나 미국 사람처럼 되어버렸다. 집안에서 한국어를 금지한 것은 아버지였다. 아들이 영어를 빨리 배울수록 소명의 실현도 앞당겨지리라 믿었기 때문이다. 부작용도 있었다. 집안에서 모두의 말수가 줄

어든 것이다. 바울만 이따금씩 영어로 재잘거렸고, 아버지와 어머니는 점점 더 과묵한 사람들이 되어갔다. 게다가 아들이 타락한 미국을 어떤 방식으로 구원하게 될는지에 대해서는 상상조차 할 수 없게 되어 버렸다. 아들이 공부하는 성서의 해석학은 LA 한인 타운의 목사 아버지에게는 그 어떤 이교도의 주장보다도 낯설고 이해하기 어려운 내용이었다. 종교학과 교수가 된 아들은 아버지가 믿던 기독교와는 너무도 다른 신을 상상하고 있는 듯했다. 엄밀히 말해 아버지의 기독교와 바울의 기독교, 이 두 종교는 전혀 같은 신앙이 아니었다. 심지어 미국의 다른 개신교와도 다른 모습이었다. 바울의 기독교는 종교라고 말하기에는 너무 보편적이고 인간적이었다. 프린스턴의 교수 바울에게 신은 선함 그 자체였으며 사랑 그 자체일 뿐이다. 구약과 신약에서 표현되는 엄격한 계율의 신은 인간의 근거 없는 죄책감이 만들어낸 초자아의 화신이라 생각했다. 만일 절대적으로 전능하신 하나님이 존재한다면 그는 오직 절대적으로 올바른 것만을 인간에게 요구할 것이고, 인간 문명이 전력을 다해 상상할 수 있는 궁극의 올바름이란 오직 선함뿐이었기에, 그것 말고는 다른 게 있을 수 없다고 바울은 생각했다. 그러니까 선한 마음을 가진 자라면 모두가 신성한 존재일 뿐이다. 타인의 고통을 보고 흘리는 눈물에는 모두 짠맛이 나듯, 동일한 신성함이 깃들어 있을 뿐이었다. 눈물을 흘리는 자가 기독교인이 아니라 해도 그것은 신의 눈물이 아닐 수 없었다. 나름의 확신 속에서 바울이 도달한 이와 같은 결론에는 어딘지 모르게 물렁한 구석이 있었는데, 경험을 통해서가 아니라 도서관을 거닐며 알아낸 사실들이었기에 그랬다. 이제부터 바울이 경험해야 하는 상실의 현실적 체험이 아니었다면 그는 여전히 현실감 없는 진실의 추종자로서 상아탑의 그늘 아래 남게 되었을 지도 모를 일이었다.

모든 것은 그가 목회 활동을 시작해야 한다는 아버지의 요구로부터 촉발되었다. 아버지는 타락한 미국의 영혼을 더 이상 두고 볼 수 없었다. 이제껏 신이 바울에게 지적으로 충만할 기회를 주었다면, 그것을 영적인 형태로 되갚을 시간이 되었다. 아버지의 논리는 명백하고 간단했다. 하나님의 인도로 미국 땅에 오게 되었으니 이제 그분의 뜻을 실현할 때다. 준비는 충분했고 아버지가 보기에는 과할 정도였다. 미국을 구원하기 위해 프린스턴의 교수가 될 필요까지 있었나 싶었다. 바울도 공감했다. 신의 말씀을 전하는 데에 프린스턴은 적절한 곳은 아니었다. 구원을 필요로 하는 곳은 더 낮은 곳이라 생각했다. 마침 알고 지내던 뉴욕의 지인이 학원으로 운영하던 브루클린의 건물 절반을 교회로 사용하도록 제공해 주었다. 그곳에서 바울의 목회가 시작되었고, 그때 그의 나이 38세다. 정수리의 머리숱은 대머리의 안정적인 완성 단계에 도달해 있었고, 마른 체구는 더욱 말라서 왜소함이 한계치에 달한 외모가 되었다. 중세의 수도사처럼 보였다. 종교개혁의 이론가 칼뱅이 연상되기도 했다. 그런 바울이 설교를 시작하면 좌중은 숙연해졌다. 바울이 말하는 신의 사랑은 숭고했다. 성서해석학에 대한 그의 해박한 지식이 영적인 체험을 방해하기는커녕 오히려 진실함을 더해주는 듯했다. 바울에게 남겨진 프린스턴의 현학적인 말투에도 불구하고, 통성기도 하던 아버지로부터 물려받은 단순명료한 목소리가 존재했기 때문이다. 아버지의 울부짖음에서 분노의 말들을 제거하면 사랑이라는 단어가 남겨졌고, 바로 그것으로 바울의 설교가 시작됐다. 그리고 시련도 함께 시작됐다. 마치 그가 설파하는 사랑의 신앙에 대한 책임을 묻기라도 하려는 듯, 운명은 그에게 쾌락과 고통이 뒤섞인 형태로 사랑의 고난을 가져다주게 된다. 목사로서의 바울이 교단에서 설교하던 바로 그 문장, 사랑하라는 정언명령이야말로 무엇보다 잔혹한 것일 수 있다는 사실을 그제서야 배우게 되었던 거다.

  브루클린에 존재하는 숱하게 많은 피자가게들 중에서 하필 그곳을 드나들게 되었던 별다른 이유는 없었다. 오직 편리함 때문이다. 목회를 시작했던 초기만 해도 바울은 뉴저지와 브루클린의 1시간 거리를 차로 오가며 생활했다. 뉴욕까지 차를 운전해 일요일 목회를 진행하고 저녁이 되면 다시 차를 몰아 프린스턴으로 돌아왔다. 교회 건물 맞은편의 피자가게는 정신없이 바빴던 바울의 주말 끼니를 해결해 주는 중요한 만찬장이었고, 그 이상도 이하도 아니었다. 그곳에서 바울의 첫사랑이자 마지막 사랑이 될 여자를, 그것도 무슬림이던 그녀를 만나게 되리라고는 도저히 상상할 수 없었다는 말이다. 인생의 대부분을 미국에서 성장했던 바울에게 파트너에 대한 인종적인 선입견 따위는 없었다. 사실 바울에게 애초부터 성적인 취향이라는 게 있었나 싶을 정도로 그는 여자에 관심이 없어 보였다. 물론 그도 인간인지라 열네 살 때부터 자위를 했고, 그런 의미에서 마스터베이션은 바울이 여자를 상상하는 유일한 시간이었다. 목회자라고 십자가를 떠올리며 그걸 하지는 않기 때문이다. 그러나 거기서 더 나아가지는 않았다. 바울은 현실에 존재하는 그 어떤 실재하는 여자와도 정서적인 교감을 나누려 하지 않았다. 여자 문제는 언제나 그에게 골칫거리였을 뿐이다. 연애는 곧 결혼을 의미하는 집안 분위기에서 여자를 만난다는 것은 너무 복잡한 문제들을 만들어 내는 것처럼 보였다. 그의 부모에게 있어서 결혼이란 한국인들끼리 하는 것이고, 그것도 기독교인들과 하는 것이었다. 그런데 바울의 주변에서 만날 수 있었던 대부분의 프린스턴 사람들은 백인이거나 흑인이었고, 그들 중에 기독교인이 있었다고 해도 아버지의 표현을 빌자면 악마의 신학을 탐하는 책벌레 마귀들–뿐이었다. 이런저런 고민을 하느라 골머리를 앓느니 카톨릭 성직자들이 그러하듯 결혼 생각은 접어 두는 게 해결책인 듯 보였고, 독신 생활이 그를 그닥 힘들게 하지도 않았다. 그렇게 살아오던 어느 날이었다. 바울은 점심을 때우기 위해 길 건너 피자가게로 향하고 있었다. 그곳에는 자신을 이란 출신이라 소개하는 젊고 쾌활한 네샤트가 일하고 있었다. 몇 주 전부터 그녀와 통성명을 하고 인사를 나누는 사이가 되었는데, 그날도 바울은 피자집의 유리문을 밀고 들어서며 여느 때처럼 먼저 인사를 건넸다. 네샤트가 반갑게 응대하며 주문을 받았다. 그 순간이었다. 마치 운명의 불길한 그림자가 평온했던 일상의 한가운데로 엄습해 오듯이 낯선 남자가 따라 들어왔다. 키가 큰 흑인 남자였고, 바울은 그때 처음 실물로 권총을 보게 됐다. 장난감처럼 자그마한 피스톨이 남자의 손에 들려 있었다. 그걸 든 남자가 네샤트에게 카운터의 현금을 모두 꺼내라고 명령했고, 그제서야 바울은 상황을 파악했다. 강도였다. 미국 어디서나 흔하게 볼 수 있는 대도시의 강도였지만, 실제로 만나게 되리라고는 상상하지 못했던 그런 평범한 강도의 모습이다. 아마도 그 순간 바울은 그대로 얼어붙어 버렸던 것 같다. 그의 귀에는 아무 소리도 들리지 않았고 어떤 말도 떠오르지 않았다. 그가 할 수 있었던 유일한 행위는 두 팔을 벌려 남자를 막아서는 것뿐이다. 그때 남자의 시선이 바울로 향했는데, 그는 바울의 얼굴에서 무엇을 보았을까? 아마도 그것은 텅 빈 표정이었을 거다. 어떤 감정도 드러내지 못하는 굳은 얼굴을 흑인 남자는 보았을 테고, 그가 기대하던 겁먹은 표정은 아니었을지도 모른다. 어쨌거나 남자는 바울의 호주머니를 뒤져 지갑을 꺼냈다. 그런 다음 네샤트가 건네는 카운터의 현금 또한 챙겼다. 그러는 동안 바울은 여전히 두 팔을 벌리고 네샤트의 앞을 가로막아서고 있다. 바울이 보기에 남자는 불행해 보였다. 화가 난 듯했고 초조해 보였다. 등 뒤에서 네샤트가 이게 전부라고 떨리는 목소리로 말했다. 그러자 남자는 들어왔을 때처럼 소리도 없이 마법처럼 사라지고 만다. 모든 게 한순간이었지만 단지 한순간이라고 말하기에는 시간의 질량이 예사롭지 않게 느껴졌다. 소설이나 영화에서 흔히 말해지듯 영겁처럼 길게 느껴지는 한 순간이었다.

강도가 사라지고 난 다음에도 바울은 여전히 두 팔을 벌리고 있었다. 아마도 그 모습이 넋 나간 예수 같았을 거라고 바울이 후에 회상했다. 십자가에 매달려 죽을 형벌에서 갑자기 풀려난 예수처럼 바울은 어리둥절한 기분이었기 때문이다. 바울의 눈빛이 다시금 현실 세계로 돌아온 것은 네샤트가 그에게 안겨 울음을 터뜨리는 순간이다. 그녀는 어린아이처럼 엉엉 울었다. 바울이 두 팔을 내리고 어색한 몸짓으로 그녀를 안아주었다. 흑인 강도의 서툴고 어리석은 습격 사건이 그 두 사람에게 첫 번째 포옹을 가능하게 해 주었다면, 그리하여 바울이 사랑의 감정을 경험할 수 있게 해 주었다면, 강도의 습격은 예수의 방문이 아니었을까? 네샤트와 사랑에 빠져 그녀의 아파트를 드나들게 되었을 때 바울이 농담처럼 던진 질문이었다. 그 흑인 남자가 아니었다면 내가 누군가를 사랑할 수 있게 되었을까? 그는 선지자이거나 예언자였을 거라고, 네샤트의 반짝이는 검은 머리카락을 쓰다듬으며 바울이 반복해서 말하곤 했다.

 강도 사건 후에 먼저 연락해 온 것은 네샤트였다. 무엇이 감사한지 바울로서는 알 수 없었지만 그녀는 저녁을 사겠다고 말했고 바울은 딱히 거절할 이유를 찾지 못했다. 그렇게 해서 둘은 소호 인근의 좁고 붐비는 스테이크 전문 레스토랑에서 무릎을 맞대고 앉아 저녁식사를 하게 된다. 바울은 식사 친구가 생겨 나쁘지 않다는 정도로만 생각했다. 아마도 그랬을 거라고, 사울은 모호하게 회상했다. 네샤트는 어리고 나약해 보였기에 그녀를 데이트 상대로 보기에는 무리가 있었다고도 했다. 하지만 그날 밤 네샤트가 테이블 위에서 방황하던 바울의 손을 잡고 당신과 진지하게 만나고 싶다고 했을 때 그의 반응은 마치 숙명을 받아들이려는 사람처럼 고분고분했다. 미스터리였다고 사울은 다시금 회상을 정정했다. 모든 게 너무도 자연스러웠기에 어쩌면 강도 사건 이전부터 네샤트에게 끌리고 있었던 것인지도 모른다고 고백했다. 네샤트는 이란에서 온 유학생이었다. 뉴욕의 프랫인스티튜트에서 순수 미술을 전공하고 있었다. 무슬림에게는 그림 그리는 것이 계율에 금지되어 있지 않냐고 바울이 물었을 때 그녀는 특유의 매혹적인 미소를 지으며 "왓 에버"라고 했다.

"아무렴 어때요."

오른쪽으로 빗어 넘긴 검은 머리카락 사이로 깊고 그윽한 네샤트의 두 눈이 레스토랑의 어둠 속에서 반짝이고 있었다. 그녀는 5년 전에 유학을 왔고 피자집에서 알바를 하며 그림을 그리고 있었다. 함께 유학온 그의 오빠는 브루클린에서 3시간 거리인 MIT에서 수학 전공으로 석사 과정 중이었다. 부모와 나머지 가족은 모두 이란에서 살고 있었고 아버지는 테헤란 대학에서 사회학을 가르치는 교수였다. 이란 사회의 최근 상황을 고려한다면 진보적인 가정이었고, 그림을 좋아하는 딸을 유학 보낼 만큼 이슬람의 계율에 대해서도 유연하게 해석하는 집안 분위기였다. 물론 고민도 많고 미래가 불확실한 것도 사실이었다. 학업을 마치고 이란으로 돌아가 예술가로서 활동할 수 있을지 미지수였다. 그렇다고 미국에 남는 건 당시 분위기로는 쉽지 않은 길이었다. 무슬림에게 관대하지 않은 분위기가 미국 전역에 팽배해 있었기 때문이다. 여러모로 머리가 복잡해지던 시기에 네샤트는 바울을 만났던 거다. 그녀는 바울이 개신교 목사라는 사실을 알고 있었다고 했다. 길 건너 교회에서 목회를 한다고 바울 자신이 이미 이야기했거나, 아니면 다른 종업원이 알려주었을 거다. 그런데도 그녀는 바울에게 마음이 끌렸다. 강도가 들었던 날 두 팔을 벌린 바울의 뒤에서 그녀는 뭔지 모를 뜨거운 감동이 가슴에 느껴졌다고 했다. 뭐라 말할 수 없이 선하고 숭고한 제스처였다고, 네샤트는 그날의 바울을 묘사했다. 아직은 진지한 사랑을 경험해 보지 못했던 순진한 네샤트가, 아직도 사랑을 서툴게 거부하며 살아왔던 바울을 사랑하게 된 것은 그렇게 숭고한 감정의 발견 속에서였다. 그때 처음으로 바울은 사랑이라는 감정이 거울과도 같다는 사실을 알게 된다. 그녀의 말과 감정 속에서 바울은 자신이 하려던 말과 느끼고 싶었던 감정을 보았다. 그녀의 호기심 속에서 바울은 자신의 은밀한 호기심을 확인했다. 그녀의 불안과 주저함 속에서도, 그럼에도 도발하는 사랑의 고백 속에서도, 바울은 자신이 오래도록 꿈꿔

왔던 사랑의 매혹을 발견하고 있었다. 그리하여 바울은 그녀의 말들이 낱낱이 이해되어 선명해지는 느낌을 받게 된다. 마치 은혜받던 기도 중의 계시처럼 그녀의 말들이 이해되었다. 왜냐하면 그것은 바울 자신의 사랑이었기 때문이다. 그것은 바울이 그녀에게 건네주고 싶었던 감정이었다. 그녀가 주저하면 바울도 주저했고, 바울이 그러할 때 그녀가 불현듯 선을 넘으며 도발했다. 그녀의 도발 앞에서 바울은 자신의 나약함을 숨기지 않았고, 기꺼이 환대했다. 둘은 이미 같은 감정의 흐름 속에서 출렁이는 리비도의 항해를 시작하고 있었던 거다.

그해 10월에서 이듬해 봄까지 둘은 거의 매일 만났고, 그러지 못할 때는 페이스타임으로 대화했다. 브루클린에 있는 그녀의 아파트는 작고 소박한 원룸 형태였다. 한쪽 벽면을 가득 채운 그녀의 그림들만 아니라면, 그곳은 바울이 아버지를 따라 처음 이민 왔을 때 살았던 LA의 아파트를 상기시켰다. 미국에서도 여전했던 아버지의 광기를 바울은 그 아파트에서 매일 밤 지켜보았다. 신성함과 광기 사이의 위태로운 간극을 가늠해 보려고 했었다. 그런데 이제 비슷한 크기의 아파트에서 정념과 율법 사이에서 입을 벌리고 위협하는 죄책감이라는 어둠의 깊이를 가늠해야 했다. 그녀의 아파트에 처음 들어섰을 때 바울은 자신이 다시는 돌아올 수 없는 강을 건너고 있다는 사실을 직감했다. 그가 믿고 있던 세계의 확실함이 무너지고 있었기 때문이다. 이제 그곳은 인간적인 자기주장이 신의 계율에 맞서는 묘한 공간이 되었다. 폐허가 된 신념의 신전에서는 황량함을 상쇄하고도 남을 사랑의 쾌락이 샘물처럼 솟아오르고 있었다. 그렇다고 불안의 유령들이 무너진 신념의 잔해 위로 출몰하는 것을 막을 수는 없었다. 단 한 번도 그런 갈등을 네샤트에게 말하거나 내비친 적이 없었지만, 그녀 역시 어떠한 방식으로든 유사한 고통을 참아내고 있었다는 데에는 의심의 여지가 없다. 이란이라는 나라는 여전히 아버지나 남편의 동행 없이는 국외여행조차 금지된 나라였다. 1979년 이전에 잠시 맛보았던 자유주의 문화는 잊혀진 지 오래였다. 순수미술을 공부하기 위해 미국으로 유학을 떠난다는 사실 자체만으로도 이란 내 종교 경찰의 사찰 대상이 될 만했던 것이다. 그런 나라에서 온 네샤트가 바울과 사랑을 나눈다는 것은 무엇을 의미할까? 단순히 젊음의 방황과 모험이라고만은 할 수 없었다. 바울과의 사랑은 그녀에게 가장 소중한 어떤 것을 포기해야만 가능한 무엇이었기 때문이다. 그리고 스무아홉 살의 미술학도이자 무슬림이던 네샤트에게 가장 소중한 것은 바로 그녀 자신의 미래였다. 바울과 함께 있으려면 자신의 미래에 대해서 이야기하거나 생각하는 것을 금지해야만 했다. 현재의 시간만을 생각하고 그것에 몰입해야 했다. 첫날밤, 그녀의 아파트에서 밤을 지새울 때 그녀가 말했었다.

"나는 당신을 사랑하는 것 같아요. 그냥 느낌으로 그걸 확실히 알 수 있어요. 당신도 그걸 느꼈으면 좋겠어요. 그리고 그걸로 모든 게 충분하다고 생각해 주었으면 좋겠어요."

허리까지 내려오는 검은 머리카락을 뒤로 빗어 넘기는 네샤트의 신비로운 몸짓을 바라보며 바울은 생각했다. 저와 같은 확신은 어디에서 오는 것일까? 사람이 어떻게 이 정도로까지 진실해 질 수 있는 것일까? 바울로 말하자면 사실상 잃어버릴 게 많지 않았다. 교회에 소문이 난다 해도 프린스턴으로 돌아가면 그만이었다. 그러나 네샤트는 달랐다. 그녀와 바울의 관계가 알려진다면 그녀의 가족들이 어떤 반응을 보일지 불 보듯 뻔했다. 게다가 바울은 뉴욕의 증권거래소에서 마주칠 만한 젊고 잘생긴 백인 남자도 아니었다. 그녀의 입장에서 바울은 이교도 중의 이교

211

도였다. 만일 바울에게 자신의 누이가 있었다면, 그리고 그녀가 이슬람의 이맘과 결혼하겠다고 알려왔다면 바울은 뭐라고 했을까? 누구도 섣불리 감당 못할 문명의 깊고도 어두운 심연의 간극 앞에서 그녀는 어쩌면 저토록 당돌할 수 있을까? 혼란스러워하는 바울에게 그녀가 마지막으로 이렇게 말했었다.

"당신의 선지자 예수가 말하기를 사랑이 제일이라고 하지 않았던가요?"

어쩌면 그녀가 바울의 예수였을지도 모른다고, 사랑이 무엇인지 가르쳐 주었으니 그걸로 예수이기에 충분했다고, 사울은 회상했다. 예수가 그러했듯이 그녀는 아름다웠고 매혹적이었다. 열 살이나 어린 나이였지만 어머니처럼 바울을 배려했다. 둘 모두 첫사랑이었고 심지어 둘 모두 첫 번째 섹스였다. 그녀는 서툰 바울을 어머니처럼 이끌어 주었다. 고대 페르시아 제국의 언어를 쓰는 머나먼 문명으로부터 그를 찾아온 나이 어린 여인은 바울에게 새로운 기쁨의 세계를 열어주었다. 깊고 그윽한 두 눈은 그녀를 한없이 나약하게 보이게 했지만, 볼록 솟은 가슴과 잘록한 허리 아래로부터 드러나는 믿기지 않을 만큼 풍요로운 골반과 엉덩이는 바울에게 현기증을 느끼게 했다.

그것은 정념의 현기증이었고 결코 질리지 않을 쾌락이었다. 단지 바라보는 것만으로도 바울은 네샤트의 존재가 주는 충만한 쾌락에 압도당했다. 몇 시간이고 바울은 네샤트의 침대 위에서 그녀의 나체를 바라보며 육체의 모든 장소에 이름을 붙이고 찬사를 보냈다. 그녀의 쇄골은 파라오의 술잔이었고 배꼽은 가나안의 오아시스였다. 도드라지게 튀어나온 골반뼈는 람세스 왕가의 피라미드였고 그로부터 비탈지게 내려와 모이는 그녀의 음모는 에덴동산이라는 식이다. 곧게 뻗은 두 다리는 비옥하게 흐르는 티그리스와 유프라테스강이고 아담한 두 발은 이집트로부터 도망쳐 나온 모세가 엎드려 입맞추었던 시나이산이었다. 그토록 아름다운 것을 바울은 이제껏 본 적이 없었다. 네샤트 역시 자신의 신체가 누군가의 찬사 속에서 이토록 환하게 깨어나는 경험을 해본 일이 없었기에, 둘은 이제 막 신세계로 들어선 아담과 이브처럼 황홀했다. 그들이 들어선 세계의 계율이란 오직 사랑하고 또 사랑하라였다. 오직 사랑하며 그것을 즐기면 될 일이었다.

눈이 많았던 겨울이어서 주말 목회가 끝나고도 프린스턴으로 돌아가지 못하는 날이 흔했다. 그럴 때면 바울은 한 주를 온전히 네샤트의 아파트에서 보냈다. 그녀가 파트타임 알바에서 돌아오기를 기다리며 장을 보거나 요리를 했다. 바울이 좋아했던 시간 중 하나는 네샤트가 그린 그림 앞에 앉아 그녀를 기다리는 순간들이다. 그 앞에서 커피를 마시거나 때로는 포도주를 마셨다. 그림들은 대체로 세로 길이 1미터에 가로는 2미터 정도 되는 크기였다. 그중에서도 그녀가 지난 학기에 그렸다는 그림이 가장 눈길을 끌었다. 먼저 널찍한 평면에 휙휙 칠해진 회색 물감의 대범한 붓자국들이 보였다. 넓게 펴 발라진 모습이라 황량한 평야처럼 보이기도 했고 거대한 대륙이거나 작은 공터처럼 보이기도 했다. 그도 아니라면 그저 다른 어떤 그림을 그리기 위한 밑칠 정도로 보일 수도 있었다. 그런 식으로 아무렇지도 않게 칠해진 평면의 오른쪽 상단에 짙은 갈색의 작대기 같은 것이 역시 빠르지만 황야를 칠했던 속도보다는 조금 느린 획으로 그어져 있었다. 그건 어쩌면 나무였고, 보는 시각에 따라서는 원경의 사람처럼 보이기도 했다. 바로 그 위로 마젠타의 붉은 붓자국이 둥글게 뭉개지는 터치로 슬쩍 지나간다. 물감에 기름이 많이 섞여서인지 붉은색의 절반쯤은 반투명했고, 아래 그려진 갈색 나무 작대기를 그대로 비추어 낸다. 회화에 대해서라면 문외한이었던 바울은 그림을 처음 보았을 때 완성된 작품이라 생각하지 못했다. 네샤트의 설명을 듣고 나서야 그림이 황무지에서 불타고 있는 작은 나무를 표현했다는 사실을 알게 됐다. 거칠고 단순하며 아무것도 장식되어 있지 않은 이미지였는데, 오히려 그런 모습이 차츰 바울의 마음을 사로잡기 시작했다. 그림은 거의 아무것도 드러내지 않는 방식으로 가장 쓸쓸한 무언가를 느끼게 했다. 그림에 시선을 던지고 있노라면 어린 시절의 선뜻 기억나지 않는 어떤 풍경이 눈앞에서 아른거렸다. 네샤트역시 같은 말을 했다. 그림의 이미지는 그녀가 고향에서 보았던, 그러나 떠오르지 않는 어떤 풍경이라고. 애써 기억해 내려 해도 좀처럼 기억나지 않았지만 그럼에도 분명히 존재했다고 느껴지는 마음속의 어떤 흔적을 그린 것이라 했다. 그렇게 그녀의 그림은 서로 다른 두 사람이 같은 것을 볼 수 있도록 만들어주는 신비로운 능력이 있었다. 네샤트가 돌아오기를 기다리며 바울은 그림 앞에 앉아 그것을 응시하거나, 눈이 피로해지면 단지 그 앞에 머무는 것만으로도 만족했다. 그렇게 하면 마치 자신의 존재가 그림의 일부가 되는 듯했고, 따라서 그녀의 일부가 되는 듯 느껴졌기 때문이다.

눈 폭풍이 잦아들 때면 바울은 그의 차에 네샤트를 태우고 프린스턴의 교직원 기숙사로 향했다. 대학 캠퍼스는 브루클린보다 안전했고 마침 방학이었으므로 한가했다. 눈 덮인 캠퍼스의 산책로를 따라서 둘은 팔짱을 끼거나 포옹하며 걷기를 즐겼다. 그러다가 발길 닿는 곳에 들어가 식사하거나 맥주를 마셨다. 때로는 인근의 레스토랑, 때로는 캠퍼스 구내식당에서였다. 저녁에는 기숙사로 돌아와 서재 바닥에 깔린 페르시아 문양 카펫 위를 뒹굴며 포도주를 마셨다. 가끔 동료 교수와 마주치는 일이 있었지만 누구도 네샤트의 존재에 대해서 캐묻거나 궁금해하지 않았다. 이곳 세상은 바울이 맞이한 새로운 행복에 무심했다. 그러나 다른 어떤 세상은 그런 평온함을 견딜 수 없는 듯했다. 브루클린 교회 성도들 사이에 소문이 퍼지기 시작했던 거다. 목사 바울이 히잡 쓴 이슬람 여자와 데이트한다는 목격담이 퍼졌고, 바울이 예상했던 것보다 심각한 파장을 일으키기 시작했다. 뉴욕을 중심으로 특히 한인 교회들 사이에서 소문은 빠르게 퍼져나갔고, 4월에는 다른 한인 교회 목사들이 설교 중에 공개적으로 비난하기 시작했다. 프린스턴에서 교수가 되었다는 사실만으로도 교포 사회에서 기대를 한 몸에 받았던 바울이었다.

그런 바울이 뉴욕에서 목회를 시작한다는 소식이 전해졌을 때 기대는 선망을 넘어서 질시와 의심의 눈초리로 바뀌기 시작하고 있었다. 바울의 목회가 너무 리버럴했기 때문이다. 예수의 사랑만 이야기했지, 계율과 죄에 대해서는 침묵하는 듯 보였기 때문이다. 그러던 와중에 이교도 여자문제가 폭로되자 사람들은 기다렸다는 듯 바울을 비난하고 물어뜯었다. 그들에게 이슬람은 사탄의 화신이고 테러리스트였고 악의 축이었다. 게다가 마흔이 다 된 목사가 20대의 무슬림 여성과 동거한다는 것은 뉴욕의 보수적인 한인 목사들과 그 추종자들에게 충분히 자극적인 먹잇감이 되었다. 이단과 사탄이라는 단어가 바울에게 던져졌고 그를 파문하여 제명해야 한다는 주장이 들끓기 시작했다. 누구도 바울의 편을 들어 줄 만큼 대담한 사람이 없었지만, 사실 이런 문제로 편을 들고 말고 할 것도 없었다. 바울은 그렇게 생각했다. 이런 건 신과 자신 사이의 아주 개인적인 문제라고. 게다가 어차피 각오한 일이었다. 그래서 네샤트에게도 내색하지 않았다. 갑작스레 교인들이 줄어드는 것에도 무심하려고 했다. 그로부터 다시 한 달의 시간이 지나갈 즈음에는 용감했거나 아니면 그저 무디거나 했던 교인 몇 명이 참석하는 수준으로 목회가 진행됐다. 그럼에도 진정으로 파국이 가까워지고 있다는 느낌을 받지는 못했다. 그런 건 언제나 뜻밖의 순간에 결코 예상치 못했던 방식으로 찾아오기 마련이니까.

목회를 끝내고 나오던 5월의 어느 일요일 저녁, 60대 초반의 한 남자가 바울을 기다리고 있었다. 자신을 네샤트의 아버지라고 소개하는 선하게 생긴 이란 남자였다. 검은 머리와 흰 머리가 반반씩 섞여 있었는데, 특히 오른쪽 앞머리가 백발이었다. 네샤트를 꼭 닮은 크고 깊은 두 눈과 그 주변으로 퍼져있던 섬세한 주름들은 그가 얼마나 숫기 없는 사람인지를 말해주는 듯 광대뼈를 중심으로 조금씩 쳐져 있었다. 평생 글자 말고는 다른 걸 가지고 씨름해 본 일이 없을 것만 같은 눈빛이었다. 두 어깨는 왜소했고 팔은 길었으며 두 손과 손가락들은 병약해 보였다. 팔꿈치에 가죽을 댄 체크무늬 양복을 입었고 오래된 소가죽의 갈색 구두를 신었다. 그가 악수를 청했다. 그리고 이렇게 말했다.

"저는 네샤트의 아버지입니다. 당신은 네샤트의 친구 바울이시지요? 실례가 되지 않는다면 잠시 이야기하고 싶어서 왔습니다. 테헤란에서 파리를 경유해서 오늘 아침

218

에 케네디 공항에 도착했답니다. 네샤트는 제가 이곳에 왔는지 알지 못합니다. 저는 단지 당신과 이야기하기 위해서 왔어요. 이야기가 끝나면 오늘 밤 비행기로 다시 이란으로 돌아갈 예정입니다."

바울은 마침내 올 것이 오고야 말았다는 사실을 깨달았다. 언젠가는 일어날 일이었지만 이렇게 빨리 맞닥뜨리게 될 줄은 몰랐기에 당황하고 말았다. 반가움과 비슷한 뭔지 모를 당혹감도 공존했는데, 이런 상황에서가 아니었다면 이란에서 온 이 남자와 좋은 친구가 될 수도 있을 것만 같았기 때문이다. 천국보다 멀게 느껴지는 곳으로부터 그를 찾아 날아온 초로의 신사를 바울은 한동안 아무 말 없이 바라보았고, 착잡한 마음이 되어 마침내 고개를 끄덕였다. 근처의 카페로 안내하며 조심스레 자리를 권했다.

남자의 영어는 어눌했지만 듣기에 불편하지 않았다. 오히려 그 반대였다. 남자는 카페의 내부를 한 번 둘러보더니 조용하고 일정한 톤으로 이렇게 말하기 시작했다.

"저는 테헤란 대학에서 사회학을 가르치고 있습니다. 학생 시절에는 미국에서 공부도 했습니다. 지금 네샤트의 오빠가 다니는 MIT에서 공부했지요. 그때가 1970년대 후반입니다. 자유로운 시절이었죠."

그가 문득 오래된 기억을 더듬는 눈빛으로 바울을 바라보았다.

"그러나 이제 세월이 많이 지났어요. 이란도 많이 변했습니다. 이제는 해외로 유학을 떠나는 것이 비난받는 시대가 되었죠. 무슬림이 아닌 사람과 만나는 것도 엄격하게 금지되었습니다."

말하는 도중에 웨이트리스가 그를 위해 커피를 가져왔다. 남자가 "생큐"라고 조심스럽게 말하며 커피잔을 바라보았지만 손도 대지 않았다.

"네샤트는 제가 서른일곱 살이 되어서 낳은 막내딸입니다."

테이블의 커피잔에서 눈을 떼지 않은 채 그가 말했다.

"그 애가 그림을 그리겠다고 했을 때 고민을 많이 했어요. 신께서는 형상을 만들기를 원하지 않으셨지요."

순간 바울은 기독교의 신 역시 그러하다고, 한때는 그러했다고 말하고 싶었다. 자신이 믿는 신과 당신이 믿는 신이 다른 신이 아니라는 사실을 말하고 싶었다. 하지만 그러지 않았다. 바울이 믿는 증명할 길 없는 신념에 불과한 그런 생각을 강요할 수는 없었기 때문이다. 그저 고개를 끄덕이며 바울은 남자의 다음 말을 기다렸다.

"하지만 저는 네샤트에게 그림 공부를 허락했습니다. 그러면서 한 가지 약속을 지켜야 한다는 조건을 걸었어요. 진실한 그림을 그려야 한다고. 그렇게 하면 신께서도 허락해 주실 거라고 말했습니다. 그때나 지금이나 네샤트에게 그런 말을 했던 것을 후회하지 않습니다. 진실한 것은 신성한 것이라고 생각하니까요."

그러고는 문득 남자가 고개를 들어 바울과 얼굴을 마주했다.

"당신은 신을 섬기는 사람이라고 들었습니다. 그래서 제 마음을 이해하실 거라 생각합니다. 진실하다면 그것은 선한 것이고 그것은 신의 뜻입니다."

남자의 선량한 눈빛이 간절함으로 흔들리고 있었다. 바싹 마른 그의 입술은 자존심 강한 사람들이 그러하듯 완고하게 닫혀 있었다. 남자는 지친 듯 보였다. 늙고 나약하지만 그럼에도 숭고한 눈빛의 이 남자에게 바울은 그 순간 그가 원하는 것이 무엇이든 들어 주고픈 마음이 되었지만, 남자는 끝내 결정적인 요구를 하지 않고 있었다. 딸과 헤어지라고 말하기에는 너무 진실한 사람이었던 거다. 그러기에는 너무도 지혜로운 사람이었고 동시에 너무나 자존심 강한 사람이었다. 물론 바울의 입장에서는 네샤트에 대한 사랑이 그 무엇보다 진실하다고 주장할 수 있었지만, 좀처럼 입을 열 수 없었다. 남자가 자신의 딸을 목숨처럼 소중히 여긴다는 인상이 다른 어떠한 말도 할 수 없도록 만들었기 때문이다. 만일 자신에게 딸이 있었다면 남자와 똑같은 말을 하게 되리라는 사실을 알고 있었기 때문이다. 그때 처음으로 바울은 자신이 그저 이론적으로만 알고 있었던 무언가를 현실적으로 경험하고 있다고 생각했다. 그것은 하나의 진실함이 다른 하나의 진실함과 충돌하는 문제였다. 선과 악의 문제가 아니라, 선함과 또 다른 선함 사이의 충돌이었다. 그러자 비로소 바울에게 하나의 계시처럼 깨달음이 찾아왔다. 나의 진실함을 추구하기 위해서 타인의 진실함을 희생시켜서는 안 된다는 생각이 그것이다.

　그날 밤 남자는 네샤트에 대해서 많은 이야기를 했다. 모두에게 사랑받던 유년기의 네샤트에 관하여, 유학 떠나던 날에 그녀가 얼마나 들떠 있었는지에 대하여, 그렇게 네샤트를 유학 보내고 나서 그가 얼마나 슬퍼했었는지를 이야기했다. 네샤트의 어머니가 딸에게 썼던 사랑의 편지들에 대해서도 이야기했다. 그녀가 행복한 가정을 꾸리며 살아가기를 바라는 가족들의 소망을 이야기했다. 모두의 축복 속에서 행복한 여생을 살아가기를 소망하는 마음을 더없이 간절한 표현으로 말해 주었다. 마지막으로 남자는 바울에게 자신의 이야기를 들어주어서 감사하다고 말하며 자리에서 일어섰고, 당신은 참으로 진지하고 좋은 사람이라고 덧붙였다. 하지만 이게 우리의 처음이자 마지막 만남일 거라고 남자는 말하면서 공항으로 향하는 택시를 잡기 위해 거리로 나서고 있었다. 떠나는 남자의 축 처진 어깨의 뒷모습을 바라만 볼 뿐 바울은 한동안 자리에서 일어서지 못했다고 한다. 조금도 몸을 움직일 수 없었다. 이상한 일이었지만 마치 사랑하는 아버지와 헤어진 어린 아이처럼 눈물이 흐르기 시작했기 때문이다. 그는 한 시간가량 카페의 어둠 속에 앉아 있었는데, 그곳이 어디인지 자신이 무엇을 하고 있었는지 알 수 없었고 생각해내려고도 하지 않았다. 어느덧 밤이 깊어가고 있었다. 거리에는 인적이 드물어지기 시작했고 5월의 쓸쓸한 봄바람이 맨해튼 거리를 스치듯 지나고 있었다.

"그러고는 마음을 정리했습니다."
사울이 첫 번째 포도주병의 마지막 잔을 따르며 내게

말했다. 그는 전혀 취한 것처럼 보이지 않았지만, 추억에 사로잡힌 듯 무거운 표정이었다. 조용한 사울의 목소리가 바울이던 시절의 기억을 더듬으며 시간의 저편으로 착잡한 문장들을 던져 넣고 있었다.

"네샤트를 떠나기로 했습니다. 그녀에게는 잔인한 선택일 수 있었지만 다른 방법을 찾을 수 없었습니다. 그녀가 집을 비운 사이 아파트에 들러 그림 앞에 앉아 간단한 편지를 썼어요. 고맙다는 말을 썼던 기억이 납니다. 반복해서 그 말을 되풀이했고, 진심이었습니다. 그러고는 바로 프린스턴으로 돌아갔습니다. 건강 문제를 둘러대며 휴가를 신청했어요. 쉽지 않았지만 6개월 뒤에 돌아와 보충한다는 조건으로, 하던 수업들 모두를 연기할 수 있었습니다. 다시 돌아오리라는 기약도 없었지만, 일단은 그렇게 말해두고 떠났어요. LA를 목적지 삼아 차를 몰고 무작정 떠난 겁니다. 뉴저지에서 캘리포니아까지 보통은 86번 도로를 타고 일주일이면 도착할 거리였지만, 저는 그렇게 하지 않았죠. 그저 내키는 대로 이곳저곳을 둘러보기도 했고, 가는 길에 바가 있으면 코가 삐뚤어질 때까지 마셨어요. 그러다가 잠들면 주차한 곳에서 며칠 동안 머물기도 했습니다. 핸드폰을 꺼두었으니까 FBI라고 해도 저를 찾기는 쉽지 않았을 겁니다. 그런 식으로 한 달을 운전했어요. 외롭지는 않았습니다. 네샤트에게는 다시 연락하려는 생각조차 하지 않았어요. 그럴 자신도 없었구요. 다시 연락한다면 둘 중 하나는 상대방을 찾아 지구 끝까지라도 달려오려 할 테니까. 그런 식으로 그 아이의 미래를 빼앗고 싶지 않았습니다. 게다가 저에게는 버번 예수가 있었죠. 그래요... 저는 혼자가 아니었습니다. 저의 오래된 친구이자 악마인 버번 예수가 위스키를 마실 때마다 나타나 주었으니까요. 그러던 어느 날부터인가 조금씩 기이한 감각을 느끼기 시작했어요. 차를 운전하는 동안 실제로 누군가 뒷좌석에 앉아 있다는 그런 기분 말입니다. 특히 밤에 운전할 때 그런 느낌이 강했어요. 확실히 해 두자면 그건 버번 예수는 아닙니다. 운전할 때는 술을 마시지 않았고, 게다가 버번 예수라는 게 그저 생각뿐이었지 실질적인 감각은 아니었으니까요. 그런데 뒷좌석의 그 무언가는 등골이 오싹해질 만큼 실제로 느껴지는 존재감이었죠. 술을 너무 많이 마셔 댄 탓이었을까요? 일종의 환각이었는지도 모르겠어요. 어찌 되었든 저는 혼자 여행하고 있지 않았습니다. 그런 망상에 사로잡히기 시작했고, 6월 중순에는 어렵사리 서부 해변에 도착했어요. 헌팅턴비치였습니다. 이른 새벽이라 사람들이 많지 않았지만 부지런한 서퍼들이 파도를 타고 있었어요. 그걸 바라보면서 위스키 병을 열었습니다. 빈속이어서 그랬는지 첫 모금부터 현기증이 엄습해 왔어요. 밤새 잠을 자지 못했기 때문일 수도 있었기에 좌석을 뒤로 눕히고 잠시 눈을 붙일 생각이었죠. 그래서 몸을 뒤로 돌렸고 바로 그때 뒷좌석에 앉아 있는 거구의 노인과 눈이 마주쳤습니다. 믿기지 않으실 테지만, 그는 할랜드 샌더스를 닮은 노인이었습니다. KFC 매장이라면 어디에나 있는 그 모형을 아시죠? 할랜드 샌더스 할아버지 말입니다. 바로 그 노인을 닮은 남자를 보았던 겁니다."

사울이 잠시 말을 끊고 두 번째 포도주병을 내오기 위해 자리에서 일어났다. 창밖은 이미 어둠이었고, 담장 아래 서울 도심은 불빛들로 찬란하게 빛나고 있었다. 나는 사울이 부엌에서 포도주를 고르는 동안 뻐근해진 허리와 두 다리를 뻗어 기지개를 켰다. 10시를 넘기고 있었으니 시간 가는 줄도 모르고 그의 이야기에 빠져들었던 거다. 이 남자의 이야기에는 어딘지 모르게 신비스런 구석이 있었다. 담담하게 말해지고 있었지만 이야기의 흐름을 예측

할 수 없는 면이 있다. 할랜드 샌더스라니... 내가 그렇게 중얼거리고 있을 때 사울이 병을 찾아 들고 다시 돌아왔다. 그러고는 이렇게 말했다.

"물론 망상이 분명합니다. 식사도 제대로 하지 못하고 한 달을 술만 마시며 운전했으니 그럴 법도 했어요. 하지만 이상하게도 같은 환각이 지속됐어요. 남자는 정말 할랜드 샌더스를 닮았어요. 한국에도 켄터키 프라이드 치킨 매장이 있지 않습니까? 매장 어디에나 창립자의 플래스틱 동상이 있지요? 바로 그런 모습이었어요. 제가 술에 절어 있을 때면 어김없이 그가 찾아왔고, 아무 말 없이 곁에 앉아서 제가 바라보는 허공을 함께 응시하다 사라지곤 했어요. 왜 하필 그런 노인이었어야만 했는지 지금도 이해되지 않습니다. 어린 시절부터 KFC 버거를 좋아하긴 했어도 그 노인을 좋아했던 건 아니니까요. 어쨌든 저는 그렇게 온전한 정신이 아닌 상태로 네샤트와의 이별을 살아내고 있었던 겁니다. LA의 부모님 집에 찾아가 두 달 정도 머물렀던 것 같습니다. 두 분 다 제 상태가 온전치 않다는 걸 아시고는 걱정하는 말들을 해주셨어요. 저는 새로 시작한 목회가 쉽지 않아서 그렇게 됐다고 둘러댔습니다. 휴식이 필요하다고 했죠. 시간은 무심하게도 흘러갔습니다. 다시 가을이 왔고 개강 날짜에 맞춰 프린스턴으로 돌아오긴 했어요. 가까스로 수업들을 이끌어 가기 시작했지만 이미 알코올 중독의 중증 단계에 도달해 있었습니다. 위스키 없는 저녁을 상상할 수 없었어요. 서재의 책상에는 책 대신 술병들이 즐비했죠. 소파에 앉은 채로 술을 마시다가 잠이 들었고 그러다 새벽에 깨어나면 다시 술을 마셨습니다. 노인이 찾아오는 날에는 술친구가 있어 좋다고 생각하기 시작했어요. 그 정도로 저는 스스로 만들어낸 환각의 세계 안으로 깊숙이 들어가 있었던 겁니다. 어느 날엔 그가 곁에 앉아 있길래 문득 용기를 내어 이렇게 말했죠. 당신은 사탄이냐고. 그러자 노인이 좋을 대로 생각하라고 대답하더군요. 나야 어쨌든 네가 만들어 낸 망상이니까 네가 무슨 이름을 붙여주든 상관 않겠다는 겁니다. 사탄치고는 나긋나긋한 면이 있다고 생각했죠. 나름 예의 바른 듯도 했고, 특히 그 노인이 쓰는 영어라는 게 전형적인 동부 지식인 악센트여서 듣기에도 좋았습니다. 늦가을이 되었을 즈음에는 그가 내 술잔에 위스키를 따라 줄 정도로 우리는 가까워졌죠. 술잔이 비워질 때마다 다시 위스키를 따라 주고는, 비만의 노인들이 흔히 그렇듯이 푸우 하는 탁한 숨소리를 내며 곁에 앉아 있었습니다. 그러다 문득 그가 이렇게 물었어요. 지겹지도 않아? 기독교인 행세하는 게 피곤하지도 않냐는 겁니다. 목사에 다 신학과 교수라니 이건 좀 과한 행세 아니냐고도 했습니다. 듣고 보니 그가 무얼 말하려는지 이해가 됐어요. 저는 단 한 번도 기독교가 말하는 신앙의 구체성에 대해서 확신해 본 일이 없다는 사실을 불현듯 깨닫게 된 거죠. 아버지가 목사여서 나도 기독교인이 되었을 뿐이고, 어머니가 기도해 주셨으니 나도 그들을 위해서 기도해야 한다고 믿었을 뿐입니다. 타락한 미국을 구하라는 아버지의 망상을 따라서 그렇게 시작된 신앙입니다. 단단할 게 아무것도 없는 시작이었던 겁니다. 모래 위의 성이라고 할까요. 그런 빈약한 신념을 변명하느라고 온갖 종류의 신학 이론들을 불러다가 땜질을 하던 것이 나의 인생이었던 거죠. 그래서 내가 말했습니다. 당신이 나와 한잔한다면 이번에는 내가 당신의 충고를 진지하게 받아들이겠다고 했어요. 그때는 이미 위스키 한 병이 온전히 비워진 채로 탁자 위를 뒹굴고 있었습니다. 나는 비틀거리며 그를 위한 잔 하나와 새 위스키 한 병을 가져오려고 자리에서 일어났습니다. 노인과 한잔하기 위해서라면 괜찮은 위스키 한 병이 필요했으니까요. 나는 조금 휘청거렸던 기억이 있습니다.

그렇게 찬장 쪽으로 조심스럽게 걸어가다가 정신을 잃었습니다. 아마도 예전에 네샤트와 함께 뒹굴던 카펫의 어딘가를 횡단하려다 그만 중심을 잃고 쓰러졌던 것 같습니다. 사실 잘 모르겠습니다. 네샤트의 아버지를 만난 그날 이후로는 어디까지가 현실이었는지 그리고 어디까지가 망상이었는지 구분이 되질 않습니다. 어둡고 긴 터널을 지나듯 의식 없는 세계의 어딘가를 떠돌다가 다시금 눈을 떠 보니 온통 하얗게 빛나는 침대 위였어요. 천국인가 싶을 정도로 밝은 실내였습니다. 그러나 천국은 아니죠. 왜냐하면 천국은 존재하지 않으니까요. 그러니까 느낌만 그랬다는 겁니다. 천국 아니면 그보다 조금 더 먼 어디쯤이라 생각될 만큼 아득하고 낯선 풍경이었는데, 그곳은 다름 아닌 프린스턴 메디컬 센터의 병실이었죠. 그곳에서 눈을 뜨는 그 순간 나는 비로소 온전한 확신에 도달했다고 느꼈습니다. 살아오면서 단 한 번도 천국의 존재를 확신해 본 적이 없다는 확신 말입니다. 통성기도 하던 아버지의 천국도, 신학도서관에서 발견되는 사변적인 천국도 모두 환상이었습니다. 엄밀하게 말하자면 환상 너머의 환상인 거였죠. 세속적인 삶을 환상이라고 말하면서 그 너머의 천국을 약속하는 종교의 환상은 이중의 환상인 겁니다. 세속의 욕망이 눈을 가린다고 경고하면서 맑은 눈으로 그 너머의 진리를 보라고 말하는 태도야말로 또 다른 환상으로 우리를 이끄는 기만이라는 사실을 문득 깨달았던 겁니다. 아마도 성서에 나오는 사도 바울의 이야기를 그렇게 해석해 볼 수도 있을 것 같습니다. 어떤 면에서 그의 이야기는 저의 이야기이기도 했으니까요. 예수를 알기 전에 그의 이름은 사울이었죠. 그는 바리새인이고, 자신과 신념이 다른 자들을 핍박하러 다니던 사람이었다죠. 그렇게 허망한 삶을 살던 사울이 다마스쿠스로 가던 도중에 천사를 만나고 나서 사흘간 눈이 멀었답니다. 저도 그랬으니까요. 한동안 사랑에 눈이 멀었었죠. 네샤트라는 이름의 이교도 여자에게, 그녀의 사랑에 눈이 멉니다. 신약성서의 사울은 사흘 후에 시력을 되찾는 것으로 묘사됩니다. 눈동자를 가리던 비늘이 벗겨져서 진리를 보는 맑은 시선을 갖게 되었다는군요. 그래서 사울은 자신의 유대 이름을 바울로 개명하고 기독교인으로 개종했다는 겁니다. 하나님의 천국을 보는 사람이 되었다는 거죠. 하지만 저는 아닙니다. 저는 태어날 때부터 이름이 바울이었고, 그래서 태어날 때부터 천국을 보는 자로 행세하며 살도록 강요받았습니다. 하지만 네샤트를 만난 경험은 저에

231

게 이전과는 전혀 다른 확신을 가져다주었습니다. 진리를 본다고 확신하는 순간이 가장 거짓된 순간이라는 확신 말입니다. 하나님의 진리를 외치며 저와 네샤트를 사탄이라고 비난하던 사람들의 말속에는 진리가 없었습니다. 그들은 자신들이 믿는 계율과 다르면 모든 걸 악마나 이단으로 간주하는 광기에 빠져 있었을 뿐이고, 네샤트를 만나기 전에는 어떤 방식으로든 저 역시 그들 중 하나였습니다. 하지만 네샤트와의 사랑에 눈멀었던 경험은 다음과 같은 결론으로 저를 이끌고 있었습니다. 가장 진실한 자는 눈먼 자라는 결론 말입니다. 진리를 사랑하는 사람은 진리를 가질 수 없다는 것을 아는 사람입니다. 그런 의미에서 비늘이 눈을 가려 앞을 보지 못하는 사람이야말로 가장 진실한 것을 보는 자이고, 바로 예수가 말했던 마음이 가난한 자입니다. 그래서 저는 거꾸로 눈먼 사울이 되기로 결심했던 겁니다. 진리를 보지 못하는 사울. 그러하기에 진리를 찾기를 멈추지 않는 사울이 되기 위해 바울이라는 이름을 버렸습니다. 진리는 소유하는 것이 아니라 찾고자 하는 욕망 속에서 경험될 뿐이니까요."

  그렇게 해서 바울은 사울이 되었다. 병원에 보름 정도

머문 후에 다시 프린스턴으로 돌아갔다. 이제부터 어떤 삶을 살아야 할지 알지 못했지만 조급해하지 않았다. 네 샤트가 그에게로 온 것처럼 오게 될 것이 오게 되리라는 믿음이 있었다고 한다. 그러는 사이 사울은 알코올 중독 집단치료 프로그램에 참여했고, 학교 수업도 차질 없이 이어나갔다. 수업으로 말하자면, 그는 이제 더 이상 신학의 세계에 대해서 예전과 같은 믿음이나 입장을 취할 수 없게 되었다. 그는 더욱 객관적이 되었고, 마치 무신론자가 종교의 발생과 발전의 역사를 관찰하듯 차가운 시선을 갖게 되었다. 그런 태도는 그를 전통적인 신앙으로부터 완전히 이탈하게 만들었다. 사울의 두 눈에 씌운 비늘은 모든 것에 대해서 질문을 던지게 만드는 의심의 색안경이었던 거다. 조금 과장하자면 사울은 문명 자체가 의심스러웠다. 이미 노련한 학자였던 사울은 그런 의심이 버겁지 않았다. 오히려 그 반대였다. 그는 더 많이 읽기 시작했고, 더 많이 탐구하기 시작했다. 인간이 신을 믿게 되는 이유에 대해, 인간이 종교를 발명했던 이유에 대해 지칠 줄 모르는 질문의 욕망 속에서 읽고 쓰며 살아가기 시작했다. 이런 자신의 태도가 신을 저버리는 행동이라고는 생각하지 않았다고 한다. 의심하는 마음이야말로 신이 자신에게 새롭게 선물한 달란트였고, 그런 재능을 통해서 자신만의 독자적인 방식으로 신에게 다가설 수 있을 거라 생각했다. 신은 엄밀히 말해 이름 없는 존재였던 거다. 인간들이 만들어낸 종교는 이처럼 이름 없는 신에게 온갖 종류의 가짜 이름들을 갖다 붙이고는 마치 그것이 유일한 신의 이름인 것처럼 주장하는 넌센스에 불과했다. 그래서 이제는 신에게 덕지덕지 덧붙여진 이름들을 지워낼 시간이라고 생각했다. 종교를 신화로부터 구해내야 한다고 믿었다. 그런 의미에서 사울이 새롭게 시작한 학자로서의 여정은 성서를 해석하는 길이 아니었다. 오히려 성서를 해석했던 수많은 목소리들을 지우는 길이었다. 신의 침묵을 견디고 그 속으로 걸어 들어가는 여정이었다.

  이야기를 들려주던 사울은 에필로그처럼 커틀러를 만나게 되었던 일화를 말해 주었다. 이름의 프랑스어 박사 논문에 대한 번역을 부탁하기 위해 커틀러가 먼저 연락해 왔다고 했다. 우연 같지 않은 우연이었다. 마침 사울은 중세 프랑스 지역의 성상파괴에 대한 연구에 몰두해 있었다. 불어 자료들을 번역하거나 논평하는 논문들을 주요 국제 학술지에 투고하고 있었다. 영미 학계에서 그는 이미 알려진 존재였고, 그런 사울을 커틀러가 주목하고 찾아냈던 거다. 사울로 말하자면, 커틀러로부터 메일을 받았을 때 비로소 자신이 기다리고 있던 무언가를 만나게 된 느낌이었다고 했다. 이름의 논문을 검토한 뒤에 커틀러에게 바로 답장을 쓰면서 지오반니의 신학을 다룬 이 텍스트야말로 자신이 찾아 헤매던 종류의 논문이라고 말했다. 답장을 받은 커틀러는 황급히 사울을 만나기 위해 프린스턴으로 날아왔고, 그렇게 해서 WUR과 사울의 인연이 시작되었다.

논문 번역 작업에 착수하고 나서 얼마 지나지 않아 사울은 프린스턴 교수직을 사임한다. 번역에 온전히 몰두하기 위해서였고, 다시 얼마 지나지 않아 커틀러의 설득으로 정신분석을 받게 된다. 알코올 중독 치료를 겸한 정신분석 상담이었다. 3년 동안 사울은 번역 작업과 함께 정신분석 임상을 동시에 진행했다. 그렇게 해서 누군가의 논문에 새겨진 문자들이 사울의 무의식으로 흘러들어왔고 그가 자신의 과거를 돌아보고 새로운 삶을 꿈꾸는 데에 중요한 재료가 되어주었다. 그런 이유로 사울에게 이름은 낯선 존재가 아니었던 거다. 그는 이렇게 표현했다.

"정신분석을 받으며 무의식이라는 심연의 지하세계로

내려갔던 시절에 저는 혼자이지 않았습니다. 분석을 받고 돌아와 서재에 앉으면 당신의 목소리가 논문의 형식으로 저에게 말을 걸어 주었으니까요. 무려 3년간의 고독입니다. 정신분석은 외로운 투쟁이고, 무의식이라는 낯선 존재를 온전히 견뎌내야 하지요. 하지만 내게는 당신의 언어가 있었기에 그러한 고독을 이겨낼 수 있었다고 생각해요."

6장

실어증

입이 있어도 말하지 못하고,

[...] 목구멍이 있어도 작은 소리조차 내지 못하느니라.

우상을 만드는 자들과 그것을 의지하는 자들이 다

그와 같으리로다.

『시편』115장 4-8절

빠당

 커뮤니티에서 일주일의 시간이 흘렀다. 나는 차츰 공동체 생활에 적응해 갔다. 한나의 도움이 컸다. 그녀는 매일 밤 내가 잠든 사이 품속으로 미끄러지듯 소리 없이 기어들어와 누웠고, 다음 날 우리는 어린 오누이들처럼 아무 일도 없는 아침을 맞이하곤 했다. 그녀는 내 가슴에 머리를 대고 누워 새근거리는 숨소리를 내며 잠들어 있었다. 내가 기지개를 켜면 그녀도 잠에서 깨어났다. 그렇게 시작되는 하루 일과는 언제나 비슷비슷했다. 아침 식사

후에 산책을 하고 아미르의 요가 지도를 구경하다가 다시 점심을 먹고 산책하거나 그곳 사람들과 이야기를 나누면 어느새 저녁이 되었다. 저녁에는 아미르의 강론이 있었고, 그 후에는 모두 모여 피자나 인도네시아 국수로 만찬을 나누었다. 이곳에서의 시간은 세속의 그것과는 전혀 다른 느낌으로 흘러갔다. 굳이 설명하자면 중력을 잃어버린 시간과도 같았다. 마치 수영장의 바닥에 누워 수면 바깥세상의 흐릿한 풍경을 바라보고 있는 듯했다. 여럿이 함께였지만 각자의 내면에 집중하고 있어서 모두가 함께 있다는 느낌을 받지는 못했다. 그렇다고 고독하지도 않았는데 그러기에는 커뮤니티 사람들을 결속시키는 아미르의 아우라가 너무도 강렬했다. 아미르가 뿜어내는 존재감은 공동체의 공간과 시간을 세속의 그것과 단절시키는 힘이 있었고, 그 때문이었는지 나는 조금씩 그곳을 찾게 된 이유를 망각하기 시작했다. 나이를 찾고 있었던 것이지만 정작 그녀를 찾아야 하는 이유가 불분명해지고 있었다. WUR을 떠나 인도네시아로 도망친 거라면 그녀는 이미 카즈히로의 죽음에 대한 모든 전말을 알고 있었던 것은 아니었을까? 커틀러가 내담자들과 맺는 미심쩍은 관계를 눈치채고 있었던 것은 아니었을까? 내담자들의 무의식에 대한 정보를 사적인 이익을 위해 사용하고 있었다는 사실에 관해서도 알고 있었던 것은 아닌지. 만일 그랬다면 나는 더 이상 그녀를 찾을 이유가 없었다. 나이는 자신의 인생을 구하기 위해 떠났으며, 그녀를 그렇게 놓아주는 것이 올바른 일이었을 지도 모른다. 그럼에도 포기할 수 없는 어떤 감정이 여전히 나를 사로잡고 놓아주지 않았다. 나는 다시 한번 그녀를 안고 입맞추며 사랑한다는 말을 전하고 싶었다. 그게 마지막이라 할지라도. 설명할 수 없는 나의 욕망은 자석처럼 그녀의 존재에로 끌리고 있었던 것인데, 어쩐 일인지 커뮤니티에서의 삶은 그런 욕망의 강렬도를 희석시키고 있는 듯했다.

서울

사울의 집에서 그의 인생사를 듣게 된 이후로 나의 삶에도 적잖은 변화가 찾아왔다. 무엇 때문인지 몰라도 방송 출연 요청이 현저하게 늘었다. 강연 요청도 늘었고 그에 따라서 강연료도 이전과 비교할 수 없는 수준으로 인상되었다. 그렇게 한 달쯤 시간이 지나자 갑자스레 나의 책들이 불티난 듯 팔리기 시작했다. 일종의 역주행이라 할 만했는데 인문서의 영역에서는 흔하지 않은 일이었다. 나의 생각과 말들이 불현듯 너무 많은 대중들의 관심사가 되어버렸고, 그런 변화가 마냥 반가운 것은 아니었지만 그렇다고 마다할 이유도 없었다. 교육 방송뿐만 아니라 심지어 예능프로에서도 섭외가 들어왔다. 그곳에서 나는 미술과 종교의 역사를 뒤섞어 우리가 살고 있는 21세기 문명에 대한 해명을 쏟아내고 있었다. 돌이켜 보면 허망하기 그지없는 일들이었음에도 당시의 나는 그것에 몰두했던 것 같다. 내심 그런 변화를 즐기며 우쭐한 기분이 되었을 뿐, 무언가 내 안으로부터 소진되고 있다는 사실을 알아차리지 못했다. 어느새 나를 위해 말하기보다는 대중들을 위해서 말하고 있었고, 그들이 원하는 단어와 문장들을 찾는 데 더 많은 에너지를 쏟고 있었다. 어찌 되었든 표면적으로는 모든 것이 흥미진진해 보였고 새로운 일상은 활력이 넘치는 듯했으므로, 나이는 그런 내 삶의 변화를 반겼다. 그러나 사울의 반응이 묘했다. 그는 내게 이렇게 말하곤 했다. 사회적 삶보다 중요한 게 있다고. 자기 자신의 존재와 마주하는 경험이 훨씬 더 중요할 거라고 말하곤 했다. 그러나 나로 말하자면 갑자기 찾아온 유명세를 포기할 생각이 없어 보였다. 어쩌면 나는 사울처럼 나 자신의 내면과 대면할 자신이 없었던 것인지도 모르겠다. 그런 의미에서 유명세와 바쁜 일상은 일종의 마취제이거나 알리바이 같았다. 적어도 실어증이라는 이름의 유령이 나를 찾아오기 전까지는 그랬다. 모든 것이 단번에 정지되는 침묵의 진공 상태가 나를 덮쳐오기 전까지 세상은 그렇게 온전해 보였던 거다.

KBS에서 방송 중이었다. 그날 나는 연예인 패널들을 앞에 두고 서구 중세의 미술에 관해 이야기하고 있었다. 마녀사냥에 대해서도 이야기했고, 르네상스 미술의 시작에 대해서도 이야기했다. 설명을 위해 준비된 대형 LED 화면에는 장작불 위에서 불타고 있는 마녀의 이미지가 송출되고 있었다. 아홉 대의 카메라들이 외눈박이 괴물들처럼 나를 응시하고 있었고, 그보다 몇 배 많은 스텝들의 시선들이 나의 말과 행동에 주목하고 있었다. 아무런 전조도 없었고 심지어 꽤나 괜찮은 컨디션이었다고 기억한다. 촬영은 이미 2시간가량 진행되고 있었다. 나는 강의를 마무리할 내용을 머릿속에 그려보고 있었다. 화면에서 불타고 있던 마녀의 모습을 바라보며 이렇게 말하려 했다. "종교적인 광기와 폭력은 오늘날까지도 여러 가지 형태로 은폐된 채 반복되고 있다"고… 발음하려 했다. 그러나 그건 생각뿐이었고 정작 말은 나오지 않았다. 다른 사람이 보기에 그 순간의 나는 침묵을 지키며 뜸을 들이려는 사람처럼 보였을 거다. 스튜디오 반대편에서 PD의 미간이 긴장한 듯 주름을 만드는 게 멀리서도 또렷이 보였다. 촬영 감독이 카메라 파인더에서 눈을 떼고 고개를 들어 나를 주시했다. 스튜디오의 허공을 더듬던 나의 시선이 맞은편에 앉아 있던 메인 작가의 당황한 눈빛과 마주쳤다. 여전한 침묵이 내 영혼을 지배하고 있었다. 마치 퓨즈가 나가버린 라디오처럼 소리를 낼 수 없었다. 마침내 PD의 컷 사인이 들어왔고 모두가 나에게 몰려왔다. 소란스러운 장면이었지만 나는 사람들이 움직이는 모습을 바라볼 뿐 그들의 행동이 의미하는 바를 이해할 수 없었다. 패닉은 그렇게 시작되었다. 굳이 묘사하자면 내면에서 말을 하려는 욕망과 금지하려는 충동이 싸우고 있는 그런 느낌이다. 프로그램의 MC가 다가와 괜찮냐고 물었지만 나는 물끄러미 그녀의 얼굴을 바라볼 뿐 어떠한 말도 심지어 행동도 할 수 없었다. 그녀가 미지근한 물 한 잔을 가져다주었다. 잠시 자리에 앉아 있던 나는 한 모금 마시고 다시 주변을 살폈다. MC는 KBS에서 잔뼈가 굵은 김서윤이라는 교양프로 전문 아나운서였다. 그녀는 무언가를 알아차렸는지 나에게 더 질문하기보다는 상황을 정리하려고 애썼다. PD와 대화를 나누더니 오늘 방송은 이 정도로 정리해서 편집해 보는 게 어떻냐고 제안하고 있었다. 그러고는 나에게 "선생님. 말씀하시기 어려우면 그냥 계셔도 괜찮아요. 오늘은 이만 쉬셔야 할 것 같아요. 여기 정리는 우리가 할 테니까 잠시 대기실에 가셔서 숨 좀 돌리시는 게 어떠세요?"라고 했다. 그런 다음 그녀는 나를 대기실로 데려가 소파에 앉게 했고 다시 어디론가 사라졌다. 소파 맞은편 거울 속의 내 모습은 밀랍인형처럼 생기가 없어 보였다. 나는 한동안 그곳에 가만히 앉아서 거울 속에서 나를 바라보고 있는 나의 눈빛이 무엇을 말하려는지 가늠해 보려 했지만 텅 빈 머리는 바이러스에 감염된 낡은 컴퓨터처럼 명령어를 인식하지 못하고 있었다. 그러는 사이 메인 작가와 PD가 대기실로 들어와 나의 상태를 살폈다. 작가는 40대 중반의 여자로 내가 첫 번째 책을 출간했을 때부터 알고 지낸 사이였다. PD는 30대 후반의 남자였고, 이번에 프로그램을 시작하면서 알게 됐다. 그는 내게 어떤 문제가 있는지 도무지 이해할 수 없어서 안절부절못하고 있는 눈치다. 메인 작가는 혹시 공황장애가 아닌지 물었지만 나는 대답할 능력이 없었다. 그저 고개를 저을 뿐이었는데, 그때 다시 김서윤 아나운서가 한 손에 종이와 연필을 들고 대기실로 들어와 내 맞은편에 앉았다.

"선생님. 말씀하시기 불편하시면 여기 연필로 적어주시겠어요?"

나는 김서윤의 얼굴을 잠시 바라보았고, 고개를 끄덕이며 연필을 손에 쥐었다. 남극의 설원처럼 하얗고 망막해 보이는 A4용지에 시선을 고정시켰다. 나뿐만 아니라 모두가 종이에 주목했다. 무엇을 적어야 할까? 망설이다가 그 순간 내가 그릴 수 있다고 느꼈던 유일한 기호를 표시했다. 입술 모양의 그림과 그 위에 X자를 긋는 거였다. 그러자 김서윤이 고개를 끄덕이면서 말했다.

"실어증이신 거 같아요."

그날 이후로 나는 평생 단 한 번도 경험해 본 일이 없는 무료함 속에 갇혀버렸다. 방송출연은 물론이고 일반강연과 대학수업도 모두 중단됐다. 심지어 글을 쓰는 것에도 어려움이 있었기 때문에, 나는 그야말로 아무것도 할 수 없는 상태가 되고 말았다. 때마침 나이와 사울은 WUR 본사에 일이 있어 미국 체류 중이었다. 그들에게도 연락하지 않았으므로 나는 온전히 혼자였던 거다. 인터넷판 뉴스에는 한동안 유명세를 타던 인문학자 강이름이 실어증으로 모든 프로그램에서 하차했다는 짤막한 소식이 실렸다. 말을 하지 못하게 된 것은 어떤 의미에서는 사회적 삶에서의 파문과도 같았기에, 실어증이 찾아온 첫 번째 주를 나는 완전한 혼돈과 암흑 속에서 보내야 했다. 오랜만에 겪어보는 지독한 고독이었다. 외출이라면 집 앞의 편의점에 식료품과 맥주를 사러 나가는 것이 고작이었다. 오래전 내게 전화번호를 물어보았던 편의점 소녀는 더 이상 보이지 않았다. 여름이 성큼 다가왔고 모기가 들끓기 시작했다. 몇 번이고 나이에게 메시지 하려 했지만 그러지 않았다. 실어증이 수치스럽게 느껴졌기 때문이다. 이제까지의 삶에서 말해진 언어들이 얼마나 허망하고 텅 빈 문장들이었는지 비로소 깨닫게 된 사람처럼 나는 과거를 부끄럽게 바라보기 시작했다. 방송과 유튜브에서 무한 반복되는 내 모습들이 나를 견딜 수 없게 했다. 그곳에서 나는 거짓말을 하고 있었던 거라고 느끼기 시작했다. 스스로의 삶조차 진지하게 마주하지 못했던 내가 사람들에게 인생의 진리를 설파하고 있었기 때문이다. 종교로부터 도망쳤던 내가 신의 진리에 대해서 말하고 있었기 때문이다. 실어증이라는 강제된 침묵 속에서 불현듯 모든 것이 명확해지고 있었다. 텅 빈 말들이 사라지자 진리가 고개를 들었다. 이토록 기이한 언어의 진공 상태를 내가 얼마나 오랫동안 견뎌낼 수 있을지 알 수 없었다. 그러던 어느 저녁 구원의 손길을 내민 것은 뜻밖에도 김서윤이었다. 그녀가 카톡을 보내왔다. 메시지에서 그녀는 아나운서 일을 하며 여러 가지 증상들을 경험해 왔다고 했다. 특히 실어증은 자신의 삶을 가장 치명적으로 위협했던 것이었기에 익숙하다고도 했다. 그러면서 자신이 치료 받았던 정신분석가에 관해 이야기했고, 원한다면 소개해 주고 싶다고도 했다. 나로서는 선택의 여지가 없어 보였다. 망설일 시간이 없었다.

"요즘 한국에서는 정신분석이 대세인 거 아시죠?"

어색한 분위기를 잊게 하려는 듯 카페 자리에 앉으며 김서윤이 쾌활하게 말했다. 방송국 사내 카페였다. 둘 중에 말 할 수 있는 사람은 그녀뿐이었으므로 그녀가 계속했다.

"이천 년대 초반인가? 심리상담 서비스가 한때 폭발적

으로 성장했던 시기가 있었잖아요? 대학에서도 상담학과들이 여기저기 생겨나고 그랬죠. 그런데 심리상담은 심리학이 기반이고, 그쪽은 의식 세계만 다루다 보니까 한계가 있어요. 그래서 차츰 사람들이 정신분석에 관심을 갖기 시작했던 거죠. 정신분석은 의식 뒤에 숨겨진 무의식을 다루니까 더 깊은 작업이잖아요? 저처럼 방송일 하는 사람들이 특히 그런 데 관심이 많아요. 대중에게 노출되는 직업이다 보니까 마음 깊은 곳이 난장판이 되어버린 사람들이 많이 있죠. 저도 그랬구요."

김서윤은 말하면서 다리를 꼬았다. 갈색의 정장 차림이었고 구불거리는 긴 머리카락이 그녀의 오른쪽 얼굴을 반쯤 가리고 있었다. 40세를 넘긴 얼굴에는 여유로움과 함께 유머러스한 유쾌함이 있었다. 오랜 세월을 카메라 앞에서 긴장하며 살아온 베테랑 방송인답게 절도 있는 몸맵시와 똑 부러지는 말투였지만, 그와 동시에 아나운서나 기자들 특유의 실용적인 소탈함이 짙게 배어 있는 태도였다. 정확하다 못해 너무 선명해서 날카롭게 느껴지는 발음을 군데군데 일부러 뭉개듯 말하고 있었다. 카메라 앞이 아니라면 마구 편하게 말하고 싶다는 마음을 온몸으로 표현하는 듯했다. 동의한다는 뜻으로 내가 고개를 끄덕였다.

"4년 전쯤이었을 거예요. 아나운서 김서윤이 이혼한다
니까 미디어에서 난리가 난 적이 있었잖아요?"

나는 알지 못했던 일이다. 그저 두 눈을 깜박이며 여자
를 바라보았다.

"전 남편과 한바탕하고 헤어지는 참에 갑자기 말이 안
나오는 거예요. 실어증이죠. 그거에 저 역시 된통 당한 거
죠. 그래서 지난 촬영 때 선생님 보니까 바로 알겠더라구
요. 그 이상한 기분 말이에요. 말을 해야 할 것 같은데 어
쩐지 할 수 없다는 그런 기분. 어떤 좌절감 같은 거. 그런
상태가 되는 거잖아요. 그렇죠?"

이번에는 내가 진심으로 고개를 끄덕였다. 서윤의 표현
대로 그건 일종의 좌절감과도 같은 감정이다. 말을 해야
하지만, 그러나 나는 할 수 없다는 이상한 감정이다. 더
정확하게 표현하자면, 할 수 없다는 절망이 아랫배와 성
대를 지배하는 느낌이었던 거다. 내 표정을 살피던 서윤
이 다시 말하기 시작했다.

"실어증에 걸린 아나운서라니... 대박이다 싶었어요. 내
인생 이렇게 끝나는구나 했죠. 안 그래도 이혼하느라 몸
과 마음이 너덜너덜해졌는데, 이젠 벙어리가 되는구나 싶

었어요. 그냥 유럽 어디로 이민 갈까 그런 생각밖에 없었던 시절이에요. 그때 선생님 책을 처음 읽었어요. 『고독의 논리학』이라는 그 책. 그냥 하는 말이 아니라 정말 위안이 됐어요."

그녀가 잠시 멈췄을 때 나도 모르게 헛웃음이 나왔다. 모두가 나의 책을 읽고 위안을 받는 듯했지만 정작 그걸 썼던 나 자신은 다른 생각을 하고 있었기 때문이다. 이제 와서 생각하면 그 책들에는 진실함이란 눈꼽만큼도 찾아볼 수 없는 도망치는 언어만 가득해 보였다. 나는 진심으로 고개 저으며 손사래를 쳤다. 그러자 서윤이 "알아요. 무슨 말 하시려는지..."라고 하며 나를 보았다.

"우리 모두 그럴 때가 있잖아요. 선생님처럼 책 쓰시는 분들은 오히려 자신을 돌보지 않고 살아가는 경우가 있지 않나요? 잘은 몰라도 인간에 관해서 연구하고 글을 쓴다는 게 어쩌면 잔혹한 일인지도 모르잖아요?"

서윤을 바라보던 눈길을 내가 먼저 돌렸다. 커피를 담은 종이컵이 식어가고 있었다. 서윤이 손목시계를 살폈다.

"이제 우리 출발해요. 여기서 멀지 않아요. 상수동이니까 15분 정도 운전하고 가면 도착하게 될 거예요."

서윤이 자리에서 일어나며 말했다. 나도 일어섰고, 그녀의 검은색 하이힐이 또각거리며 나아가는 방향으로 따라나섰다.

서윤이 운전하는 SUV가 잠시 뒤에 도착한 곳은 상수동의 주택가였다. 빌라 형태의 주택들이 미로처럼 모여 있었는데, 이따금씩 홍대를 연상시키는 카페나 술집이 섞여 있었다. 그중에서 특별할 것 없는 어느 5층 빌라의 주차장으로 그녀의 차가 들어섰다. 익숙하게 주차를 한 뒤에 서윤은 빌라의 3층으로 나를 안내했다. 노크하자 잠시 뒤에 문이 열리고 그 사이로 키 크고 마른 남자가 얼굴을 드러냈다. 도무지 나이를 짐작할 수 없는 외모였다. 서윤에게 듣기로는 40대 후반이라 했는데, 그보다 많아 보이기도 했지만 동시에 훨씬 어려 보이는 듯도 해서 갈피를 잡을 수 없었다. 목소리는 조용했고 나직했다. 말투에는 전형적인 서울 사투리가 섞여 있었다. 그런 남자의 안내를 받으며 들어선 상담실 내부는 내가 상상하던 모습은 아니다. 그보다는 단출한 서재 같았다. 통나무 원형이 보존된 디자인의 길고 투박한 책상이 있었고, 그 위에 검은색 피벗 모니터가 비석처럼 세로로 세워져 있었다. 그 앞에 블

252

루투스 키보드와 트랙패드만 가지런히 정렬된 모습이다. 오른쪽에는 책장이 있었는데 대체로 정신분석 관련 서적들이거나 인류학 관련이었다. 책상 맞은편 소파에 자리를 권한 남자는 우리를 마주보며 앉았다. 서윤이 말했다.

"반가워요 선생님. 벌써 일 년 만에 뵙는 거네요."

그러자 남자가 "그러네요"라고 별다른 감정 없이 대답했다. 얼굴에 스치는 미소가 아니었다면 반기고 있는지 알 수 없을 뻔했다. 목이 살짝 늘어진 회색 반팔 티에 찰콜색 헐렁한 바지를 입고 있었는데 그 모습이 발레단의 수석 코치 같았다. 마른 체형이지만 강인해 보였다. 어딘지 모르게 학술적인 활동보다는 무용처럼 몸을 쓰는 직업을 가진 사람 같아 보이기도 했다. 발레 아니면 요가나 우슈 같은 걸 수련했는지도 모른다고 생각했다. 손가락은 피아니스트처럼 길었고, 손목과 발목은 상당히 얇은 편이었는데 어깨는 꽤 넓었다. 작고 긴 얼굴에 두꺼운 뿔테안경을 쓰고 있어서 날카로운 인상을 주었지만 눈매는 그렇지 않았다. 거의 단발에 가까운 머리를 뒤로 묶었고 귀에는 피어싱이 서너 개쯤 있어서, 이런 사람을 길가다 만난다면 직업을 가늠하기는 어려울 것 같았다. 그런 남자의 이름이 서한이었고 김서윤이 그에게 2년간 분석 받았다고 했다. 자신의 프로그램에 출연했던 어느 젊은 소설가로부터 소개 받았는데, 이번에는 내 차례였던 거다. 남자가 말했다.

"실어증인 만큼 분석치료가 쉽지는 않을 겁니다. 정신분석은 말치료 형식이라 주로 대화를 합니다. 그런데 말을 못하시니까 답답하실 수 있어요."

남자가 몇 마디 하고 나서 다시 서윤이 끼어들었다.

"그래도 저는 좋았어요 선생님. 전혀 답답하지 않았어요."

남자가 서윤을 보면서 담담한 표정을 지어 보였는데, 그 담담함이라는 게 해석하기에 따라서는 무심하게 밀어내는 느낌일 수도 있다는 생각을 했다. 후에 알게 된 것이지만 이 남자는 곁을 내주는 그런 타입은 아니다. 사람을 위로하거나 위안을 주려는 의도 자체가 없는 사람이었다. 그런 남자의 태도에 서윤은 이미 익숙한 듯했다. 남자가 뭐라 하든 서윤은 자기 할 말을 했고, 나에 대한 소개를 길게 이어나갔다. 남자는 그런 서윤을 가만히 지켜보고 있었다. 서윤이 하고 싶은 말을 모두 한 뒤에 다시 침묵이 돌아오기를 기다리는 그런 태도로, 남자는 우리 둘을 관찰하고 있었다.

그날의 면담은 예상보다 길게 이어졌다. 1시간가량 서윤은 내 이야기를 대신해 주었다. 내 책 이야기도 했고, 어디서 읽었는지 프랑스 유학 시절 개인적인 사연도 언급했다. 모르는 사람이 들었다면 그녀는 나의 보호자 같아 보였을 거다. 단지 다섯 번 정도 방송 프로그램을 같이 했을 뿐이었지만 그녀는 나에게 적극적으로 도움을 주려 하고 있었다. 아마도 실어증이라는 증상을 통해 그녀는 자신의 과거 모습을 비추어 보고 있는 듯했다. 그로부터 연민을 느끼는 듯도 했다. 그게 아니라면 달리 설명할 길 없는 헌신적인 태도였다.

면담을 끝내고 나오면서 서윤은 내게 맥주 한 잔 어떠냐고 제안했다. 도움을 주었던 그녀를 거절할 수 없었기에 나는 그녀가 이끄는 대로 서한의 분석실에서 2분 거리에 있는 위스키 바로 향했다. 2층에 위치한 '고요'라는 이름의 평범하기 그지 없는 바였는데, 그녀가 분석 받던 시절에 상담이 끝나면 어김없이 달려가 고주망태가 되었던 장소라고 했다. 젊은이들 위주여서 서윤에게는 오히려 편했다.

"요즘 젊은 사람들은 방송인을 봐도 본체만체해 주는 에티튜드가 있어서, 그런 게 좋아요. 차는 분석실 주차장에 그대로 두면 되니까 편해요."

서윤은 하이네켄 두 병을 시켰고, 다시 이렇게 덧붙였다.

"제 경험상 실어증이 낫는 건 시간문제라고 봐요. 굳이 다른 치료 받지 않으셔도 그냥 말하게 되실 거예요. 실어증으로 평생 말 못하게 됐다는 사람 못 봤으니까. 안심하시고 평소처럼 지내세요. 친구랑 맥주도 마시고 그러다 보면 어느새 말하고 계실 거에요."

서윤에게 내가 고맙다는 뜻으로 고개를 간단히 숙여주었다. 그녀는 나름의 임무를 완수한 사람처럼 비로소 길게 한숨을 내 쉬었고, 맥주잔을 들었다.

바에 머물렀던 2시간가량 서윤은 자신이 분석 받던 시절 이야기를 했고, 그녀가 말을 멈추면 다시 짧은 침묵이 시작되었다. 장소의 이름처럼 고요했다. 침묵이 너무 길어졌다 싶을 때 그녀는 바텐더에게 음악을 부탁했다. 데이빗 보위거나 컬쳐클럽 아니면 이기팝이었다. 대체로 칠팔십 년대 영국 팝이어서 특이했다. "우리 아버지 취향"이라고 그녀가 설명했다.

"지난해에 돌아가셨거든요."

자연스레 이야기의 주제는 그녀의 아버지로 흘렀고, 그

날 밤 헤어질 즈음해서 나는 서윤과 아버지에 관한 아주 개인적인 사연들까지 알게 됐다.

밤이 성큼 다가왔다. 대리기사가 도착하자 서윤은 살고 있다는 서초동으로 향했다. 그녀가 떠나고 다시 온전한 침묵의 지배가 시작되었을 때 나는 6호선 전철에 몸을 실었다. 공덕에서 갈아타며 집으로 향했다. 그때가 저녁 9시였다. 7월이었고 무더웠다. 오피스텔에 들어서자 노란색 조명이 책상 위에 널브러진 맥주캔들과 과자 부스러기를 비추고 있었다. 그걸 내려다보는 아이맥의 스크린세이버 화면에는 기하학적 도형들이 느린 속도로 움직이고 있었다. 해파리 형태로 진화하려는 고생대의 원시어류처럼 모니터 화면의 도형은 몽환적인 궤적을 그려내고 있었다. 오피스텔의 공간이 해저의 심연에 좌초한 잠수함 내부 같이 느껴졌다. 지상 10층이었지만 나의 마음은 끝 모를 바닥으로 잡아당겨지듯 가라앉고 있었기 때문이다. 이건 단지 실어증의 문제가 아니라는 생각도 했다. 말이 사라진 것이 아니라 말하려는 욕망이 사라진 거라고. 말은 나에게 삶 그 자체였다. 언어를 세공하는 것은 삶의 여정을 다듬는 문제였다. 어렸을 때부터 그랬다. 물론 그때는 성서의 말씀을 따라서 그렇게 했었다. 나이가 들고 신앙을 잃어버린 뒤에는 인문학의 언어를 따라서 어떻게든 흔들리지 않는 인생을 살아보려고 했었다. 그러다가 우연히 대중들의 주목을 받게 됐다. 유학 시절에 이따금씩 꿈꾸어 보던 그런 유명한 학자가 되었지만, 나에게 어울리는 자리가 아니었다. 나는 그런 위치에서 사람들에게 그런 이야기들을 들려줄 자격이 없었다. 왜냐하면 나는 그렇게 진실한 사람이 아니었고, 내가 뱉어내는 단어들 역시 진실한 말들이 아니었기 때문이다. 그건 텅 빈 말들이고 그런 말을 할수록 나의 삶은 껍데기가 되어 가고 있었다. 그게 아니라면 달리 설명할 길이 없다. 이토록 허망한 감정들, 덧없게 느껴지는 나 자신의 모습을 달리 이해할 수 없었다.

나는 책상 위의 잡동사니들을 한쪽으로 밀어낸 뒤에 자리에 앉아 메일을 쓰려고 해 보았다. 나이에게 현재의 내 상태를 말하려 했다. 그러나 얼마 지나지 않아 메일 창을 닫아버렸다. 그런 다음에는 사울에게 메일을 쓰려고도 했지만 그것마저 생각을 접었다. 다음 주면 그들이 돌아올 테니 직접 만나 말하고 싶었다. 목소리가 돌아와 준다면 그렇게 하는 편이 좋을 듯했다. 그게 아니라면 수화라도 배워야 할까? 그런 데까지 생각이 미치자 쓴웃음이 올라왔다. 글은 어떨까? 이제 다시 책을 쓰는 것이 가능할까? 어쩌면 전혀 다른 종류의 글을 써야만 하는 것은 아닌지, 그렇다면 그건 어떤 종류의 글이어야 하는지, 질문들이 밀려오고 있었다. 어쨌거나 이제까지 해왔던 방식을 반복할 수는 없는 거라고, 나는 생각하기 시작했다.

서한과의 정신분석은 기대했던 것보다 흥미로웠다. 내가 말할 수 없었으므로 서한이 이따금씩 말했는데, 그건 정말 필요한 몇 마디였고 대체로는 침묵이 이어졌다. 나는 카우치에 누웠고 서한은 내 머리맡 쪽에 의자를 당겨 앉았다. 우리는 그렇게 엇갈린 시선을 허공에 던지고 침묵을 지켰다. 그가 이따금씩 질문을 던졌다. 내가 고개를 끄덕이거나 젓는 방식으로 대답했다. 침묵 속에서 50분이라는 시간은 길게 느껴졌다. 그러나 지루하지 않았다. 그게 가장 신기한 일이긴 했다. 처음부터 그랬던 건 아니지만, 나는 서한과 나 사이에 자리한 침묵의 무게에 차츰 적응하고 있었다.

"강이름님 지금 불안하세요?"

서한이 이런 식의 질문을 던지면, 나는 고개를 끄덕이

거나 젓고는 그가 말한 불안이라는 단어가 침묵 속에서 퍼뜨리는 뉘앙스를 음미했다. 그가 발음했던 단어는 내 안으로 들어와 어떤 흔적을 남기고 있었다. 일종의 언어 게임과도 같았다. 가끔 서한은 내가 고개를 움직이는 방식으로는 답할 수 없는 질문을 던지기도 했다. 예를 들어 "강이름님은 오늘 뭐 하셨어요?"라는 질문이 그랬다. 시간이 지나면서 나는 이런 질문에 서한이 답을 기대하지 않는다는 사실을 알게 되었다. 그보다는, 내 마음속으로 하나의 문장을 슬며시 밀어 넣고 싶어 했다. 나는 답을 찾기 위해 생각하기 시작했고, 어느새 분석실의 침묵은 상념들로 차오르기 시작했다. 그런 나의 표정을 서한이 관찰했고, 내 마음이 과하게 복잡해진다 싶으면 다른 질문으로 분위기를 바꿔 주었다. 얼마 지나지 않아 나는 서한이라는 분석가가 실어증을 치료하는 방식을 이해할 수 있게 되었다. 그는 내게 여기서는 무슨 말이든 해도 된다는 안정감을 주려 했다. 그걸 위해서 분석실을 외부와 완벽하게 차단된 장소로, 일종의 안전가옥과 같은 느낌의 공간으로 만들려 했다. 여기서는 누구도 나의 이야기를 판단하거나 영향받지 않을 거다. 말해진 무엇도 외부 세계와는 관련이 없다는 식이다. 분석가는 여러 가지 방식으로 그와 같은 확신을 심어주려 했고, 몇 회기 지나지 않아 그의 시도는 성공한 듯 보였다. 내가 안심하기 시작했던 거다. 그런 분위기를 눈치채자마자 서한은 말에 관련한 아주 단순한 욕망을 불러일으키는 작업을 시작했다. 그는 내가 어떤 맥주를 좋아하는지 어떤 담배를 좋아하는지 등등의 아주 간단한 질문들을 던졌다. 전혀 추상적이지 않은 질문들이었다. 아무것도 환기시키지 않는 직접적인 단어들이었다. 그렇게 분석이 진행되던 4회 차 세션에서 나는 그만 '망고'라고 말해버렸다. 과일 중에서는 망고를 좋아한다고 말하게 되었고, 그 단어는 내가 실어증 이후 처음으로 발음하게 된 말이 되었다.

"선생님. 저는 망고를 가장 좋아해요."

분석을 시작한 이후 처음으로 서한이 웃는 것을 보았다.

그날 이후 우리의 분석은 전혀 다른 양상으로 변화해 갔다. 나는 봇물 터진 듯 말들을 쏟아내기 시작했다. 그냥 아무 말이나 하려는 사람처럼 두서없는 말들을 하기 시작했다. 50분이 짧게 느껴질 정도로. 실어증으로 침묵을 지키던 2주의 시간을 보상받으려는 듯했다. 이토록 수다스러운 내가 낯설었지만 분석이 끝나면 후련한 마음에 해방감이 찾아왔다. 실어증 때문에 망설이며 시작된 분석이었지만, 언어장애가 치료되고 난 후에 오히려 분석에 대한 욕망이 달아오르고 있었다. 그건 말을 하려는 욕망이었고, 오직 진실한 말만을 발음하려는 욕망이었다. 그러는 사이 나이와 사울이 미국에서 돌아왔다. 내가 겪었던 증상과 치료의 과정을 듣고는 놀라면서도 안도했다. 특히 사울은 내가 정신분석을 받게 된 것에 대해서 전적으로 찬성하고 지지하는 모습을 보여주었다. 그는 내가 비로소 나 자신을 위한 말들을 하게 된 것에 안도했다. "나 자신을 위한 말"이라고 내가 말했을 때 그가 보여주었던 표정을 잊을 수 없다. 진심이 가득한 얼굴로 그가 말했었다.

"이름씨. 말이 가장 중요해요. 아시잖아요. 말씀 안에 진리가 존재합니다. 그 말씀이 사람을 결정해요. 그러니까 마음껏 말해 보세요. 새로운 말의 경험은 이름씨를 다시 태어나게 해 줄 거예요."

반면 나이의 반응이 조금 묘했다. 나이는 미국에서 돌아온 뒤로 다른 무언가에 정신이 팔려있는 듯했다. 심지어 섹스할 때조차 집중하지 못했고, 말할 것이 있지만 쉽사리 입을 열지 못하는 사람처럼 보이기도 했다. 사정은 나도 마찬가지였다. 서한과의 정신분석 이외의 다른 일상에 나 역시 집중하지 못하고 있었기 때문이다. 정신분석이 삶의 중심이 되었고, 그곳에서 말을 걸어오는 내 무의식의 목소리에 귀 기울이는 작업에 몰두했다. 밤사이 찾아온 꿈의 내용을 기록하고 해석하는 작업들. 망각되어 사라졌던 유년기의 기억을 찾아내어 새로운 해석으로 붙잡는 작업들. 분석 중에 의식적으로 말하려 했던 것 이면에 숨겨진 무의식의 저항이나 이끌림을 추론해 보는 작업들에 몰두했다. 그 과정에서 은폐되어 있었던 욕망의 숨겨진 패턴을 읽어낼 수 있었다. 많은 것들이 설명되었고, 그럴수록 몸과 마음이 가벼워지는 느낌을 받게 됐다. 경직된 심리 상태는 유연해졌고 상실감에 대해 극도로 경계하는 태도 역시 누그러졌다. 경계하는 마음이 누그러지자 집착하려는 마음도 완화됐다. 다른 건 몰라도 분석은 그렇게 사랑의 상실에는 특효약이라는 사실이 밝혀지게 되었는데, 슬프게도 그걸 증명한 사람은 다름 아닌 나이였다.

그해 여름의 뜨거웠던 열기가 거짓말처럼 수그러들기 시작하던 어느 저녁 나이가 내게 고백했다. 미국에 체류

하는 동안 다시 SM 플레이를 했었고, 그러면서 새로운 파트너를 만나게 되었다고 했다. 나는 잠시 그녀가 말하는 "새로운 파트너"라는 단어가 무엇을 의미하는지 이해되지 않았다. 그녀가 이렇게 덧붙였다.

"아무래도 나는 모노가미의 형태로는 살 수 없는 것 같아. 사랑의 감정을 한 명의 파트너에게 집중하는 게 효율적인지 모르겠어."

그제서야 나의 두 눈에 초점이 돌아왔다. 그녀를 마주보았고, 마침내 이렇게 말해버리고 말았다.

"폴리아모리를 말하는 거야?"

그러자 나이가 선고를 내리듯 고개를 끄덕였다. 그 순간 나는 문득 이미 오래전부터 언젠가는 나이에게 이런 종류의 말을 듣게 되리라 예감해 왔다는 사실을 깨달았다.

"이해해 줄 수 있겠어?"

나이가 말했을 때 나는 깊은 한숨을 내쉬며 시선을 돌려 바닥을 내려다보았을 뿐이다. 그러면서 이렇게 생각했다. 그녀를 잃어버리는 것보다는 현실을 받아들이고 그녀의 일부라도 갖게 되는 것이 낫지 않을까—라고. 애초부터 상식의 수준에 붙잡아 둘 수 없는 존재였으니까. 그녀가 가진 매혹의 대부분은 나의 고정관념을 초월하는 자유로움으로부터 오는 것이었으니까. 그런 그녀를 사랑해야 한다면, 그녀의 욕망이 존재하는 방식 역시 사랑할 수 있어야 했다. 그녀가 말하는 폴리아모리, 그러니까 여러 사람을 동시에 사랑하는 다자연애의 방식이 어쩌면 보다 솔직하고 합리적인 욕망의 태도일 수 있었다. 프랑스에서 10년간 지내며 보았던 연인들 사이의 다양한 관계 맺음들에 대한 경험도 있었으므로, 나이가 말하는 바를 이해 못하는 바 아니다. 오히려 그 반대였다. 독점적인 연애가 가진 소유욕의 부조리에 대해서 나는 때로 비판적이기조차 했던 거다. 사랑하는 연인의 솔직한 욕망과 그 실현의 다양성을 지지하는 태도야말로 차원 높은 연애의 조건이라 생각했을 정도였다. 나이를 만나기 직전까지는 그랬다는 말이다. 그러나 이제 그런 생각은 오래된 사변에 불과할 뿐이었고, 나의 심장은 어린아이처럼 불안해하고 아파했다. 그런 나를 나이가 안아주었다. 그리고 이렇게 말해주었다.

"당신을 사랑하지 않는 게 아니야. 당신을 더욱 사랑하고 있어. 하지만 조금 더 나다운 방식으로 당신을 사랑할 기회를 주면 좋겠어요."

그녀의 따스한 숨결이 나의 귓가를 스쳤다. 그녀의 젖가슴이 내 가슴에 닿았고, 그녀의 것인지 아니면 나의 것인지 알 수 없는 심장의 두근거림이 느껴졌다. 우리의 사랑은 이제 새로운 국면으로 접어들고 있었으며 나는 불안감을 감출 수 없었다. 만일 분석이 아니었다면, 나는 조금 더 흔들렸을 테고 우울의 바닥으로 가라앉아 버렸을지도 모른다.

상수동의 내담실에서 나는 서한에게 이 모든 일들을 털어놓았다. 내가 머리로 이해한 것과 가슴으로 느끼는 감정 사이의 괴리에 대해서 상의했다. 어째서 우리는 모노가미에 사로잡히는 것일까? 어째서 단 한 사람과의 사랑에만 집착하려는 것일까? 서한은 이렇게 말해주었다. 그건 바로 우리가 단 하나의 강렬한 상실을 기억하고 있기 때문이라고. 우리는 유아기의 첫 번째 사랑인 어머니를 어떠한 방식으로든 상실하게 되고, 그로부터 각인된 흔적을 평생 간직한다고 설명했다. 나와 같이 버려진 아이들은 그런 상실에 대해서 한층 더 치명적인 형태의 기억을 간직하게 되는데, 이런 사람들은 대체로 두 가지 유형의 사랑을 추구하게 된다고도 했다. 그 첫 번째는 내가 나이를 만나기 직전까지 견지했던 태도였다. 그건 바로 사랑 자체에 대한 거부다. 한 사람을 온전히 사랑한다는 것은 나 같은 고아에게는 언제나 또다시 버림받을 위험을 감수하는 행위였다. 그런 사람들은 위험부담을 감수하는 대신 사랑 자체를 거부하며 도망치려 한다. 흥미로운 것은 분석가의 두 번째 해석이었다. 또 다른 어떤 사람들은 폴리아모리의 형태로 사랑의 무게를 분산시키려 한다는 것이다. 그렇게 하면 상실의 고통에 대한 위험부담 역시 함께 감소하게 되는데, 마치 재화를 분산시켜 투자하려는 전략과 동일한 메커니즘이다. 나름의 설득력 있는 해석이었고, 만일 그게 사실이라면 나이의 행동을 달리 이해해 볼 수 있었다. 단순한 쾌락의 문제가 아니라 상실의 불안에 대처하려는 그녀만의 특수한 선택일 수 있었기 때문이다. 마조히즘의 플레이를 통해서 자신을 파괴하는 방식의 쾌락을 추구하거나 또는 다자연애를 통해 사랑의 감정을 분산시키려는 태도에는 상실에 대한 두려움을 해결하려는 의도가 숨겨져 있을 수 있었다. 그런 의미에서 우리 모두는 언젠가는 다시 버림받을 수 있다는 두려움에 대해 각자 나름의 방식으로 싸우고 있었던 거다. 그렇다면 이건 '온전히 나만을 사랑해 주세요'라고 요구하며 투정 부릴 수 있는 문제는 아니었다. 오히려 상실의 고통에 대처하려는 상처받은 사람들 사이의 연대에 관한 문제였다. 가까스로 그런 결론에 도달하자 나는 비로소 나이를 이해하려는 생각과 그에 비례해서 증가하는 심리적인 고통을 화해시킬 수 있었다. 어쨌거나 그녀는 나에게 새로운 인생의 상징이었으며, 그게 사실이라면 욕망의 새로운 태도가 요구되는 것 또한 피할 수 없는 일이다. 여기까지 생각이 미쳤을 때 문득 분석가의 말 한마디가 다시 떠올랐다. 그건 내가 처음으로 나이와의 일들을 털어놓았을 때 그가 했던 말이다.

"그 어떤 정신분석 상담보다도 나이라는 사람이 당신에게 더 많은 것을 가르쳐 주고 있습니다. 그녀는 당신에게 욕망의 학교 역할을 하고 있어요. 그곳에서 당신이 배워야 하는 건 상실의 고통을 새로운 삶을 위한 힘으로 바꾸는 기술일 겁니다."

7장

불타는 자작나무

아버지시여 제가 불타고 있는 것을
어찌 보지못하시나이까?
프로이트,『꿈의 해석』아이가 불타는 꿈

빠당

사막의 모래언덕 저편에서 자작나무 한 그루가 불타고 있었다. 꿈인지 알지 못했던 나는 화염이 두려웠다. 뒤돌아 도망치려 했지만, 불길은 무서운 속도로 덮쳐 왔고 피하려 몸부림쳤을 때는 어느새 입고 있던 셔츠를 끝자락에서부터 태우기 시작했다. 살갗이 타는 고통이 팔꿈치를 타고 올라와 어깨를 통해 등 쪽으로 퍼져나갔다. 피부를 태우는 매캐한 냄새가 코끝을 찔렀다. 도망치려 할수록 두 발은 사막의 모래 속으로 빨려 들어가고 있었다. 나는 불타는 자작나무가 되어가고 있었고 이내 모래바람과 뒤섞여 흩어지는 회색의 잿가루가 되어갔다. 이윽고 두 눈알이 푸른색의 화염으로 타들어 가기 시작했을 때, 그 속에서 가부좌를 튼 아미르의 모습이 보였다. 그가 입을 열어 무언가를 말하려 하고 있었지만 고막이 불타버린 나에게는 아무 소리도 들리지 않는다. 잿가루가 되어 날리고 있었던 몸뚱아리는 작열하는 사막의 열기 속에서 응시의 영점이 되어 소멸하고 있었다.

한나가 나를 깨웠다. 걱정스러운 시선으로 나를 내려다보았다. 괜찮냐고 물었다. 내가 몸을 일으켜 앉으며 악몽을 꾸었다고, 하지만 괜찮다고 대답했다. 우리는 그렇게 마주 보고 앉아 서로의 시선을 살폈다. 잠이 덜 깬 나의 눈동자를 그녀의 시선이 어루만지고 있었다. 내가 물었다. 어째서 나에게 이토록 잘해 주는 것인지. 한나가 대답했다. 당신과 나는 전생에 아주 가까운 사이였던 것 같다고. 이번에는 내가 웃지 않았다. 나는 전생을 믿지 않지만, 당신이 그렇게 나를 대해주는 것에 감사하다고 말했다. 답례로 무엇을 해줄 수 있는지 물었다. 그러자 한나는 망설이지 않고 남편이 되어 달라고 말했다. 그녀를 만난 이후 처음으로 내가 장난스런 표정을 지어 보였다. 입꼬리를 올린 채 보조개를 만들어 보였다. 한 번쯤은 고민해 보겠다고 했다. 주근깨가 가득한 한나의 콧잔등으로 어린아이 같은 미소가 번졌다. 목이 늘어진 헐렁한 티셔츠 한쪽으로 그녀의 통통한 어깨가 드러났다. 한나가 포옹할 듯이 다가왔고, 나는 그녀의 어깨를 감싸 안으며 여동생에게 하듯이 머리를 쓰다듬어 주었다. 손목시계는 새벽 3시를 가리키고 있었다. 나는 아직도 꿈속의 사막에서 타오르던 열기를 느끼고 있었다. 열감이 온몸으로 펴져 나갔다. 이마를 적시듯 스며드는 열기가 두 눈동자를 통해 느껴졌을 때는 정신을 잃어버릴 듯이 어지러웠다. 더는 버티지 못했고, 안고 있던 한나의 어깨로부터 나의 얼굴은 흘러내리듯 그녀의 목덜미를 타고 미끄러졌다. 고장난 헬리콥터가 추락하듯이 나의 이마는 그녀의 풍만한 가슴 사이를 지나 명치까지 내려갔다. 마침내 그녀의 아랫배 언저리에 안겨 세상을 올려다보게 되었을 때 정신을 잃고 말았다. 이후로 한동안 잠이 든 것인지 아니면 세계에 종말이 찾아온 것인지 알 수 없는 모호한 시간이 지속되었다. 뎅기열병이었다. 이따금 찾아오는 의식의 수면 위로 한나의 얼굴이 보였다. 아미르가 나의 이마에 입맞추는 것도 보았다. 하얀 가운을 입은 여자가 주사를 놓았고, 수액을 꽂아주기도 했다. 나의 몸과 영혼은 쇠약해져 가고 있었다. 멀어지는 세상의 모습은 아주 먼 곳에서 빛나는 신기루 같았다. 내가 살아온 모든 순간들이 탈색되어 하얗게 변해가고 있었으며, 그런 모습이 보기에 좋았다. 슬프지도 기쁘지도 않은 풍경이 저 멀리 사라져 가고 있었다. 어린아이들의 웃음소리가 아득히 들려오다가 사라지고 있었고, 그 속에는 나이의 웃음소리도 있었다. 사울의 미소가 보였고 커틀러의 차가운 눈동자가 스쳐지나갔다. 그리고 마지막으로 카즈히로의 아름다운 얼굴이 나를 보며 웃고 있었다. 불쌍한 카즈히로... 나의 음성이 그렇게 중얼거렸다. 미련이 없었기에 초점 또한 멀어져 흐릿해지는 세상의 마지막 풍경이었다. 아마도 나는 그처럼 반짝이는 평온함 속에서 죽어가고 있는 듯했다.

서울

나이의 새로운 파트너는 카즈히로라는 이름의 일본인이었다. 국제법 변호사로 WUR의 소송관련 문제를 담당했다. 압구정의 사무실에 준비된 송년회에 초대되어 그를 처음 보았을 때 굳이 말해주지 않아도 둘의 관계를 직감할 수 있었다. 누가 봐도 카즈히로는 나이에게 매혹당한 연인처럼 보였기 때문이다. 그 외에는 WUR 관련자들과 그들에게 초대된 지인들이 참석했다. 나는 김서윤을 초대했다. 그해 겨울 즈음해서 서윤과 만나는 일이 잦았고, 허물없는 친구 관계를 맺게 되었기 때문이다. 나보다 4살 연상이던 그녀는 여러모로 도움을 주고 있었다. 더 이상 방송 출연을 하지 않았지만, 그녀가 소개해주는 각종 강연회를 통해 살아갈 수 있었다. 무엇보다 나는 다시 찾은 목소리를 예전처럼은 사용하지 않으려고 조심했다. 가능하다면 내가 원하는 주제로 강연했고, 자신의 욕망에 충실한 글을 쓰려고 했다. 나의 욕망이 진정으로 향하려는 방향이 어디인지 뚜렷이 알 수 없었지만, 그곳을 가늠하려는 노력을 멈추지 않았다. 이에 대해서는 서한과의 분석에서 많은 도움을 받고 있었다. 존재를 소진시키지 않는 삶이 무엇인지 그와 함께 탐색했다. 서한은 내가 가진 욕망의 가장 근본적인 모습을 해석해 주었는데, 그것은 방어와 외면의 기제들이다. 나는 언제나 도망치려는 경향이 강했다. 내가 글을 쓰고 이론적인 언어들을 탐닉하는 방식이 그랬다. 마치 어린아이가 견딜 수 없는 현실의 무게로부터 달아나기 위해 자신만의 환상을 창조해 내고 그 안에 틀어박히려는 것과 같은 이치다. 이런 태도가 어느 정도까지는 삶을 살아가는 데에 도움을 주었던 것이 사실이지만, 마침내 임계점에 도달한 환상은 스스로의 무게를 견디지 못하고 붕괴되는 지점들을 만들어 내고 있었다. 실어증은 그 전형적 증상이었던 거다. 서한과의 작업은 그런 나의 심리 구조를 자각하게 했고, 환상의 무게를 조금쯤 가볍게 만들어 주었다. 그러고 나자 나는 잃어버릴 것이 별로 없다는 사실을 인식하게 되었다. 잃어버릴 게 있었다면 기껏해야 나 자신의 환상일 뿐이었다. 정신분석이 내게 남긴 유산이라면 그와 같은 허무감이 아니었을까? 조금은 우울하지만 새로운 삶을 살아가기 위해서라면 꼭 필요한 허무감이었고, 그것이 존재를 가볍게 했다. 존재의 가벼움을 인정하고 가능하다면 그것을 즐길 수 있도록 만드는 특별한 우울이었다.

그날 밤 나는 송년회가 끝나고 나이와 카즈히로가 함께 돌아가는 모습을 먼발치서 지켜보아야 했다. 사울이 내 어깨를 두들겨 주었는데 전혀 위로되지 않았다. 눈이 내리고 있었지만 로맨틱하지 않은 밤이었다. 김서윤이 내게 바래다 달라고 말하지 않았다면 나는 어딘가 술집에 틀어박혀 밤새 술을 마셨을지도 모를 일이다. 돌아오는 택시 안에서 김서윤은 자신의 아파트로 올라가자고 아무렇지도 않게 말했다. 함께 사는 동생이 외국 출장 중이라고 했다. 유혹하는 게 아니라는 말과 함께, 그녀는 내 두 눈을 말끔히 바라보았다.

"그런 거 아냐. 그냥 이름씨가 적적해 보여서 그래요."

그날 나는 김서윤과 섹스했다. 사실, 그건 섹스라기보다는 다정한 대화의 한 양식인 것처럼 느껴졌다. 키스하면서도 우리는 계속 이야기했고, 삽입한 뒤에도 웃음을 터뜨렸다. 격렬함이나 불에 델 듯한 뜨거움 같은 건 전혀 없었다. 단지 포근했다. 옷을 벗고 싶을 때 그녀는 "나 옷 벗을게요. 나이 든 여자라고 조롱하면 안 돼"라고 했고, 다가서며 몸을 밀착시키려 할 때는 "내 가슴 만져도 돼. 조금 늘어지긴 했어도 20년 전에는 미스코리아 출신이었다구"라며 웃었다. 아파트 창밖으로는 눈이 내리는 한강이 내려다보였다. 김서윤에게는 40대의 여성이 가질 수 있는 아름다움이 있었다. 젊은 여자의 육체가 가진 위태로운 매력과는 다르게 느긋한 매혹이었는데, 나는 그게 싫지 않았다. 그녀의 욕망은 내가 이해할 수 있는 수준에서 움직였고, 예측 가능한 방향으로 나아갔다. 익숙한 듯 느껴져서 안심하게 되는 욕망이다. 그렇다고 서윤이 그저 평범한 아줌마였다는 말은 아니다. 그녀의 길쭉한 팔다리가 뿜어내는 압도적인 늘씬함으로부터 오는 매혹이 침대를 지배했으니까. 그러나 그것은 '이정도면 괜찮겠어?'라고 조심스레 물어오는 쾌락이다. 그녀에게는 무엇 하나 한계를 넘어서려는 움직임이 없었다. 그녀의 목덜미에 키스하고 다시 가슴으로 내려가 유두를 입에 물었을 때 서윤이 내뱉는 깊은 숨결은 9월의 어느 저녁 날에 불어오는 산들바람과도 같았다. 아주 뜨겁지도 그렇다고 차갑지도 않은 그녀의 욕망이 나를 편안하게 흥분시켰다. 섹스가 끝났을 때 그녀는 "젊은 남자랑 자니까 좋네"라고 농담처럼 말했고, 내가 웃으며 "그다지 젊지도 않아"라고 응수했다.

나는 김서윤에게 나이와의 일을 털어놓았다.

"나이를 질투해? 그 사람 카즈히로라는 남자와 불타고 있던데?"

그러고는 다시 "폴리아모리라...." 중얼거리며 생각에 잠겼다. 긍정도 부정도 아닌 눈빛으로 이렇게 말했다.

"나쁘지는 않다고 생각해. 사십 넘으니까 가벼운 게 좋더라구. 하지만 외로움은 덤이라고 생각해요. 그걸 참을 수 있다면 폴리아모리도 아모리잖아. 외로움은 지혜로운 삶의 조건이기도 하고...."

말하는 서윤을 누운 채로 바라보다가 그녀의 이마에 입을 맞추었다. 그러자 서윤이 다시 내 품으로 파고들었다. 그러면서 혼잣말처럼 "송년회치고 나쁘지 않았어"라고 말했다. 결국은 나쁘지만은 않았다고 나 역시 마음속으로 동의했다. 그때가 새벽 2시 즈음이다. 서윤과 나는 창밖의 어둠 속으로 쏟아져 내리는 눈송이들을 바라보고 있었다. 그러다가 잠이 들었고 새벽녘에 다시 눈을 떴을 때 서윤은 곁에 없었다. 거실 쪽에서 인기척이 들렸다. 나는 손목시계를 확인하고 눈을 비비며 일어나 침실을 나섰다. 그녀는 거실 중앙의 널찍한 카펫 한가운데에 옆으로 길게 누워 팔을 괴고 담배를 피우고 있었는데, 생각에 잠긴 모습이 고대 이집트의 왕족 같아 보였다. 어둠 속의 그녀는 나체였고, 내가 다가서자 몸을 돌려 올려다보며 이상하다고 말했다.

"예전부터 당신처럼 공부하는 사람들에게 끌렸어. 뭔가의 진리를 연구하고 또 그걸 소유한 것처럼 보이는 사람들에게 끌렸어."

나는 그녀의 곁에 누워 그녀가 건네는 반쯤 태운 담배를 받아 들고 한 모금 깊게 들이마셨다.

"그렇지 않다는 거 알고 있잖아요. 진리를 갖고 있지 않아. 그런 건 가질 수 있는 게 아니잖아"라고 말하면서 나는 그녀의 등을 쓰다듬었다.

"나도 알아. 전남편이 교수였는데 머리가 좋은 사람이었지만, 결국은 구제불능이었지. 그런데도 그런 사람들을 보면 내가 갖지 못한 무언가를 내게 줄 수 있을 거라는 생각을 해요. 내게는 그런 환상이 있어. 정신분석 받으면서 확실히 알게 된 거지만, 나는 그런 남자를 욕망하나봐."

하지만 결국 환상은 우리를 배신하고 만다고 내가 대답하자 그녀가 웃으며 "당신, 서한처럼 말하고 있어"라고 했다. 새벽 4시를 넘어서고 있었다. 그녀의 곁에 몸을 눕히며 나는 문득 나이가 궁금해졌다. 지금쯤 그녀는 카즈히로에게 안겨 있을 게 분명했다. 그에게 안겨 그녀도 내 생각을 하고 있을까? 그런 생각이 들자 욕망이란 게 참으로 복잡하고 거추장스럽게 느껴졌다. 나이를 원망하는 마음은 없었다. 그녀가 자신의 욕망에 충실한 태도를 보이는 것이 부러울 뿐이다. 스스로 선택한 것이 아니라면 그 어떤 규범이나 관념도 받아들이려 하지 않는 태도를 비난할 수 없었기 때문이다. 그러나 내게는 그런 강인함이 없다. 그 순간 나는 스스로가 얼마나 나약한 존재인지를 다시 한번 자각했고, 어린 시절에 꿈꾸던 수도자의 삶이 그리워졌다. 신학교를 포기한 이후 처음으로 다시 느끼는 그리움이었다. 내가 털어놓듯이 말했다.

"나 원래 신부가 되려고 했어요."

서윤이 감고 있던 눈을 가늘게 뜨면서 나를 보았다.

"알고 있어요. 당신이 어디선가의 인터뷰에서 이야기했던 거 보았어. 잘 어울렸을 텐데. 당신이 신부님이라면 여자 성도들 등쌀에 기도할 시간도 없었을 거야."

농담 같은 그녀의 말에 내가 웃고 말았다. 그러자 서윤이 사뭇 진지한 표정으로 말했다.

"농담 아닌데? 그런 게 싫으면 봉쇄 수도원에라도 들어가야 하지 않을까? 신부님 됐다고 욕망의 아우성을 피할 수는 없잖아."

서윤이 몸을 일으켜 나의 아랫배를 손으로 쓰다듬었다. 그러고는 다시 아래쪽으로 내려가 고환을 살며시 움켜쥐었다가 손가락을 사용해 늘어진 페니스 쪽으로 쓸어 올렸다. 몇 번이고 집중해서 그렇게 하자 발기가 시작되었다.

"봐요. 이런 거 당신 마음대로 되는 게 아니잖아?"라며 서윤이 미소 지었다. 어쩔 수 없이 내가 그녀에게 긍정하는 눈빛을 보냈다. 신부가 된다 해도 욕망으로부터 자유로울 수 없었을 테니까. 그걸 죄라고 말하며 스스로를 자책한다고 해도 종교가 욕망을 정화시켜 줄 수는 없는 법이다. 그쪽에는 그쪽 나름의 복잡함이 있었고, 어두운 구석이 있었다. 욕망을 마주하지 못하고 돌아서 뒷걸음질친다면 바로 그 욕망의 손아귀에 뒷덜미를 잡히게 될 거라는 사실을 모르는바 아니었다. 그런 의미에서 나이가 했던 선택은 배신도 아니고 죄도 아니다. 자신의 욕망을 마주하고 그것을 살아낼 나름의 방법을 선택했을 뿐이다. 나는 가벼운 한숨을 한 번 내쉬면서 발기한 페니스를 서윤의 몸속으로 밀어 넣었다. 그녀의 성기는 따뜻한 솜사탕처럼 젖어있었다. 나의 허리가 그녀의 골반 앞에서 움직이는 동안 서윤은 내가 신부님이 되었더라면 어땠을까를 상상했다. 로만 칼라를 목에 두른 모습, 미사복을 차려입은 모습에 대해서 묘사했다. 그러다가 "나쁘지 않아"라고 말하며 오르가즘에 도달하고 말았다.

카즈히로의 등장은 나와 나이와 사울이 맺고 있었던 관

계의 균형을 무너뜨렸다. 나이는 나름의 최선을 다해 나를 배려했지만 아무래도 새로운 남자에게 집중한다는 느낌을 숨길 수 없었다. 나와 함께 있을 때도 나이의 표정에서 카즈히로의 미소가 보였다. 그는 33세였는데 첫인상을 조금 과장해 말한다면 고대 그리스의 조각상을 떠올리게 만드는 타입이다. 투블럭컷으로 자른 숱이 많은 머리에는 언제나 포마드를 단정하게 발라 빗어 넘기고 있었고, 흐트러짐이 없는 몸가짐을 하고 있었다. 아쉬울 게 없는 인생을 살아온 탓인지, 잘생긴 남자들 특유의 여유롭고 선한 눈빛을 가졌다. 이런 남자가 주는 호감에 저항하는 게 쉽지는 않을 듯했다. 무엇보다 머리가 비상한 남자였다. WUR이 동북아시아 지역에 자리 잡는 데 그의 역할이 중심적이었다고 했다. 법률적인 문제를 해결하는 데 그는 없어서는 안 될 존재였다. 그의 말이라면 커틀러는 무엇이든 신뢰하고 따르려 한다고 알려져 있었다. 나이와의 관계를 알고 있는 나로서는 일부러 그를 만날 일이 없었지만 WUR 관련 행사에 초대되었을 때 말이 섞이는 걸 피할 수는 없었다. 나이뿐만 아니라 사울이 나를 초대하는 일이 잦았기 때문이다. 그중에 한 번은 심리학 관련 컨퍼런스였다. 국내 저명 정신의학자들과 심리학자들 그리고 정신분석학자들을 초대하여 WUR을 소개하는 자리였다. 30여명 남짓의 사람들이 호텔 연회장에 자리를 잡았다. 나는 뒤쪽 가장자리에 좌석을 배정받았는데 카즈히로의 자리와 멀지 않았다. 그가 나를 발견하고 눈인사를 했다. 잠시 망설이는 듯하더니 조용히 일어나 내 쪽으로 걸어왔고 악수를 청했다. 지난 송년회에서 이미 인사를 나눈 사이였기에 초면은 아니지만 이렇게 단둘이서만 마주한 일은 없었다. 그가 일본식 액센트의 영어로 인사를 건네 왔고, 마침 비어있던 나의 옆자리에 앉았다. 내가 말하는 게 자연스러워졌다고 했는데, 아마도 실어증 관련해서 안부를 묻는 듯했다. 보시다시피 이젠 말하는 게 문제 되지 않는다고, 내가 답했다. 으음... 하고 그가 잠시 뜸을 들였다. 일본사람 특유의 머뭇거리는 제스처였다. 그러고는 홍차 좋아하시냐고 그가 물어왔다. 내가 조금 웃었다. 홍차에 관해서라면 그다지 진지하게 생각해 본 일이 없었으니 그저 어깨를 으쓱해 주었다. 보통은 홍차보다는 커피를 마신다고 덧붙였다. 그러자 카즈히로가 실망한 표정으로 말했다.

"정신건강에는 혼차가 좋아요."

홍차를 혼차라고 발음하는 모습이 귀여웠다. 이 남자에

게는 아이 같은 면이 있었다. 말을 하기 전에 미간을 살짝 찌푸리면서 집중하는 모습이 진지한 초등학생 같기도 했다. 그런 표정으로 카즈히로는 홍차와 얼그레이의 역사에 관한 자신의 생각을 늘어놓기 시작했다. 영국 브랜드와 프랑스 브랜드 사이의 차이점에 집중하다가 이란계 브랜드와 싱가포르 브랜드의 특별함에 대해서도 일일이 해명하기 시작했다. 그러는 사이 한 남자가 다가와 카즈히로가 앉은 내 옆자리가 혹시 자신의 좌석이 아닌지 물었다. 카즈히로는 미안해하면서 남자에게 자리를 바꾸어 달라고 부탁했다. 카즈히로를 발견한 남자가 오히려 황송해하며 자리를 비켜주었다. 그렇게 해서 나는 컨퍼런스가 진행되는 1시간 동안 홍차에 관한 이야기를 듣게 되었는데, 딱히 관심이 없는 분야였지만 솔직히 말하면 즐거웠다. 홍차 이야기를 그렇게 재미있게 하는 사람을 만나본 적이 없었다. 조용히 속삭이듯 말하는 카즈히로의 얼굴은 『베니스의 죽음』에서 토마스 만이 그려낸 미소년 타지오를 떠올리게 했다. 부정할 수 없었던 것은, 그와 있으면 눈과 귀가 모두 즐거워진다는 사실이다. 그에게서는 선한 순수함이 느껴졌다. 그런 의미에서라면 타지오이기보다는 『카라마조프 형제들』의 알료샤에 가까웠는데, 정확하게는 타

지오의 얼굴을 한 알료샤 느낌이라 말할 수 있었다. 만일 내가 여자였더라면, 그와 함께 있었던 그 순간은 조금 과장해서 사랑에 빠지고도 남을 1시간이었던 거다. 심지어 나는 이 남자에게 질투의 감정조차 느끼지 못하고 있었다. 흔히 인간의 내면이 외형에 영향을 준다고들 하지만, 카즈히로의 경우에는 그 반대의 경향이 극대화된 사례였다. 그의 외모가 그 자신의 내면뿐만 아니라 주변의 모든 사물들을 긍정적인 방식으로 활성화시키고 있었다. 그래봤자 환상이라고 말한다 해도 어쩔 수 없었다. 그와 함께 있는 동안 반경 10미터의 공간은 따뜻했고 온화한 공기로 가득 찼으니까.

컨퍼런스가 끝날 때 즈음해서 나이가 나타났기에 그녀와는 어색한 눈빛으로만 인사를 했다. 그들과 헤어지고 소란스런 행사장을 빠져나와 집으로 돌아왔을 때 일상은 서늘함을 되찾았고, 적당한 우울감이 다시 찾아왔다. 문득 서윤이나 사울에게 연락하고 싶은 충동이 엄습해 왔다. 하지만 동시에 혼자 있고 싶다는 욕망이 공존했다. 다시 찾아온 쓸쓸함은 온전히 나의 몫이었고, 견뎌내야 하는 숙제처럼 느껴졌기 때문이다. 이 상태라면 누굴 만나도 겉도는 대화만 이어질 게 뻔했다.

그날 이후로 나는 한동안 혼자서 지냈다. 나이도 사울도 서윤도 만나지 않았다. 그러는 사이 다시 서한과의 정신분석에 집중했는데, 사실 당시의 내가 매달려 집중할 수 있었던 일은 그것밖에 없기도 했다. 서한의 서재에서 나 자신의 무의식과 대면했고, 그러기를 반복했다. 내가 서한에게 말을 전하는 방식의 변화와 그로 인해서 세상을 바라보는 관점이 변화하는 추이를 살폈다. 밤새 나를 찾아오는 꿈의 내용들을 추적하면서 서한과 나는 내가 욕망하는 동시에 두려워하는 대상의 움직임을 측정해 보려 했다. 그중에서도 특히 나이에 대한 감정의 변화가 두드러지게 관찰되고 있었다. 나의 무의식은 조금씩 그녀로부터 거리를 두려는 듯했다. 꿈에서 등장하는 단서들이 그것을 증명하고 있었다. 꿈속의 그녀는 성적인 욕망의 대상이기보다는 나를 보호하는 어머니이거나 누이처럼 행동했다. 분석가는 그런 종류의 꿈이 그녀에 대한 나의 욕망을 무의식이 억압하는 증거라고 해석했다. 그녀를 성적인 대상으로 간주하지 않으려는 것은 그녀로부터 버림받을 수 있다는 두려움을 해결하려는 무의식의 전략일 수 있었다. 서한의 표현을 빌자면 "무의식은 그녀를 잃지 않기 위해 그녀를 향한 성적인 에너지를 철회하고 있는 것인지 모른다"고 했다. 분석가의 해석을 어디까지 받아들여야 하는지 알 수 없었지만 그럼에도 한 가지 분명했던 것은 내가 고독을 하나의 현실로서 받아들이기 시작하고 있었다는 사실이다. 나는 차츰 내가 처음부터 혼자였으며 앞으로도 영원히 그러하리라는 사실을 인정하기 시작했던 것 같다. 나이와의 만남과 이후의 경험들은 버려짐에 대한 두려움을 증폭시켰던 동시에 그것을 모조리 소진시키는 효과를 가져왔던 거다. 물론 그렇다고 해서 나의 무의식이 고독을 온전히 받아들였다는 말은 아니었다. 그때까지 내가 이해한 바로는 무의식이란 어린아이와 같아서 무엇 하나 포기하려 들지 않을 것이기 때문이다. 포기했다기보다는 상처받았고 다시 위축되었다고 말하는 편이 정확했다. 서한과의 작업이 도움이 되었던 부분은, 바로 그렇게 상처받아 위축된 마음을 어떤 종류의 힘이 응축된 상태로 경험하도록 전환시켰던 것에 있었다. 우울하기보다는 긴장에 가까운 감정이 느껴졌고, 서한은 이것을 하나의 에너지로서 사용할 수 있도록 유도하고 있었다. 마치 거식증 환자들이 아무것도 먹지 않는 공복 상태를 오히려 탐닉하듯이, 그는 나의 텅 빈 상실감을 탐닉할 수 있는 대상으로 뒤바꾸려 하고 있었고, 어느 정도는 성공하고 있었다. 어떤 의미에서 그것은 죽음을 삶의 에너지로 바꾸는 작업처럼 보일 수 있었다. 또 다른 의미에서 그것은 상실의 빈공간을 내밀한 쉼터로 바꾸는 과정과도 같았다. 그렇게 해서 나는 차츰 타인에 대한 기대와 욕망을 포기함으로써 나 자신에게 집중할 수 있는 시간을 만들어 내고 있었다. 분석은 그렇게 내 삶의 중요했던 어떤 부분을 마무리 짓도록 하면서 새로운 인생에 관하여 숙고하도록 만들었다. 누구나 그러하듯이, 나 또한 상실을 사는 것이 아니라 삶을 살고 싶었던 것인데, 바로 그와 같은 소망의 등 뒤에서 우리의 숙명은 마지막 시련을 준비하고 있었다.

서한과의 분석이 마무리 단계로 진입하고 있었던 어느 봄날 카즈히로에게서 연락이 왔다. 마치 우리 모두의 이야기에 결말을 내야 한다는 듯 단호한 뉘앙스로 "나는 당신을 만나야 한다"라고 말하는 메시지였다. 그가 내게 이런 방식으로 연락해 올 수 있는 몇 가지 경우의 수를 떠올려 보려 했지만 좀처럼 생각이 진전되지 않았다. 일이 심상치 않다고만 느꼈을 뿐 다른 생각은 하지 못한 채로 약속 장소를 정했다. 안국역의 커피빈에서 만나기로 하고 부랴부랴 옷을 걸쳐 입고 나갔다. 그때가 오후 2시였는데 카즈히로가 먼저 와 기다리고 있었다. 그는 이미 술에 취해 있었고, 행색이 말이 아니었다. 도대체 무슨 일이 있었는지 묻고 싶었지만, 나는 조급함을 억누르며 다시 일어나 밀크티 두 잔을 주문해 가져왔다. 그러는 동안 카즈히로는 테이블 위에 텅 빈 시선을 던져 놓은 채 아무 말도 하지 못했다. 구겨진 양복에 운동화를 신고 있었다. 급하게 도망쳐 나온 사람 같아 보였다. 넋이 나간 카즈히로에게 밀크티를 권하자 그가 비로소 고개를 들어 나를 쳐다보았고, 술에 절어 어눌해진 영어로 입을 열었다.

"위 아 올 폴드... 우리 모두 속았다."

내가 무슨 말이냐고 되물었다. 그러자 카즈히로는 시크하고 아름다운 표정으로 썩은 미소를 던지며 이렇게 말했다.

"사실 우리 모두는 자발적으로 속고 싶었던 건지도 모르고...."

나는 이해되지 않는다고, 진정하고 차분히 설명해 달라고 했다. 카즈히로는 좋아한다던 밀크티에는 손도 대지 않으면서 이야기를 시작했다. 우선 먼저 그는 지금 일본에서 오는 길이라고 했다. 오늘 아침 비행기를 타고 바로 날아왔다. 커틀러에게는 더 이상 말이 통하지 않아서 그를 떠나기로 했다는 거다.

"도착하자마자 김포공항 라운지에서 술을 마셨어요. 견딜 수가 없었어요. 이 모든 상황이 이렇게 끝장난다는 게 참을 수 없어서. 술을 마시다가 당신 생각이 났어. 결국 당신은 WUR에 대해서는 제삼자니까. 위험하지 않은 사람이라고 생각했어. 이야기를 털어놓을 수 있다고 생각했어요. 그러니까 이건 일종의 폭로입니다."

커피빈의 실내에는 드문드문 사람들이 자리를 차지하고 있었다. 오후 2시의 햇살이 커다란 창을 통해 쏟아져 들어오고 있었다. 2층의 실내는 눈이 부신 편이었는데, 마침 매장직원이 다가와 블라인드를 내려주었다. 그러자 내부는 짙은 갈색의 그늘 속으로 잠겨들었고 실내의 소란스러움은 어둠과 중화되어 한층 차분해졌다. 카즈히로의 긴장된 목소리만 아니라면 느긋하게 단편 소설 하나 정도는 읽어도 좋을 오후였다. 그가 말했다. 커틀러가 우리 모두를 조종하고 있다고.

"우리를 분석하면서 우리의 무의식에 무언가를 삽입해 넣었어. 그루밍 같은 거야."

카즈히로는 또 이렇게 덧붙였다.

"그는 우리의 영혼을 더럽혔어."

두서없이 쏟아져 나오는 카즈히로의 이야기들을 종합해 보면 이랬다. 우선 먼저 심각했던 상황은 커틀러가 내담자들에 관련된 무의식의 정보를 사적으로 유용하고 있다는 사실이다. 이런 건 그저 의사가 환자의 치료에 관련된 생체 정보를 유용하는 것과는 다른 문제였다. 정신분석의 과정에서 내담자는 자신의 성적 취향에서부터 시작해 거의 모든 것을 분석가에게 털어놓게 된다. 예를 들자면 개인적인 범죄기록이나, 준범죄 기록이 그렇다. 또는 사적인 자산의 투자와 그에 관련된 정보들도 있다. 내담자가 정치인이라면 그런 정보들이 정적에게 제공되어 치명적인 결과로 이어질 수 있었다. 카즈히로에 의하면 커틀러는 일본에서 그런 방식으로 정치권력에 접근하고 있었다. 커틀러는 WUR의 정신분석을 변질시켜 사이비종교화 하고 있었고, 자신을 교주와 같은 인물로 만들어 가고 있다고 했다. 내담자가 분석가에게 일으키는 전이의 현상, 즉 부모처럼 생각하며 사랑하는 감정을 이용해 권력을 취한다고 했다. 만일 카즈히로의 이야기가 사실이라면, 나이와 사울 역시 예외가 아니었을지 모른다. 커틀러에게 분석을 받았던 이들이라면 어떤 방식으로든 그의 흔적이 영혼의 깊은 곳에 남겨졌을 테니까. 커틀러가 마음만 먹는다면 손쉽게 그들을 자신의 입맛대로 지배하거나 영향을 미칠 수 있었다. 들어보니 특히 카즈히로의 경우가 심각했는데, 그가 힘겹게 고백했던 바에 의하면 커틀러는 그에게 선 넘는 짓을 했다. 한동안 카즈히로는 말 그대로 커틀러의 연인이 되었던 거다. 분석과정에서 카즈히로는 자신의 동성애적 경향을 발견했지만 확신하지는 못했는데, 그쪽 취향을 커틀러가 함께 확인해 보자고 제안했다. 간단히 말해서 커틀러는 카즈히로에게 섹스를 제안했고, 카즈히로는 거부할 수 없었다고 했다. 그렇게 해서 커틀러는 카즈히로의 전이의 아버지이자 연인의 위치에서 그를 지배하기 시작했다. 카즈히로는 그의 매혹에 저항할 수 없었다고 고백했다. 여전히 혼란스러워 하면서 카즈히로는 이렇게 말했다.

"나는 진심으로 그 남자를 사랑했어요."

커틀러는 모든 면에서 카즈히로를 압도했고, 한동안 그에게 온전히 몰두할 수밖에 없었다고 했다. 커틀러가 또 다른 내담자들과도 비슷한 관계를 맺고 있다는 사실을 차츰 알게 되었고, 특히 일본에서 자신의 세력을 형성해 나가는 방식을 짐작하고도 눈감았다. 그러던 와중에 나이와 교제하게 되었고, 카즈히로는 비로소 커틀러의 영향력으로부터 벗어나게 된 거였다. 커틀러는 그런 카즈히로의 변화를 용납하려 하지 않았으며 마침내는 협박하기에 이르렀다. 카즈히로에게 소중해진 나이를 인질로 삼아 그녀의 무의식에 관련된 정보를 들추어내며 회유하고 협박했다. 나이를 떠나지 않는다면 그녀의 삶이 위험에 빠질 수 있다고도 했다.

"이제 와서 생각하면…"

카즈히로가 마지막으로 덧붙였다.

"커틀러는 욕망의 교주였고, WUR의 비밀스런 힘은 그런 자들의 권력으로부터 나온 거라 생각해요."

말을 마친 카즈히로는 두 손을 테이블 위에 모으고 가만히 허공을 응시했다. 나는 생각이 복잡해졌다. 무엇보다 나이와 사울이 걱정됐다. 이건 일종의 내부 고발이었고, 이 사실이 밝혀진다면 WUR의 관련자들 역시 무사하지 못하게 뻔했다. 이런 종류의 스캔들은 국제적인 규모의 뉴스거리였다. 안 그래도 심리상담과 정신분석 분야에서 성폭행이나 그루밍 스캔들이 끊이지 않고 터져나오고 있었으니, 카즈히로가 쏟아낸 말들이 모두 사실이라면 나이는 서울을 떠나야 할 거고, 사울의 운명도 마찬가지다. 어째서 나이에게 직접 이 사실을 알리지 않았는지 내가 물었고, 카즈히로가 이렇게 대답했다. 그녀를 시험에 들게 하고 싶지 않았다고. 그녀 역시 커틀러에게 분석을 받았으니, 이런 폭로는 그녀에게 아버지를 두 번 잃게 하는 고통을 줄 수 있을 거라고 했다. 이미 한 번 버려진 아이였던 그녀에게 또다시 부모를 잃게 하고 싶지 않았다고 했다. 나도 모르게 한숨이 터져나왔다.

나는 카즈히로에게 돌아가 쉴 것을 권했다. 그러면서 잠시 시간을 갖고 생각을 정리해 보자고 타일렀지만, 불길한 숙명이 우리 앞에 임박했다는 느낌을 지울 수 없었다. 불가항력의 검은 그림자가 엄습해 오는 듯했다. 창밖에서 작열하는 오후의 찬란한 태양은 검붉은 몰락의 그림자를 심장 속에 숨기고 있었던 거다. 문득 어디선가 읽었던 시구절이 떠올랐다. "불꽃으로 만들어진 그림자의 제왕"과 같은 진실의 시간이, 모든 것이 소멸하게 될 화염의 시간이 다가오고 있었다. 어쩌면 이 모든 사건의 배후에는 태양처럼 필연적인 것이, 우리 자신의 숙명이라고밖에는 달리 설명할 수 없는 무언가가 있었고, 그렇게밖에는 될 수 없었던 각자의 작은 필연들이 교차하고 있었던 것은 아닐까. 내가 나이를 사랑하게 될 수밖에 없었던 필연성, 그리고 나이가 나와 카즈히로를 동시에 사랑할 수밖에 없었던 필연성과 같은 것 말이다. 내가 우정을 나누던 사울은 네샤트를 사랑했고, 그로 인한 상실감을 커틀러에 대한 사랑과 신뢰 속에서 해결하려 했었다. 이처럼 뒤엉킨 운명의 배후에는 우리 모두가 공통적으로 상실한 비밀의 대상이 원인으로 작동하고 있었다. 어린 시절에 상실된 낙원의 기억과 그로부터 시작된 얽히고설킨 상실의 미로 속에서 자라난 사랑이라는 신기루가 원인이 되어 우리의 삶을 욕망의 꼭두각시처럼 움직이게 했던 거다. 커틀러가 나이와 사울에게도 똑같은 짓을 저질렀는지 알 수 없었지만 이미 그런 건 상관없는 일이 되었다. 커틀러는 그들이 주었던 사랑과 신뢰를 무참히 파괴했던 것이니까. 사랑의 상징이 몰락하고 있었고, 그러한 추락은 내가 이미 예감하던 귀결이라는 생각을 지울 수가 없었다. 내가 사랑의 감정 앞에서 뒷걸음질 치려 했던 이유가 비로소 증명되고 있었던 것은 아닐까? 사람을 신뢰하고 사랑하는 것은 인간이 할 수 있는 가장 바보 같은 짓이었다는... 그런 식의 결론으로 이끌려 가는 것을 막을 수 없었다. 내가 잠시 발을 들여놓았던 이 작은 세계의 거대한 몰락은 그렇게 뜻하지 않았던 장소의 균열로부터 시작되고 있었다.

카즈히로를 돌려보내고 돌아온 나는 사울과 통화해야한다고 생각했다. 나 혼자 안고 있을 문제가 아니라는 게 명백했다. 카즈히로의 상태도 걱정됐다. 그를 보살필 누군가가 필요했지만, 내가 제격인지 망설여졌다. 전화벨이 몇 번 울리지 않았을 때 사울의 목소리가 들렸다. 나는 컴퓨터 앞에 앉아 있었다. 어떻게 이야기를 시작해야 할지 망설였다. 사울은 내 목소리에서 예전 같지 않은 심각함을 느꼈는지, 진지한 침묵으로 기다려 주었다. 나는 카즈히로가 찾아왔던 일에서부터 이야기를 시작했고, 그가 분석의 와중에 이미 커틀러와 연인 관계였다는 사실을 말하며 이야기를 마쳤다. WUR은 우리가 알던 그런 조직이 아닐 수도 있다는 말도 덧붙였다. 사울의 반응은 뜻밖이었다. 사울은 이 사건을 커틀러 개인의 문제로 돌리려 했기 때문이다. 그건 그저 개인의 일탈일 수 있었고, 커틀러가 WUR 모두를 대변할 수는 없는 거라고까지 했다. 아마도 사울은 당황했던 것 같다. 어쩌면 사울은 내가 알던 그런 사람이 아니었을 수도 있다고, 나는 불현듯 생각했다. 강인하고 정직하며 희생적인 남자로서의 사울과, 당황해서 사건을 봉합하고 축소하려는 사울의 이미지가 충돌하고 있었다. 어쨌거나 사울은 자신이 직접 카즈히로를 만나 보아야 한다고 말했고, 나는 그런 사울을 기다려 주어야 한다고 느꼈다. 사울에게 WUR이 그렇게까지 중요한 의미를 지닌 대상이었는지 몰랐던 나는, 그가 일을 수습하려는 모습을 보면서 내가 섣불리 나설 문제도 아니라고 느꼈다. 마지막으로 나는 나이에게 이 일을 알려야 한다고 말했고, 사울이 동의했다. 그녀에게는 내가 전화하겠다는 말을 남기면서 사울과의 통화를 마쳤을 때가 오후 4시다. 나이에 관해서라면 크게 걱정하는 마음은 없었다. 그녀는 누구보다 유연하고 경쾌한 욕망의 존재였다. 내가 경험한 바로 나이는 이 정도 일로 흔들릴 사람이 아니었다. 그보다 궁금했던 것은 어째서 카즈히로가 연인이던 나이에게 먼저 이 사실을 털어놓으려 하지 않았는지였다. 나이를 걱정해서 그랬다고는 했지만, 내가 카즈히로였다면 망설이지 않고 나이에게 모든 것을 말했을 터였다. 둘 사이의 관계가 내가 생각했던 것만큼 가까운 것이 아니었을 수도 있다는 데에 생각이 미쳤고, 그러자 간사하게도 그녀가 다시 그리워졌다. 조금 전까지만 해도 사랑의 신기루가 귀결되는 우울한 세계의 종말에 대해서 탄식하던 나였는데, 또다시 멈추지 않는 욕망을 반복하려 하고 있었다. 깊은 모래 속으로 빨려 들어가듯 저항할 수 없는 정

298

념에 그런 식으로 휘말려 든다면, 욕망의 푸른 불꽃에 불타버리고 남은 잿가루가 되어 버려질 수도 있었다. 머릿속에는 그런 이미지들이 맴돌기 시작했다.

나이에게는 몇 번이고 통화를 시도했고 문자도 남겼지만 연락이 되지 않았다. 초조한 감정이 올라오기 시작할 무렵 다시 사울에게 전화했고, 그 역시 더 이상 연락이 닿지 않게 되었을 때 불길한 예감에 휩싸였다. 이제는 카즈히로 역시 마찬가지였고, 모두에게 연락이 되지 않았으므로 나는 어쩔 수 없이 같은 자리에서 맴도는 시간에 존재를 내어줄 수밖에 없었다. 이윽고 밤이 찾아왔을 때 내 머릿속에는 나이에 대한 갖가지 염려가 가득 차올랐다. 정확히 무슨 일이 벌어지고 있는지 알 수 없는 탓에, 온갖 종류의 과장된 이미지들이 유령처럼 떠다녔고, 그렇게 밤을 지새웠다. 한국에 돌아온 이후로 나의 작은 세계를 이루었던 사람들이 그렇게 사라져 가고 있었다. 여전히 누구에게도 연락이 닿지 않았으므로, 결단을 내려야 한다고 생각했을 때가 아침 8시였다. 나는 김포공항으로 향했고, 늦은 오후에 떠나는 도쿄행 비행기 티켓을 급하게 구매했다. 이 모든 사건의 발단에 커틀러가 있었다면, 결론 역시 그에게서 찾아야 한다고 생각했기 때문이다. 그를 만나서 무엇을 이야기하게 될런지 전혀 알 수 없었지만, 나이 역시 같은 결정을 내렸을 거라고 확신했다. 사울과 나이 모두 나와 같은 생각을 하고 있을 거라고 거듭 확신했다. 커틀러를 만나야 한다.

8장

오르페우스

롯의 아내는 뒤를 돌아보았으므로

소금기둥이 되었더라.

『창세기』19장 26절

도쿄

저녁이 다 되어서야 도쿄에 도착했다. 하네다 공항에서 택시를 타고 미나토구의 아오야마까지 갔고, 거기서 택시를 보낸 다음 근처 카페에 들어가 숨을 돌렸다. 아마드 티 한 잔을 시켜놓고 창밖으로 지나는 사람들에 시선을 던져 놓았다. 사울과 나이에게는 여전히 연락이 닿지 않았다. 카즈히로에게도 마찬가지였고. 커틀러에게 나이에게서 받아두었던 도쿄-WUR의 주소로 이메일 한 통을 보냈다. 응급한 상황이라고 덧붙이면서 도쿄에 도착하면 만나고 싶다는 말을 핸드폰 번호와 함께 남겨놓았다. 커틀러의 전화번호를 알지는 못했으므로 나는 이제 그가 전화를 걸어오기를 기다리든가 아니면 도쿄-WUR의 사무실로 직접 방문하든가를 선택해야 했다. 하지만 그 다음은? 내가 자문했다. 커틀러를 만나서 무엇을 하겠다는 건지 스스로도 알 수 없었기 때문이다. 나이와 사울에게 연락이 닿지 않는 이유를 그에게 물어보겠다는 건가? 카즈히로에게는 어째서 그런 짓을 했는지 따져 묻겠다는 건가? 나이에게도 같은 짓을 한 건 아닌지 추궁하려는 것인가? 좀처럼 정리되지 않는 생각의 흐름이 낯선 도시의 어둠 속으로 풀려나가는 것을 가만히 지켜볼 뿐이다. 그러면서 나는 도쿄로 날아온 나의 행동이 이제껏 살아오면서 내가 했던 다른 어떤 일보다 충동적이었다는 사실을 인정했다. 나는 분노했던 것 같다. 그게 아니라면 기뻐했던 것일까? 어쩌면 둘 다였다고 말하는 게 정확할지도 모르겠다. WUR과 커틀러가 마침내 몰락하는 것을 내 눈으로 확인할 수 있게 되어 흥분했던 것인지도 모르니까. 나이를 사랑하게 된 이후 나는 그녀가 커틀러의 영향력 아래 지배되는 모습이 탐탁지 않았다. 사울처럼 현명한 사람이 커틀러에게 의지했으며 그를 신뢰한다는 사실에는 질투심

마저 느끼게 됐다. 복잡하게도 불쾌한 감정을 커틀러에게 느끼고 있었던 거다. 그래서인지 카즈히로가 찾아와 일을 털어놓았을 때는 이미 예견된 몰락인 것처럼 느껴졌다. 언제든 그런 일이 폭로되리라 예상한 사람처럼 나는 준비된 분노를 드러냈고, 동시에 일종의 카타르시스를 경험하는 듯했다. 소포클레스의 비극에서처럼 WUR에 관련된 이야기의 처참한 몰락을 커틀러에게서 보고 싶었던 거다. 그의 얼굴이 내 눈앞에서 일그러지며 곤궁에 빠져 허둥대는 꼴을 확인하고 싶었다. 정신분석을 도구로 나의 내면에 개입하고 지배하고 조종하려 했던 남자를 용서할 수가 없다. 카즈히로처럼 순수한 사람을 그루밍하고 성폭행한 범죄자를 가만히 두어서는 안 되는 것이었다. 사울이 어제의 통화에서 보여준 당혹스런 태도 역시 그에 대한 WUR의 지배를 암시하는 모습이라고 생각했다. 인간의 무의식을 탐사한다는 미명 아래 그것을 빅데이터화 한다는 아이디어 자체가 비인간적이라는 사실을 사울은 어째서 눈치채지 못했던 것일까? 생각이 여기까지 미쳤을 때 나의 얼굴이 심하게 일그러지는 것이 보였다. 커피숍의 통창에 비추어진 분노한 내 모습이 낯설었다. 커틀러에게 전화가 온 것은 바로 그 순간이었다.

빠당

눈을 떴을 때 다시 태어난 기분이었다. 몸은 가벼웠고 마음은 평온했다. 기억력에 문제가 있는 듯했지만 아무래도 좋다고 생각했다. 특정한 기억들의 표면에 구멍이 생겨났고, 또 다른 어떤 기억에는 과도하게 선명한 색채가 입혀졌다. 주로 어린 시절의 기억이 그랬다. 반면 나이와 함께했던 기억들은 희미해졌다. 그녀에 대한 감정 역시 상당 부분 정리됐다. 커틀러에 대해서는 기억나는 게 거의 없다. 그의 도쿄 사무실에서 대화했던 내용의 많은 부분들이 날아가 버렸다. 뎅기열의 화염이 자작나무를 태워 버리듯 내 머릿속에 불을 놓았던 거다. 나는 한나의 어깨를 짚고 일어나 커뮤니티의 정원으로 나갔다.

"시간이 얼마나 지난 거야?"

한나는 내가 꼬박 열흘을 누워 있었다고 대답해 주었다. 대부분의 시간을 의식을 잃은 채 산소호흡기로 숨만 쉬고 있었다고 했다. 그녀는 내가 죽게 되는 건 아닌지 걱정했다고 말했다.

"착하고 다정한 한나. 당신이 나를 보살펴 주었는데 내가 어떻게 당신을 떠나겠어."

그렇게 말해주었을 때 그녀가 울기 시작했다. 한낮의 맑은 태양 아래 비가 내리듯 하나의 초록색 눈동자로부터 눈물이 떨어져 내리고 있었다. 아무런 이유도 동기도 없는, 그저 기적처럼 떨어져 내리는 사랑의 눈물이었다. 나는 그녀의 얼굴을 내려다보면서 눈물이 그치기를 기다렸다. 밤새 비가 내린 정원을 비추는 빠당의 아침 햇살이 따갑게 느껴지기 시작했을 때 우리는 자리에서 일어나 커뮤니티의 식탁으로 돌아와 앉았다. 와얀과 올리비에를 비롯해 다른 많은 사람들이 주변으로 몰려들었다. 완쾌된 모습에 기뻐해 주었고, 잠시 뒤에는 아미르가 내려와 곁에 앉았다. 그는 여전히 아름답고 온화한 미소를 띤 채 나의 이마에 입맞추고는 다시 건강한 모습을 보게 되어 기쁘다고 말했다. 그러면서 나이가 어디로 갔는지 알려주겠다고 했다.

"당신이 의식을 잃고 죽음의 문턱에 다가선 동안 많은 생각을 했습니다."

아미르의 눈동자에서 어슴푸레 신비스런 후광이 흘러나오기 시작했고, 차츰 멀어지는 그의 시선은 더 이상 나를 바라보고 있지 않았다. 마치 오래된 전생의 기억을 회상하는 사람처럼 생각에 잠긴 모습으로 아미르가 이렇게 말했다.

"소금기둥처럼 무거워도 인간이 감당하지 못할 진실의 무게는 없다고 생각해요."

나는 여전히 그의 언어를 절반만 이해한 채 순순히 고개를 끄덕였다. 만일 우리의 이야기에 결론이 필요하다면, 그건 바로 나이를 만나는 일이라고 생각했기 때문이다. 그녀를 만나서 무슨 이야기를 해야 할지 알지 못했고, 다른 어떤 희망도 품고 있지 않았지만 그녀를 만나야 한다는 생각에는 변함이 없었다. 다시는 그녀와 함께할 수 없으리라 짐작하고 있었지만 이렇게 끝낼 수는 없다고 생각했다.

아미르가 말했다.

"나이는 숨바섬에 있는 어머니를 찾아갔답니다. 어머니의 이름은 카르티니이며 숨바섬에 살고 있어요. 그곳으로 가면 나이의 행방을 어머니가 알려줄 겁니다. 당신을 위해서 기도하겠습니다."

커뮤니티에서 다시 하루가 지났을 때 나는 예전의 건강 상태를 온전히 회복하고 있었다. 떠날 채비를 하며 가벼운 배낭 하나에 최소한의 짐을 꾸렸다. 나머지 소지품들은 버리거나 커뮤니티 사람들에게 나누어 주었다. 사람들 하나하나에게 다가가 포옹하며 작별인사를 했다. 마지막으로 3층에 올라가 아미르 앞에 무릎을 꿇고 앉았다. 머리를 깊이 숙여 이마를 그의 손등에 대고 잠시 그 상태로 머물렀다. 아미르가 나의 머리에 손을 얹고 한동안 알 수 없는 언어로 주문을 외우듯 중얼거렸다. 그러고는 숙였던 나의 머리를 일으키며 한나에 관해 말했다.

"그녀가 당신을 따라갈 겁니다. 한나를 거절하지 말아주세요. 그녀가 당신의 영혼을 보호해 줄 테니, 당신도 그녀의 영혼을 보호해 주세요."

나는 말없이 아미르를 응시하며 그의 내면을 가늠해 보려 했다. 그의 마음속에 그려진 나의 숙명을 해독해 보려고 했다. 한동안 그렇게 아미르와 눈을 마주한 뒤에 고개를 끄덕이며 자리에서 일어났다. 작별의 말을 남기고 3층을 내려왔다. 저택의 현관 계단에서 한나가 기다리고 있었다. 커뮤니티 사람들이 정원에 모여 우리의 출발을 축복해 주었다.

내가 한나를 돌아보았다.

"우리는 지금부터 숨바섬으로 갈 거예요. 그곳에 가면

내가 사랑했던 사람을 만날 수 있을지도 모릅니다. 나는 그녀에게 마지막으로 하고 싶은 말이 있어요. 그녀와의 일이 마무리되면 당신과 다시 커뮤니티로 돌아올 생각입니다. 아미르가 말하기를 당신이 나의 영혼을 보호해 줄 거라고 했어요. 나 역시 그렇게 할 겁니다. 그렇게 해주겠어요?"

그녀가 고개를 끄덕이며 좋아요―라고 했다.

"내가 이름의 영혼을 보호할 테니, 당신도 한나의 영혼을 보호해요. 그럼 다 괜찮을 거야."

말하며 한나가 나의 손을 잡았다. 빠당에서 자카르타로, 그리고 다시 발리의 응우라이 공항으로 날아가는 6시간가량의 비행기 안에서도 한나는 손을 놓지 않았다. 비행기의 창 아래로 내려다보이는 구름과 다시 그 아래로 끝도 없이 펼쳐진 인도네시아 섬들의 풍경에 시선을 빼앗긴 채로 나는 지난 열흘 간 뎅기열의 사막에서 보았던 이미지들을 떠올렸다. 화염에 휩싸인 태양과 모래바람이 지배하는 사막이었다. 열기를 피하려고 파고든 모래언덕의 그늘 속으로 나이가 찾아왔었다. 어째서 내게 안기지 않는지 내가 물었었다. 그러자 그녀 역시 어째서 자신에게 안기지 않는지 묻고 있었다. 그녀는 나의 말을 반복할 뿐

310

이었고, 그녀의 표정 또한 마치 거울인 듯 나의 감정을 비출 뿐이다. 그녀로부터 듣고 볼 수 있었던 것은 나 자신의 상실과 슬픔이었다. 다시 밤이 찾아왔을 때 사막의 어둠 속에서 나는 커틀러의 목소리를 들었다. 야훼의 음성처럼 커틀러의 목소리가 사막의 어둠을 흔들었다. 너는 결코 나이를 갖지 못할 거라고 그가 말하고 있었다. 너는 그 누구의 사랑도 받지 못할 거라고 말하고 있었다. 너의 숙명은 지오반니와 같이 모두에게서 버려지는 파문이라고 목소리는 말하고 있었다.

도쿄

"환영합니다."

어둡고 조용한 실내의 한가운데를 차지한 안락의자에 앉은 금발의 남자가 말했다. 나는 그가 커틀러라는 사실을 바로 알아차렸다. 그는 내게 맞은편 자리를 권하며 이렇게 중얼거렸다. 오래전부터 당신을 알고 있었다─라고. 그가 권한 자리는 내담자용 카우치였다. 남자가 권하는 대로 자리에 앉은 다음 나는 고개를 들어 그를 똑바로 쳐다보았다. 그리고 이렇게 말했다. 나이와 연락이 되지 않고 있어 걱정이다. 사울도 마찬가지다. 카즈히로는 어제 만난 이후로 역시 통화가 되지 않는데 어찌 된 영문인지 모르겠다. 아마도 당신은 무언가 알고 있을 것 같아서 이렇게 급하게 찾아오게 되었다. 최대한 예의를 갖춘 말투였지만 추궁하는 뉘앙스를 숨길 수 없었고, 그럴 필요도 느끼지 않았다. 커틀러가 여유로운 미소를 띤 얼굴로 나를 가만히 바라본다. 마치 내가 올 것을 미리 알고 있었다는 표정이다. 내가 다시 말했다. 좋지 않다고. 예감이 좋지 않다고 반복해서 말했다. 특히 카즈히로의 상태가 위험해 보였다고 했고, 그에 대해서는 당신이 더 잘 알고 있을 거라고 덧붙였다. 커틀러가 의미 없는 미소를 지어 보였고, 내가 그를 향해 고개를 저었다. 카즈히로가 내게 모든 것을 털어놓았는데, 그의 말이 사실이라면 커틀러 당신은 대가를 치르게 될 거라고도 했다. 이번에는 커틀러의 표정이 조금 경직되는 게 보인다.

"미스터 강. 대가를 치루는 건 문제없어요. 나는 이미 많은 일들을 겪었고, 더한 추락도 해 보았으니까요. 카즈히로와의 일은 유감이지만, 그걸 당신이 문제 삼는다면 얼마든지 받아들일 수 있습니다."

여전히 그의 목소리는 안정되어 있었고, 내가 알지 못하는 힘으로 확신을 유지하는 듯했다. 그런 건 내가 기대했던 모습이 아니어서 조금 놀랐다.

"그런 일로 감옥에 간다고 해도 상관없어요. 내담자를 사랑해서 감옥 간 분석가들을 많이 보았고, 나라고 예외일 수는 없을 테니까요."

나는 긴장이 풀려버린 기분이 되었다. 그가 이렇게 나올 줄 예상하지 못했다. 잠시 할 말을 잃었고, 그러자 그가 다시 말했다.

"카즈히로와 나는 소위 말하는 부적절한 관계를 맺게된 셈이지만. 그것도 사랑의 한 형태라고 생각해 줄 수는 없을까? 조금 이상하지만 그래도 진실한 사랑이었다고? 강이름 당신과 나이의 관계가 그런 것처럼?"

내가 두 눈을 가늘게 뜨고 의심의 눈초리로 그를 보았다. 그런 나를 물끄러미 바라보며 커틀러가 계속했다.

"나이는 특별한 사람이지요. 특별한 욕망을 가졌고, 남다른 세계관을 따르는 사람입니다. 그리고 당신 역시 특별한 사람이지요. 당신과 나이가 만나면 어떤 세계가 펼쳐지게 될지 궁금했어요. 처음 당신에게 나이를 보냈을 때 그런 기대감에 부풀어 있었습니다. 두 사람이 사랑한다면 어떤 모습의 욕망을 그려낼 수 있을지 궁금했어요."

실내의 어둠 속으로 커틀러의 목소리가 반향하듯 울려 퍼졌다. 현실감 없는 톤으로 커틀러의 말들이 흘러나오고 있었다. 마치 구글 번역기를 돌려서 듣게 되는 기계 음향처럼 단어와 문장들이 생기를 잃었다.

"두 사람은 너무 닮았어요. 놀라울 정도로 서로를 비추는 사람들입니다. 그런데도 서로를 낯설어 하다니... 그것도 신기한 일이었어요."

하지만, 내가 말했다. 나이와 나의 관계를 이야기 하려고 이곳에 온 것은 아니라고. 문제는 커틀러 당신이 정신분석을 통해 사람들의 무의식을 사유화하려는 태도이고, 이미 그렇게 해왔던 일들을 멈추게 하려고 이곳에 온 거라고 내가 말했다. 내가 사랑하는 사람들을 지배하려는 당신의 욕망을 멈추게 하려고...

"다시 말하지만..."

커틀러가 미간을 한껏 찌푸렸다.

"다시 말하지만 그건 이제 중요하지 않아요. 내가 세심하지 못했어요. 내가 조금 더 조심스러웠다면 카즈히로를 그렇게 만들지는 않았을 테니까. 내가 나의 욕망을 충분히 지배하지 못했던 죄를 인정해요. 그러니까 나를 비난해도 좋고 고소해도 좋아요. 어차피 나라는 인간은 당신이나 다른 모든 사람들이 그러하듯이 죄 많은 욕망의 존재이니까. 중요한 것은 그런 죄를 외면하지 않는 겁니다. 나는 내가 죄인이라는 사실을 부정하지 않습니다. WUR의 지도부가 나를 인정하는 것도 나의 이런 솔직함 때문이라고 생각해요. 나는 많은 죄를 지어왔고, 앞으로도 죄 짓는 일을 피할 수 없겠지요. 하지만..."

커틀러가 자리에서 일어나 내 쪽으로 성큼 걸어왔다. 그리고는 어느새 내 곁에 앉아 나와 같은 방향을 바라보며 다시 입을 열었다.

"하지만 법이 죄를 만든다는 사실을 당신도 잘 알고 있지 않습니까? 인간 세상의 규범과 질서보다 더 중요한 것이 있다는 사실도 알고 있지 않습니까? 진정으로 가치 있는 것은 오히려 상식과 법의 바깥에 존재한다는 것을... 당신 역시 논문에서 주장하지 않았었나요? 그 논문에서 당신이 지오반니라는 화가의 인생을 묘사하는 놀라운 통찰력에 우리 모두 감탄했지요. 당대의 관점에서라면 지오반니는 죽을 죄를 몇 번이나 지었던 인물이지요. 그는 사제의 신분으로 유부녀와 정을 통했고, 교단의 명령을 어기고 도망쳤으며, 예수의 얼굴을 그린 성상화들을 훼손하고 다녔어요. 그뿐만 아니라, 지오반니는 성삼위일체를 부인하고 바티칸의 권위에 도전하기까지 했어요. 그런 사람을 강이름 당신은 변호하고 있었죠. 당신은 지오반니가 성상화를 지우며 훼손했던 범죄를 오히려 세속에 가려진 신의 존재를 드러내는 행위로 해석했죠. 예수의 존재를 신과 동일시하는 성삼위일체의 관점을 부인했던 것을 오히려 예수를 인간으로서 사랑하려는 마음으로 재해석했어요. 논문 속에 등장하는 강이름의 목소리는 지오반니의 변호인이나 다름없었죠. 그런데 어째서 나의 죄에 대해서는 이토록 비난하는 것입니까? 나 역시 어떤 의미에서는 WUR이라는 단체에서 마음을 수련하는 사제입니다. 하지만 나 역시 욕망하는 인간이며 누군가를 사랑하게 될 수 있습니다. 그게 나의 내담자였다고 해도 지오반니가 유부녀와 간통한 것보다 더한 죄라고는 할 수는 없을 겁니다. 내가 해왔던 일들을 보세요. 나는 인간 문명이 만들어낸 허상들을 폭로하고 인간의 무의식에 억압된 진실한 힘을 알리려고 노력해 왔어요. 미디어의 세계를 판치는 가짜 전문가들이 인간의 욕망을 곡해하는 것에 대항해서, 진실한 사람들이 진실한 목소리를 낼 수 있도록 사력을 다해 돕고 있어요. 당신이 방송을 통해 알려지게 된 것이 우연이라고 생각합니까? WUR의 노력이 배후에 있지 않았다면 그런 일은 불가능해요. 우리가 하는 일은 인간의 영혼에 대해서 진실한 목소리를 내는 사람들을 돕는 것입니다. 뇌과학이나 인지심리학과 같은 실증과학의 주장들이 인간의 무한한 가능성을 억압하는 것에 대항하는 것입니다. 지오반니가 중세에 이미 주장했던 대로, 인간의 신성한 영혼은 바티칸과 같은 권력기관이 만들어낸 법의 한계 안에 묶어 두어서는 안 된다는 것이 우리의 생각이니까요. 인간은 무한한 존재입니다. 그에 비해서 나의 죄는 한없이 초라하고 사소한 것이기도 합니다. 더 큰 것을 보아주세요. 당신이 그렇게 한다면 우리는 무한한 세계로 함께 나아갈 수 있어요."

커틀러가 잠시 말을 멈추고 주머니를 뒤져 담배를 꺼냈다. 그는 말없이 담배 한 개비를 내게 권하고, 자신도 입에 문 다음 차례대로 불을 붙였다. 그러고는 다시 입을 연다. 당신에 대해서 오래전부터 알고 있었다고, 말하기 시작했다. 그 오래전이란 것이 정말 오래전이라고 했다.

"모든 것을 조사했어요. 당신이 성장했던 카톨릭 교단의 고아원에도 방문했었고, 당신을 키운 신부님과도 만나

보았어요. 그 처음에서부터 당신은 이미 우리에게 중요한 존재였으니까요. 당신의 논문이 바티칸에서 검토되고 있었다는 사실을 알게 된 이후로 당신을 우리와 함께하는 사람으로 만들기 위해 준비를 시작했습니다. 물론 당신뿐만은 아닙니다. 우리가 사람을 만나는 방식에 우연이란 없습니다. 나이도, 사울도, 그리고 카즈히로도 모두 철저한 사전 준비와 검토를 통해서 결정을 내리고 다가갔던 사람들입니다. 실수가 없어야 하니까 그래요. 우리는 우연을 믿지 않습니다. 모든 것은 필연입니다."

정확히 말하자면, 모든 우연은 필연적인 것으로 전환되는 순간 힘을 발휘하게 되는 거라고, 커틀가 말하며 자리에서 일어났다. 재떨이를 가져왔고, 이번에는 안락의자를 내 앞으로 끌어와 마주 앉았다. 그러고는 비장한 말투로 다시 이렇게 말했다.

"미스터 강. 우리와 함께해 주세요. 당신이 나를 찾아오게 된 이유가 나의 죄를 묻고 비난하려는 것이었다면 내가 그 모든 원망을 피하지 않고 받아들이겠습니다. WUR의 모든 직위를 사임하고 미국으로 돌아가겠습니다. 고향으로 돌아가 낚시를 하며 여생을 보내도 좋습니다. 일본의 법에 따라 죄의 대가를 치르도록 해도 좋아요. 어딜 가

나 나에게는 마찬가지입니다. 어디에서 무얼 하건 죄책감과 초자아의 비난으로부터 도망칠 수는 없을 테니까요. 그리고 그건 당신에게도 마찬가지일 테니까, 이미 우리는 모두 한 배를 탄 운명입니다."

그가 담배 연기를 깊게 들이마신 다음 코로 내뿜는 모습을 내가 지켜보았다. 나 역시 담배 연기를 폐 속 깊은 곳까지 밀어 넣었다. 가벼운 현기증이 밀려왔다. 문득 영어로 대화하는 것이 피곤하게 느껴졌고, 나도 모르게 "모르겠어"라는 문장이 한국어로 발음되었다. 내가 이곳에 왜 이러고 앉아 있나 싶었다. 잠시 침묵이 흘렀고, 그러는 사이 커틀러는 살피듯 나를 바라본다. 나의 침묵이 그에게 어떻게 해석되는지 알 수 없었지만, 내 머릿속은 이미 텅 비어가기 시작했고, 갑작스런 피곤함이 몰려왔을 뿐이다. 그가 내민 재떨이에 담배를 비벼 끄고 고개를 떨군 채로 녹색 카펫이 깔린 바닥을 응시했다. 시선으로 무언가를 끄적이는 사람처럼. 한동안 나는 커틀러를 그렇게 내버려 두려고 했다. 그러나 커틀러는 끈질기게도 다시 입을 연다. 조금 전에 나이가 왔었고 그녀는 당신만큼 흔들리고 있었다고 말하면서, 커틀러는 손을 내밀어 나의 오른손을 잡으려 했다. 여전히 고개를 숙인 채로 나는 커틀러가 내민 손에 나의 손등을 내어주고 말았다.

"미스터 강. 당신에게 나는 충분한 설명을 했다고 생각해요. 하지만 나이에게는 그럴만한 여유가 없었어요. 그녀는 흥분한 상태였고 그녀답지 않게 긴장하고 있었습니다. 그녀에게 진실을 말해주었지만, 아마도 내가 그녀의 분석가였다는 사실이 이번 일을 받아들이는 데에 어려움을 주고 있는 것 같아요. 어쩌면 그녀는 영원히 WUR을 떠나게 될지도 몰라요. 당신이 그녀를 설득해 주었으면 합니다. 어쨌든 당신과 나이는 영혼의 형제이니까."

거기까지 커틀러가 말했을 때 내가 참지 못하고 고개를 들었다. 더 이상 이 사람과 같은 공간에 앉아 있는 것이 견딜 수 없게 느껴졌다. 나는 나이가 언제 왔었고 어떤 상태였으며 어디로 떠났는지를 물었다. 커틀러는 순순히 그녀가 오늘 정오에 방문했고, 카즈히로와의 일을 추궁했다고 말해 주었다. 커틀러는 그녀를 설득하기 위해 노력했지만, 그녀는 진실을 믿으려 하지 않았고 화를 내며 자리를 박차고 나가버렸다고 했다. 어디까지 커틀러의 말을 믿어야 할지 알 수 없었다. 나이가 어디로 떠났는지도 알 수 없었다.

자리에서 일어난 나는 커틀러를 실내의 어둠 속에 버려 둔 채 밖으로 나왔다. 자진해서 처벌을 구하는 자를 이길 수 없었으며, 나는 그의 죄를 사면해줄 자격이 없었다. 엘 리베이터로 향하는 복도를 따라 걷는 동안 등 뒤에서 커틀러의 목소리가 들려 왔지만 의미를 알 수 없는 문장이 었기에 뒤돌아보지 않았다. 소돔을 빠져나오는 롯과 같이 서둘러 커틀러의 사무실 빌딩을 빠져나왔다. 그리고 다시 아오야마의 거리를 걷게 되었을 때 나는 비로소 내가 이 곳에 온 이유를 알 것만 같은 기분이 되었다. 제대로 설명 할 수는 없었지만, 그건 아마도 나이가 자신의 친부를 찾 아가려 했던 마음과 비슷한 감정이지 않았을까? 부친살 해에 관련된 충동이 아니었을까? 나의 연인이자 형제였 던 나이와 사울을 지배하는 아버지를 용납할 수 없었던 거다. 버려진 아이는 자신을 버린 아버지에 대한 원한만 큼은 버릴 수가 없다. 그게 누가 되었든, 아버지의 위상을 흉내내며 움직이는 모든 종류의 생명체에 대한 적개심을 숨길 수 없는 거였다. 처음에는 아버지 신부님이었고, 그 다음은 아버지 하나님이었다. 나는 모든 아버지를 조롱하 고 몰락으로 이끌려고 했다. 그러니 커틀러는 말할 것도 없다. 그를 가만둘 수 없었던 거고, 생각이 거기까지 미쳤을 때 문득 나의 분석가 서한이 생각났다. 그 역시 내게는 아버지와 같은 존재가 되어 갔으므로, 그를 향한 적개심이 고개를 들게 될 날이 오고야 말 거다. 당신 역시 내 앞에서 추락하게 될 거야...라고 생각하자 문득 깊은 슬픔이 엄습해 왔다.

서울

사울이 무너지듯 말했다. WUR과의 모든 일은 이제는 끝난 것 같다고. 미국으로 돌아가겠다고도 했다. 나는 최선을 다해 사울을 진정시키려고 노력했지만, 나 역시 누굴 위로할 처지는 아니었다. 카즈히로의 자살은 우리 모두를 충격에 빠트렸고, 돌이킬 수 없는 상흔을 남겼다. 게다가 나이의 행방을 여전히 알 수 없었고, 나는 불안 속에서 떨고 있었다.

커틀러는 자진해서 자신의 죄를 언론에 고백했다. 그러자 일본 언론이 WUR의 존재를 집중보도하기 시작했다. 내담자를 성착취하고 마침내 자살에 이르게 한 변태 분석가로 다루어졌다. 이어지는 심층보도는 커틀러라는 인물과 관련된 일본의 정재계인사들을 폭로하기 시작했고, 그 여파는 한국의 언론으로까지 이어졌다. 한국에서 분석을 담당하던 사울의 이름도 언급됐다. 사울과 나이가 그들의 새로운 보금자리에서 만들려 했던 WUR의 모래성이 쓰나미에 휩쓸리듯 떠내려가고 있었다. 그들을 덮친 검은 파도에 나 역시 휘청이고 있었다.

사울에 의하면 카즈히로는 내가 커틀러를 만났던 바로 그 시간에 WUR의 압구정 사무실에서 목매 자살했다. 그의 시신을 처음 발견한 것은 사울이었다. 그는 즉시 나이에게 연락을 취했지만 그녀는 여전히 전화를 받지 않았고, 이후로도 행방을 알아낼 수 없었다. 사울은 그녀가 커틀러로부터 무언가 지시를 받은 것은 아닌지 의심했다. 커틀러라면 충분히 나이를 조종할 수 있는 인물이라는 것이다. 사울과 내가 그렇게 우왕좌왕하는 사이 며칠의 시간이 더 흘렀다. 나이로부터 한 통의 이메일이 온 것은 우리가 그녀의 실종을 심각하게 받아들이고 경찰에 알리려 했던 순간이다. 메일에서 그녀는 이렇게 말하고 있었다.

"사랑하는 당신들에게 이 글을 쓰고 있는 장소는 인도 네시아입니다.

아마도 두 사람은 지금 고통과 혼돈 속에 있을 테지만 나의 메일이 위로가 되었으면 해요.

나는 괜찮아요. 카즈히로를 잃었지만 당신들이 있어서 다행이라고 생각합니다.

내가 존경하는 사울. 당신은 견뎌내리라 믿고 있어요. 당신은 이보다 더 가슴 아픈 시련을 이겨낸 사람이니까.

그리고 내가 사랑하는 이름. 당신에게는 미안한 마음을 깊이 간직하고 있어요.

내가 당신을 사랑하는 방식이 당신을 흔들고 불안하게 만들었어요. 그런 나를 이해해 주어서 감사해요.

그러나 이제는 많은 것이 변했습니다. 커틀러를 만났던 지난주에 나는 그로부터 어머니에 대해 듣게 되었어요. 놀랍게도 나의 생모는 인도네시아 사람이었어요. 인도네시아에서 한국으로 파견된 노동자였다고 해요.

이 사실에 대해서는 커틀러를 믿을 수밖에 없다고 생각합니다. 그가 나를 흔들기 위해 나에 대한 과거의 정보를 이용한 것이라 해도, 지금으로서는 그것이 내가 사로잡힌 진실입니다.

아주 오래전부터, 심지어 내가 커틀러를 만나고 분석을 받게 되었던 시절 이전부터 그들은 나에 대해 알고 있었습니다.

나뿐만 아니라 이름 당신에 관해서도 많은 것을 알고 있었습니다.

WUR은 단순한 정신분석 심리상담의 단체는 아닌 듯해요. 그걸 이제야 알게 되었어요. 그들은 우리의 과거를 캐내고 분석하면서 우리의 무의식을 지배하는 방법을 터득해 왔어요. 그들은 위험해요. 하지만 나는 흔들리지 않아요. 나는 어머니를 찾아낼 거고. 그녀에게서 아주 중요한 진실을 확인할 겁니다. 그러고 나면 우리의 이야기는 마무리되리라 생각해요.

그런 다음에는 진정으로 새로운 인생을 살고 싶어요.

그러니 이제 내가 당신들께 작별 인사를 할 수 있도록 허락해 주세요.

다만, 나의 이름이 나이였다는 것만은 잊지 말아주세요."

급하게 써내려간 듯 편지는 그렇게 모호한 문장으로 끝을 맺고 있었다. 사울은 내게 건넸던 태블릿 피시를 테이블에 올려놓았고 나의 어깨를 두드려주었다. 눈물이 흐르는 것을 참을 수 없었다. 그녀에게 열었던 마음의 한가운데로 데일듯이 쓰라린 사막의 열기가 쏟아져 들어오고 있었다. 한 움큼의 모래가루가 목구멍을 채워 막는 느낌이었다. 어떻게 해야 할지 사울에게 묻자 그가 고개를 저으며 말했다.

"모르겠어요. 그녀를 놓아주어야 하는지, 아니면 찾아내어 보호해 주어야 하는지 모르겠습니다. 내가 당신이라면 어떻게 했을까요?"

내가 당신이라면... 내가 마음속으로 중얼거렸다. 내가 나이 당신이었다면 어떤 생각을 했을까? 홀연히 떠나며 모든 것을 의문투성이로 남겨놓았을까? 아무런 설명도 없이 사랑했던 사람들을 과거의 미로 속에 남겨놓았을까? 맴도는 질문들 속에서 나는 그녀의 메일이 사실상 아무것도 말해주는 것이 없다고 느꼈다. 그녀가 생모를 만나 확인하겠다는 중요한 진실이 무엇인지도 알 수 없었다. 생각이 거기에까지 미치자 나는 언젠가 그녀가 생모를 찾는 것을 돕겠다고 약속했던 일이 떠올랐다. 그러자 나이가 메일에서 말했던 문장들의 의미가 새롭게 해석되는 듯했다. 그녀가 말하기를 어머니를 찾아내어 진실을 확인해야만 비로소 우리의 이야기는 마무리되는 거라 했다. 나이의 부모를 찾는 우리의 여정은 아직 끝나지 않았던 거다. 만일 그녀를 흔들기 위해서 커틀러가 그녀의 과거를 이용했던 거라면, 나는 그녀가 과거에 사로잡힌 소금기둥이 되지 않도록 도와야 했다. 생모를 찾아 떠나는 과거로의 여행에서 나이가 다시 현실로 돌아올 수 있도록 도움을 주어야 한다고 생각하기 시작했다. 그러자 한편으로 마음이 정리되기 시작했고, 사울에게 나 역시 인도네시아로 떠나겠다고 말했다. 사울은 아무 말 없이 나를 안아주었다. 아마도 이것이 사울과의 마지막 포옹일 거라는 생각에 나는 또다시 눈시울이 뜨거워졌다. 하나의 작고 익숙했던 세계가 떠나가고 있었다.

사울과 작별하고 오피스텔로 돌아온 뒤 항공편을 검색해 가장 빠른 티켓을 구매했다. 다음 날 저녁 비행기였으므로 시간이 많지 않았다. 대충 주변을 정리했다. 예정된 강연들을 취소했고, 출판사에 약속했던 원고들도 모조리 중단해 달라는 전화를 돌렸다. 나는 마치 다시는 한국으로 돌아오지 않을 사람처럼 굴었다.

한참을 망설이다 서윤에게도 전화했다. 떠난다고 말하자 그녀는 아무것도 묻지 않았다. 괜찮다면 자신이 공항까지 태워다 주겠다고만 했다. 고맙다고 말하며 전화를 끊고 나서 침대에 누워 시간을 보냈다. 머릿속을 떠다니는 상념과 질문들에 더 이상 반응하지 않으려 했다. 그럴 여력이 없었고 그런다고 정리될 문제도 아니었으므로, 어둠 속에 누운 채로 시간이 흐르는 모습을 지켜볼 뿐이다. 나이를 만난 이후 경험했던 일들이 주마등처럼 눈앞을 스쳐 지나가고 있었다. 모든 것이 끝났지만 또한 모든 것이 다시 시작되고 있다는 기이한 느낌을 받게 됐다. 그건 조금은 고집스런 감정이었다. 어떤 일이 있어도 나이와 나는 연결되어 있다는 감정. 현실에서 그녀와 공유했던 시간과는 비교할 수 없는 거대한 시간의 흐름이 우리를 둘러싸며 소용돌이치고 있다는, 일종의 전생에 대한 감각과도 같아서 설명할 수도 없고 증명할 수도 없지만 그렇다고 부정하거나 벗겨낼 수도 없는 감정이었다. 굳이 설명할 단어를 찾아보자면, 나는 이 순간을 이미 수천 번, 수만 번 경험하고 있다고 느꼈다. 나는 이미 나이와 무한 번 헤어졌으며 다시 무한 번 만나고 있었다. 이런 느낌이 단지 환상일 수도 있었지만, 다른 모든 현실 또한 어떤 의미에서는 환상일 뿐이었으므로, 지금 내가 느끼는 내밀한 환각을 밀어낼 이유가 없었다. 그날 밤 그렇게 나를 찾아온 기이한 무한 반복의 감각은 마침내 나를 진정시켜 주고 서두르지 않도록 만들어 주었다. 이제 더 이상 불안하거나 슬프지도 않았다. 나는 그렇게 새로운 모험을 시작할 준비를 하고 있었다.

다음 날 오후 서윤이 차를 몰고 오피스텔 앞으로 찾아왔다. 나를 보자 이렇게 말했다. "걱정했는데 혈색 좋네?" 나는 그저 고맙다고만 말하면서 조수석에 올랐다. 카즈히로의 사건 이후로 서윤의 얼굴을 보는 것은 처음이었다. 그녀가 걱정 많이 했다고 조심스레 입을 열었다. 나이와 사울의 안부도 물었다. 나는 그간의 일들을 간단히 설명해 주었다. 서윤이 "그랬구나아..."라고 하며 오른손으로 나의 손등을 두드려 주었다. 나는 운전하는 서윤의 얼굴을 살피며 이 여자에게는 사람을 안심하게 만드는 기운 같은 게 흐른다고 생각했다. 굳이 이름 붙이자면 선배와 같은 믿음직함이다. 그런 면에서 서윤은 사울과 닮은 점이 있었다. 둘 모두 산전수전 다 겪은 인생을 살고 있었지만, 그런 일로 닳지 않은 순수한 영혼을 가진 사람들이다. 오히려 그들이 겪은 시련은 그들을 어린아이처럼 순수하게 만들어 주었고, 그런 순수함은 주변 사람을 안심시킨다. 삶의 고통이 인간의 내면을 파괴할 수는 없는 거라고 믿게 만들어 준다.

"그러니까..."

서윤이 다시 입을 열었다.

"인도네시아로 가서 나이를 찾겠다는 거지?"

내가 그렇다고 대답했다.

"인도네시아가 얼마나 큰 나란지는 알고 있지요?"

서윤이 아이 대하듯 말했다. 내가 정색하며 인도네시아 주재 코트라에 방문해 볼 생각이라고 말했다. 나이가 태어나기 직전에 한국에 방문했던 인도네시아 노동자들의 명단을 찾아보는 게 지금으로서는 가장 합리적인 방법일 수 있다고 말했지만 서윤은 여전히 고개를 젓고 있었다.

"그렇게 나이가 좋아?"

내가 그저 한숨을 내쉬어 대답을 대신했다.

"나랑 잘 때는 나한테 완전 빠진 것 같더니...."

서윤이 장난치듯 웃으며 덧붙인다.

"어쨌든 행운을 빌겠어요. 내가 필요하면 언제든 연락하고. 당신 한국에 아무도 없잖아. 사울마저 미국 돌아가면 누가 친구해주겠어요? 안 그래도 이번 겨울에는 발리로 휴가 가려 했는데, 우리 거기서 만나도 좋겠네?"

어디까지가 농담인지 알 수 없었지만, 나는 진심으로

그녀에게 고맙다고 말했다. 잠시 후 우리는 인천공항에 도착했다. 차에서 내려 나를 안아주는 그녀의 훤칠한 모습을 몇몇 사람들이 알아보고 수군거렸다. 작별하며 그녀는 "몸조심해요"라고 간단히 말하고 돌아섰다. 나는 그녀의 볼보 웨건이 저 멀리 사라지는 것을 바라보다가 천천히 발걸음을 돌려 항공사 데스크를 향해 걸어 들어갔다. 거기서 티케팅을 마치고 여객 터미널의 에스컬레이터를 따라 탑승동 쪽으로 향했다. 비행시간까지는 여유가 있었으므로, 흡연실에 들르기로 했다. 내부에는 열 명 남짓한 사람들이 담배를 피우고 있었는데, 내가 들어서자 누군가 자리에서 벌떡 일어나는 게 보였다. 어딘지 낯이 익은 남자였고, 그가 내게 다가서며 악수를 청했다. 나는 잠시 그가 내민 오른손을 바라보다가 십자가 문양의 금반지를 알아보았다. 손요한이었다.

"이런 우연이 있네요."

내밀었던 손을 어색하게 거두며 그가 말했다.

"외국 나가십니까?"

그가 다시 물었을 때 내가 비로소 안녕하시냐고 대답했다. 일이 있어 여행을 떠나게 되었다고 대충 얼버무렸다. 그러자 손요한이 자리에 앉으며 옆자리를 권했고, 담배도 권했다. 말보로 레드였는데 내가 피우는 담배가 아니라 사양했다.

"혹시 인도네시압니까?"

그가 물었다. 나는 뭐라고 해야 될지 몰라 잠시 망설이다가 체념하고는 그렇다고 대답했다. 그러자 손요한이 이렇게 설명하기 시작했다.

"죄송해요. 강이름 선생님을 조사하거나 그런 거 아닙니다. 저희는 WUR 관련해서 조사 중인 게 있어서 그래요. 나이 에티엔씨에 관해서 알아야 할 것들이 있어요. 그분이 인도네시아로 출국했다는 이야기 들었거든요."

내가 담배를 꺼내 들고 불을 붙였다. 박하향이 진하게 뒤섞인 담배 연기가 천천히 기도를 긁듯이 지나고 나서 폐를 향해 스며들었다.

"도대체..."

담배연기를 내뱉으며 내가 손요한을 향해 오래전부터 궁금하게 생각하던 것을 물었다.

"바티칸과 WUR이 무슨 관계입니까?"

손요한이 피우고 있던 담배를 재떨이에 비벼 껐다. 그러고는 자세를 고쳐 앉았고, 단정한 목소리로 이렇게 말하기 시작했다.

"강이름 선생님께서도 이제는 WUR을 어느 정도 경험하셨으니까 느끼셨을 겁니다만. 우리는 그 단체를 종교 단체로 보고 있어요. 그리고 그 단체가 로마 카톨릭 교회 내부에서 성삼위일체를 부인하려는 일부 인사들과 은밀히 연계되어 있다고 알고 있습니다. 이런 일은 기독교 세계에서는 수천 년 전부터 상당히 민감한 문제였죠. 아시겠지만, 이미 4세기 초에 있었던 니케아 공회에서 예수를 인간으로 파악하려는 주교들을 파문하는 사건이 있었지 않습니까? 엄밀한 의미에서 오늘날의 기독교는 예수와 하나님을 동일한 존재로 보는 삼위일체의 토대 위에 건설된 거라고 말할 수 있죠. 그러니까 예수를 인간으로 보는 관점은 오늘날의 기독교 세계를 다시 분열시키고 거대한 혼란을 초래하게 만들 수도 있어요."

여기까지 말했을 때 손요한이 허공을 응시하던 시선을 거두고 나를 흘끗 보았다.

"아, 그러니까 사실 이런 이야기에 대해서는 저보다 더 잘 아실 테지만 말이죠...."

그리고는 재킷 주머니에서 껌 하나를 꺼내 봉지를 벗기고 입에 넣었다. 곧바로 딸기 향이 퍼졌다.

"어쨌든 WUR은 단순한 정신분석 심리상담 협회는 아

닙니다. 미국에서도 그렇지만 유럽에서도 WUR은 정치와 재계는 물론이고 바티칸에도 은밀하게 힘을 행사하고 있어요. 저는 그런 WUR의 구조와 힘을 행사하는 방식에 대해서 조사하고 있어요. 그 단체가 사람들을 포섭하고 세뇌시키는 방법을 알아보는 중이었습니다. 물론 그쪽에서는 세뇌라고 표현하진 않겠지만요. 그쪽 사람들은 무의식의 진리를 경험하는 절차라고 표현하더군요. 그런 방식으로 WUR은 심리학의 이론과 종교의 이론을 교묘하게 뒤섞어서 새로운 형태의 신앙을 만들어 내고 있어요. 21세기에는 더 이상 종교가 힘을 발휘할 수 없을 거라고들 하지만, 그들은 심리학과 종교를 결합시켜서 새롭고도 강력한 신을 창조해 낼 수 있다고 생각하는 듯해요. 그들의 관점에서는 예수 역시 당대의 종교가 가진 한계점을 넘어서기 위해 '사랑'이라는 개념을 사용해서 새로운 신을 창조한 인물이란 겁니다. 유대인들이 그토록 예수를 죽이려 했던 이유가 거기에 있다는 거죠. 유대교를 몰락시킬 수도 있을 새로운 종교적 패러다임의 발명자였으니까요."

손요한이 거기까지 말했을 때 나 역시 담배를 비벼 껐고 그의 꽁초 바로 옆에 작은 비석처럼 나의 꽁초를 세워 놓았다. 그러고는 이렇게 물었다.

"바티칸은 그게 두려운 겁니까? 이제는 당신들이 새로운 바리새인들의 역할을 떠맡게 된 것이 두려운 건가요?"

그러자 요한이 씁쓸한 미소를 지으며 대꾸했다.

"저는 그런 거는 잘 모릅니다. 제 임무는 WUR의 포교 방식을 파악하고 조사해서 보고서를 작성하는 겁니다. 나이 에티엔이라는 사람에 대해서 주목했던 건 WUR이 그 여자분을 선생님께 보내고자 했기 때문이에요. 선생님은 지오반니에 대한 논문을 쓰셨고, 그 논문은 바티칸 내에서 성삼위일체를 부인하는 은밀한 세력에게 주목을 받았던 거고. 그렇게 저렇게 일이 꼬여 있었던 겁니다. 진짜로 중요한 건 이데올로기니까요. WUR이 심리학이건 정신분석이건 인간의 마음에 관련된 과학 이론을 종교에 연결해서 새로운 이데올로기를 만들어 내고, 그것을 통해 사람들의 영혼을 현혹하게 된다면 큰 문제가 된다는 거죠. 이건 단지 새로운 종교의 출현이 아니라, 구세대의 몰락이고 바티칸의 몰락입니다. 적그리스도의 출현이고 진실한 신앙의 종말이죠. 그리고..."

손요한이 피식 웃으며 잠시 뜸을 들였다.

"그리고 말입니다. 선생님께서는 이런 종교계 권력투쟁 같은 것에는 관심조차 두지 않는 사람이란 걸 이제는 알게 됐어요. 그래서 저도 로마로 돌아가는 겁니다. 사실 처음 만났을 때만 해도 WUR이 선생님을 포섭해서 극동아시아 지역의 새로운 리더로 삼으려는 줄 알았거든요. 그런데 전혀 그런 분이 아니시더라구요. 자기 자신 이외에는 전혀 관심 없는 그런 분이더군요. 권력이나 돈 같은 것에는 관심이 없으세요. WUR도 그걸 알아챘나봐요. 선생님을 붙잡아 놓을 수 있는 유일한 방편은 나이 에티엔이라는 사람뿐이었던 거죠."

손요한이 선한 미소로 덧붙였다.

"다른 뜻 없습니다. 그저 우리가 사람을 잘못짚었다고 말씀드리려는 거예요."

요한은 말하며 풀려있던 재킷의 단추를 채우고 자리에서 일어났다. 이번에는 악수를 청하지 않았고, "어쨌든 만나서 반가웠습니다. 강이름 선생님. 부디 좋은 여행 되시길 기도하겠습니다"라고 작별 인사를 남기며 흡연실을 떠났다.

나는 한동안 그가 떠난 흡연실에 남아 있었다. 자욱한 담배 연기가 늪지의 안개처럼 주변을 떠다녔고, 문득 7년 전 한국으로 귀국하던 날이 떠올랐다. 아무것도 약속

된 것이 없던 시절, 모든 것이 불확실하던 시절이었고, 사정은 지금도 마찬가지다. 인생의 굴레가 쳇바퀴와도 같이 원점으로 돌아와 다시 시작되는 느낌이었다. 내 스스로 선택할 수 있는 것은 아무것도 없었고, 그저 이미 새겨진 욕망의 회로를 타고 떠밀려 가는 수밖에 없는 듯했다. 무엇을 위해서 나이를 찾아야 하는지 알 수 없었지만, 그녀에게 이끌리는 욕망의 확실성만큼은 실재하는 힘으로 느껴졌기 때문이다. 저항할 수가 없었다.

9장

손 없는 소녀

소녀는 잘린 팔을 등 뒤로 묶어달라고 하고
동이 틀 무렵 길을 떠나 밤이 될 때까지
온종일 걸었습니다.

그림 형제, 『손 없는 소녀』

세상의 끝

숨바의 작고 초라한 탐볼라카 공항에 우리가 탄 쌍발기가 착륙했을 때 나는 마침내 기나긴 여정의 끝에 도달한 사람처럼 가슴이 먹먹해지는 것을 느꼈다. 탑승계단을 걸어 내려가 단층 건물의 공항터미널을 빠져나왔고 그때 비로소 숨을 한 번 크게 들이키며 주변을 둘러보았다. 숨바는 인도네시아의 소순다 열도에서도 가장 외지고 비밀스러운 섬이다. 용암 분출로 솟아난 지형에 비가 거의 오지 않아서 적도의 섬치고는 특이하게도 스텝기후에 구릉지

형을 이루고 있다. 섬 전체는 거대한 바위 덩어리들의 언덕처럼 보였고 그 위로 키 작은 잡목들이 자라난 모습이다. 척박하고 건조한 풍경이었다. 수마트라의 빠당이나 자바섬에서 보았던 열대우림의 지형과는 사뭇 다른 분위기였으며, 나는 이곳이 마음에 들었다. 그런 생각을 한나에게 말했다. 그녀도 "이런 풍경은 처음이지만, 좋아하게 될 것 같아"라고 했다.

공항터미널을 나오자마자 대기 중이던 몇몇 택시들 중에 하나를 잡아탔고 동남쪽으로 향했다. 우선 먼저 숙소를 정해 밤을 보내고 내일 아침 일찍 카르티니를 만나러 가자는 게 한나의 제안이었다. 한나가 아미르에게 받은 카르티니의 주소는 숨바섬의 남쪽에 위치한 와항이라는 마을이다. 공항에서 차로 8시간 걸리는 그곳에서 카르티니는 초등교사로 일하고 있었다. 우리가 출발한 탐볼라카 공항이 최북단이었으니까 섬의 중부 어딘가 호텔에서 밤을 보내면 내일은 나이의 어머니를 만나러 갈 수 있을 거라고, 한나가 말했다. 땅거미가 내리고 있었고, 10시간이 넘는 여정으로 우리는 지쳐있었다. 택시 기사에게 아무 호텔이나 추천받아 짐을 풀게 되었을 때가 저녁 7시다. 호텔이라기보다는 게스트하우스에 가까운 소박한 장소였고, 주인 부부가 만들어준 볶음밥 요리를 저녁 식사겸 해서 한나와 함께 먹었다. 그녀가 물었다.

"내일 카르티니를 만나고 나면 그 다음은 어떻게 할 생각이야?"

나는 부스러지는 볶음밥의 노란색 알갱이들을 수저로 모으던 손을 잠시 멈추고 그녀를 보았다. 다음 일은 그때 가서 생각해 보자고 말했다. 나이의 어머니를 만난다는 것 자체가 내게는 하나의 사건이었고 미스터리였다. 그녀에게서 무슨 이야기를 듣게 될지 알 수 없었고, 나이의 행방을 알게 되는지도 미지수였으니까. 어쩌면 나는 카르티니를 만나는 것으로 나의 여행을 마무리하게 될지도 모른다고 한나에게 말해주었다. 나이가 나를 만나고 싶어 한다면 그런 마음을 카르티니에게 전했을 거라 생각했다. 그게 무엇이든 카르티니는 나이가 원했던 것을 내게 말해줄 거라고 생각했다. 한나가 고개를 끄덕였다.

"나도 그렇게 생각해. 그녀를 만나게 되면 당신은 당신이 원했던 모든 것을 알게 될 거고, 그러고 나면 자유로워질 거야."

"자유...."

내가 반복했다. 그러고는 문득 "내가 모르는 뭔가를 당신은 알고 있는 거야?"라고 되물었다. 그러자 한나가 따스한 미소를 지으며 고개를 저었다.

"아미르가 내게 부탁한 건 당신의 영혼을 보호하는 거고, 그게 전부야."

그날 밤 호텔의 낡고 기울어진 침대에 누웠을 때 한나가 자신이 보았던 나이에 대해서 이야기 해주었다. 내가 아미르의 커뮤니티에 도착하기 두 달 전 나이 역시 그곳을 방문했고 일주일가량 머물렀다고 했다. 그녀는 지쳐보였고 슬퍼보였다. 그녀는 아미르가 자신의 아버지 다른 동생이라는 사실에 안도하고 있었다고 했다. 마치 새로운 뿌리를 다시 발견한 사람처럼 나이는 아미르에게 의존했고, 그런 나이를 아미르는 두 팔 벌려 품어주었다. 아미르 쪽에서도 무언가 심상치 않은 변화가 관찰됐다고 한나는 설명했다.

"아미르는 마치 카르마의 정점에 도달한 사람처럼 보였어. 그는 나이라는 여자로부터 자신의 전생과 미래에 대한 섬광과도 같은 비전을 보았다고 했어. 나이가 찾아온 이후로 아미르는 더 깊은 고독 속으로 들어가는 듯 보였어. 그의 강독은 이제 삶의 의미를 말하기보다는 사랑과 죽음에 대해서 더 많이 이야기했어. 그러던 중에 당신이 온 거야. 아미르는 당신이 아주 중요한 사람이고, 자신과 나이의 카르마를 완성해 줄 마지막 퍼즐이라고 말했어요. 나는 지금도 여전히 그의 말이 뜻하는 바를 알지 못하겠어. 하지만 나도 당신이 속해 있는 카르마의 일부이고 싶어요. 어떤 방식으로든 당신과 함께하고 싶어."

한나가 말하면서 내 품속으로 파고들었다. 쇄골 밑 어딘가에서 한나의 솟아오른 콧잔등을 느끼며, 나는 그녀의 머리를 쓰다듬어 주었다. 내가 그날 밤 그녀를 위해 할 수 있었던 일이란 그것뿐이었지만, 한나는 그것만으로도 충분하다고 말하려는 듯 잠시 뒤에 새근거리는 숨소리를 내며 잠들어 버렸다. 창밖에서는 도마뱀들이 짝짓기를 위해 우는 소리가 들렸다. 모기 몇 마리가 윙윙거리며 귓전을 날아다녔다. 덥고 조용한 공기가 평온한 밤을 만들고 있었다. 결코 잠이 올 것 같지 않았지만, 얼마 지나지 않아 거짓말처럼 의식을 잃고 말았다. 꿈을 통해 나이가 찾아온 것은 바로 그 직후였던 것 같다.

꿈속에서 나이는 4살쯤 되어 보이는 어린 여자아이와 함께였다. 나이는 그 아이가 자신이라고 내게 소개했다.

"이름, 이 아이가 바로 나야."

내가 웃으며 "네가 아니라 너의 딸이겠지"라고 말했다. 아이는 밝은 갈색으로 곱슬거리는 기다란 머리카락을 가졌고, 두 눈은 투명에 가까운 갈색이었다. 예쁘고 착해 보이는 아이였는데, 허리에 끈이 묶여 있어서 내가 그걸 가리키며 이게 뭐야?라고 물었다. 그러자 아이가 말했다.

"엄마가 묶었어요."

"그래야 곁에서 멀리 가지 못할테니까." 나이가 설명했다. 나는 문득 이런 장면을 다른 곳에서도 본 기억이 떠올랐다. 아미르의 커뮤니티 근처 촌락에서 갓난아이의 허리를 끈으로 묶어 기둥에 매어두었던 풍경이 생각났기 때문이다. 그래서 내가 "이건 인도네시아 풍습인가?"라고 나이에게 물었다. 그러자 나이가 고개를 끄덕이며 여자아이를 발로 툭하고 밀쳤다. 아이가 까르르 웃으며 바닥을 데굴데굴 굴렀고, 허리를 묶었던 줄이 엉키며 두 팔이 포박당했다. 아이는 재미있다는 듯이 계속해서 웃으며 바둥거리고 있었다. 바둥거릴수록 줄은 더욱 꼬이면서 두 손목까지 감아버렸다.

"저러다 큰일 나지." 나이가 말했다.

"저렇게 엄마 말을 안 듣다가 손이 잘리면 어쩌려고 그래?" 동의를 구하는 듯 나이가 나를 본다.

"망태기 아저씨가 두 손을 잘라 갈지도 모른다고."

"나희야..." 내가 고개를 저으며 말했다.

"아무도 네 손을 자르지 않아. 내가 지켜줄 거야."

나는 진심이었지만, 꿈속의 나이는 울기 시작했다. 줄에 감겨 꼼짝달싹 못하게 된 어린아이를 가리키며 계속해서 저건 나야...라고 말하며 눈물을 흘리고 있었다. 그녀가 울자 나 역시 슬픔에 잠겨들고 만다. 눈물이 뺨을 타고 흘러내렸고, 흐느끼는 소리에 감정이 북받쳐 올라 계속 울었다. 내가 지켜줄거야―라고 반복해서 말하며 한참을 울었다.

다시 눈을 떴을 때, 침대에는 아무도 없었다. 눈을 뜨고 하얀 페인트가 거칠게 칠해진 천장의 얼룩을 바라보았지만, 한동안 내가 눈을 뜬 이곳이 어딘지 기억나지 않았다. 왼쪽 가슴 아래서 허전한 감각이 느껴졌을 때 나는 한나가 곁에 없다는 사실을 그제서야 알아차렸고 자리에서 일어나 그녀의 이름을 불러보았다. 하지만 한나는 떠나고 없다. 대신 머리맡에 그녀가 남긴 짧은 메모 한 장이 놓여 있었다. 그녀는 연필로 이렇게 말하고 있었다.

"이름. 내가 먼저 카르티니에게 가 있을게, 일어나면 찾아와요."

손목시계는 벌써 아침 8시를 가리키고 있다. 침대에서 일어나 옷을 걸치고 샌들을 끌며 밖으로 나갔을 때 여주인이 굳모닝이라고 말하며 인사했다. 아침을 먹겠냐고 물었고, 내가 고개를 끄덕이자 인도네시아 전통 홍차와 바나나 팬케익을 가져다주었다. 1층의 발코니 테이블에 접시와 찻잔을 내려놓는 여주인에게 내가 택시를 불러줄 수 있느냐고 물었다. 아침 공기는 덥지도 춥지도 않았다. 기분 좋은 바람이 불어오고 있었다. 여주인은 알겠다고 말했지만, 아침 식사가 끝나갈 때까지도 소식이 없었다. 홍차는 약간 떫은 맛이 나는 진한 자바산이었다. 얇게 구워진 바나나 팬케익도 나쁘지 않았다. 식사를 끝내고 짐을 챙기러 방으로 들어섰을 때 여주인이 노크했다. 자기 아들이 모는 차를 탈 생각은 없느냐고 물어왔다. 택시보다는 저렴할 거라고 말했고, 나는 거절할 이유가 없었으므로 그렇게 하자고 동의했다.

짐을 챙겨 현관으로 나섰을 때 여주인의 아들이 기다리고 있었다. 20대의 웃는 모습이 귀여운 평범한 숨바 남자였다. 그의 차에 올라타고 와힝까지 얼마나 걸리는지 물었다. 호텔 정원을 빠져나가며 남자는 세 시간이면 충분할 거라고 대답했고, 자신의 이름은 스티브라고 했다. 그가 내게 와항에는 무슨 일로 가느냐고 물었다. 나는 사람을 찾으러 가는데, 그 사람이 와항의 초등학교에서 일한다고 말해주었다. 그러자 스티브가 "흐음~"하고 감탄사를 내뱉었다. 그러면서 자기가 바로 그 초등학교 출신이라고 했다. 나는 카르티니의 이름을 말해주었고, 그가 활짝 웃는 얼굴로 나를 보며 "알아요. 잘 알아요"라고 했다.

　3시간의 여정은 결코 길지 않았다. 운전하는 내내 스티브가 숨바섬과 카르티니에 관한 여러가지 이야기를 들려주었기 때문이다. 그가 할 수 있는 영어의 한계 내에서 스티브는 이 섬에 관한 다양한 사실들을 알려 주었다. 숨바섬은 인도네시아 전 지역을 통틀어서 가장 가난한 섬이었다. 토양이 척박해서 농사짓기가 불가능했고 외진 섬이라 발리처럼 관광산업이 발달하기에도 어려움이 있었다. 숨바는 세상의 끝이라 해도 좋을 정도로 모두에게 잊혀진 고독한 섬이었던 거다. 그래서 이곳 기반시설들 대부분이 비영리 재단의 기부 활동에 의존했다. 카르티니가 일하는 학교 역시 그와 유사한 재단에서 교육사업으로 설립한 곳이다. 학생 수가 30여명 남짓인 그곳에서 카르티니는 유일한 선생님이었다. 스티브는 그녀가 얼마나 헌신적으로 아이들을 보살펴 주었는지 기억했다. 가난한 아이들과 고아들이 대부분인 학교에서 카르티니는 모두의 어머니였다.

이야기를 듣는 내내 나는 가슴 한켠이 서늘했고 서글펐다. 말도 통하지 않았던 타국의 어딘가에서 자신의 아이를 잃고 쫓기듯 돌아온 카르티니의 삶이 눈앞에 그려지는 듯했기 때문이다. 어쩌면 그녀는 가난한 아이들을 돌보며 자신이 잃어버렸던 나이를 기억하려 했는지도 모르겠다. 그런 그녀가 나이를 만났을 때의 심정이 가슴으로 느껴지는 듯했다. 그래서인지 나이의 친부를 만나러 갔을 때의 거부감과 같은 것은 남아있지 않았다. 오히려 카르티니를 어서 빨리 만나서 나이에 관한 이야기를 듣고 싶은 마음이 간절했다. 나이는 지금 잘 있는지, 건강한지 알고 싶었다. 카즈히로의 일로 너무 많이 상심한 것은 아닌지도 알고 싶었다. 그리고 마지막으로... 나에 관해서는 어떻게 이야기했는지를, 다시 만나고 싶어 하는 것은 아닌지 알고 싶었다. 아미르에게 나를 이끈 것은 나이였으니까, 아미르가 나를 카르티니에게 보낼 거라는 사실도 짐작하고 있었을 게 분명했다. 결국 나이는 아미르를 통해 나를 카르티니에게 보낸 셈이고, 만일 그렇다면 나를 위한 메시지를 카르티니에게 남겼을 수도 있는 일이다.

　와항이 가까워짐에 따라 지난 수개월 간 머릿속에서 들끓던 상념들이 거짓말처럼 진정되어 갔다. 익숙한 솜씨로 운전하는 스티브의 차가 작고 초라한 건물의 초등학교 운동장에 들어섰을 때는, 마음속이 텅 빈 것처럼 평온했다. 나는 아무것도 기대하지 않으면서도 동시에 모든 것을 받아들일 마음의 준비가 되어 있었다. 때마침 운동장 맞은편의 건물 입구에서 뛰어나오는 한나가 보였다. 그녀의 표정이 묘했다. 나는 차에서 내리며 그녀에게 어째서 혼자 나섰는지를 물었지만, 그녀는 대답하는 대신 나를 안았다. 한참을 그렇게 내 품에 안겨 있던 한나가 올려다보며 숨을 크게 한 번 들이쉬고는 함께 들어가자고 했다. 카르티니가 안에서 기다린다고 했다. 나는 스티브에게 잠시 기다려 달라고 부탁했고, 앞장서는 한나를 따라 교실 건물 안으로 들어섰다. 주말이어서인지 교실에는 학생이 없었다. 카르티니로 보이는 중년 여성이 홀로 자리에 앉아 있을 뿐이다. 그녀는 나이처럼 투명한 갈색 눈동자였고, 구불거리는 백발의 머리카락을 가진 고귀하고 온화한 눈빛의 여인이었다. 인기척에 그녀가 자리에서 일어섰다. 들어서는 나를 발견하고 내게 던진 시선을 지금도 잊을 수 없다. 한없이 낯설고도 낯익은 눈빛의 응시였다. 나는 불현듯 심장이 멎는 듯했다. 알 수 없는 이유로 숨이 차올랐고 가슴이 답답했다. 도움을 청하는 심정으로 곁에 선 한나를 돌아보았지만, 그녀 역시 흔들리는 눈빛으로 어쩔 줄 몰라 하고 있을 뿐이다. 다시 고개를 돌려 카르티니를 보았고 그때 비로소 그녀가 입을 열었는데 그건 내가 태어나서 단 한 번도 들어 본 적이 없는 낯선 문장이었다.

"나의 아들. 나의 사랑하는 아들."

두 발이 바닥에서 굳어버린 듯 움직일 수 없었고, 두 눈에서는 정체 모를 눈물이 쏟아져 흐르기 시작했다. 나도 모르는 새에 나의 얼굴은 아이처럼 일그러지며 울고 있었다. 급류처럼 쏟아져 흐르는 감정의 물결을 나의 사고가 쫓아가지 못하고 있었다. 한나가 팔을 잡아주지 않았다면 비틀거리며 쓰러졌을지도 몰랐다. 울고 있는 나에게 카르티니가 다가왔고, 두 팔을 벌려 안아주었다. 눈물이 멈추지 않았다. 흐느끼는 몸의 떨림이 진정되지 않았다. 도대체 내게서 무슨 일이 일어나고 있는지 나는 여전히 이해하지 못했고, 나를 안고 아들이라 부르는 이 인도네시아 여인이 어떤 존재인지도 알 수 없었다. 그녀가 울지 말라고 말해주었을 때도, 너희들이 결국은 찾아올 거라 믿고 있었다고 말했을 때도 나는 아무것도 이해할 수 없었다. 오직 나의 심장과 눈물만이 반응하고 있을 뿐이었다. 두 손이 떨리고 다리에 힘이 풀려 더 이상 서 있을 수가 없게 되었을 때 한나가 책상 의자를 가져다주었다. 자리에 앉아 가까스로 정신을 차리고 카르티니를 마주 보게 되었을 때 겨우 울음을 그치고 그녀에게 물었다. 어째서 내가 당신의 아들인지. 왜 나를 아들이라고 부르는지를 물었다. 당신은 나이의 어머니이지 않냐고 묻기도 했다. 그러자 카르티니가 심연처럼 깊고 어두운 슬픔의 눈빛으로 나를 보며 말했다. 너희 둘 모두 나의 아이들이라고 했다.

"나이와 너는 쌍둥이란다."

나이. 나. 쌍둥이. 흩어져 도무지 서로 들러붙지 않는 단어들에 정신이 혼미해졌다. 혼란 속에서 나는 다시 한나에게 시선을 던지며 설명을 요구했지만, 그녀 역시 나만큼이나 요동치는 감정의 흔들림으로 울고 있을 뿐이다. 눈물 때문인지 현기증 때문인지 모를 안개가 눈앞을 가렸고, 흐릿해진 세상은 칼레이도스코프의 분열된 풍경처럼 혼돈 속에서 흐릿해져 가고 있었다.

내가 기억하는 그날의 정확한 장면은 여기까지다. 나는 카르티니의 품에 안겨 계속 울었던 것 같다. 그녀 역시 눈물을 흘리며 미안하다는 말을 반복했던 것 같다. 복잡하고 기이한 이야기들이 카르티니의 입에서 흘러나왔다. 나에 관한 기억과 나이에 관한 그것들이 중첩되어 데칼코마니와 같이 비슷하면서도 조금씩 어긋난 무늬의 그림들이 그려졌다. 내가 믿던 인생의 의미가 뒤집혀 거꾸로 걸린 풍경화처럼 알아볼 수 없게 되었다. 카르티니의 교실 안에서 우리 세 사람은 그렇게 이 세상에서 가장 이상한 이야기의 주인공이 되어 서로를 마주했다. 그토록 어처구니없는 이야기는 경험해 본 적도 들어본 적도 없었지만, 그건 다름 아닌 나 자신의 이야기였고 우리의 이야기였던 거다. 처음부터 끝까지 있을 수도 없었지만 그럼에도 있어야만 했던 이야기다. 흑과 백이 자리를 뒤바꾼 무늬의 풍경 속에서 처음과 끝이 뫼비우스의 띠처럼 맞물려 돌아가는 시간 속의 이야기였다. 나이를 만나 경험했던 사랑의 감정들이 검은 대리석처럼 어둡고 무겁게 변색 되어가는 듯하다가 마침내 회색 연기가 되어 신기루처럼 사라져 가고 있었다.

그곳에서 꽤나 긴 시간이 흘러갔던 것으로 기억한다. 가까스로 기운을 차려 울음에 지친 몸을 일으켜보려 했다. 그런 나를 한나가 부축해 주었다. 카르티니가... 그러니까 나의 어머니가 잡았던 나의 손을 비로소 놓아주었을 때, 나는 그녀에게 언젠가 다시 오겠다고 약속했다. 내가 할 수 있었던 말과 약속은 그것뿐이었고, 그때가 벌써 해질녘이다. 한나가 부축하는 팔에 기대어 그곳을 나왔을 때 학교 운동장은 황금빛 노을로 불타오르고 있었다. 스티브는 운동장 입구 쪽 멀리서 우리를 기다리고 있었다. 나를 안아주는 카르티니와 어색하면서도 안타까운 작별인사를 나누었다. 마지막으로 그녀는 품속 주머니에서 꼬깃꼬깃 접힌 편지지 한 장을 내밀며 나이의 메시지라고 했다. 종이를 받아 주머니에 넣고 돌아서는 발걸음이 무거웠다. 걸음을 내딛을 때마다 흙먼지가 일어나 비스듬한 석양빛에 뒤섞이며 반짝이고 있었다.

잠시 뒤에 차가 학교를 빠져나가는 언덕길로 접어들었을 때 한나가 스티브에게 숨바의 바다가 보고 싶다고 했다. 스티브는 엄지손가락을 들어 흔쾌히 대답했고, 바로 코앞에 멋진 해변이 있다고 말해주었다. 차를 몰아 다시

10분 정도를 달리자 그의 말대로 멀리서 해변으로 내려가는 언덕이 보였다. 근처의 비탈에 정차했을 때 언덕 아래로 탁 트인 모래사장이 펼쳐졌다. 스티브는 이곳 해변에서 출발하면 호주의 에잇마일비치에 다다를 수도 있다고 했다. 우리는 모래사장까지 걸어 내려갔다. 그곳에서 한동안 말없이 밀려오는 인도양의 파도를 바라보며 각자의 생각에 잠긴 채 걷기만 했다. 거친 해변이었고 아무도 없었다. 끝없이 펼쳐진 모래사장으로 반복해서 밀려드는 파도가 무한한 시간을 느끼게 했다. 나는 신고 있던 샌들을 벗어 던졌고, 나도 모르는 사이 걸음이 빨라졌다. 한나를 뒤에 남기고 아주 멀리까지 가려는 사람처럼 해변을 따라 무작정 걸었다. 한참을 그렇게 걷다가 혼자 남겨진 느낌이었을 때 주머니에서 나이의 편지를 꺼내 펼쳤다. '나이가 이름에게 남기는 편지'가 한글로 적혀있었다.

"사랑하는 나의 이름. 나의 연인이자 오빠이자 나 자신이기도 한 당신에게 사랑한다는 말을 하고 싶어요."

나이의 편지는 그렇게 시작하고 있었다.

"나는 아무것도 후회하지 않아요. 우리가 쌍둥이 남매라는 사실을 알게 되었을 때, 나는 슬픔보다 더 깊고 숭고

한 기쁨을 느꼈을 뿐이에요. 그동안 우리가 서로에게 불가항력적으로 이끌렸던 순간들이 설명되었어요. 그러니 우리가 나눈 사랑을 슬퍼하지 말아요. 우린 지상의 법이 아니라 신성한 사랑의 힘을 믿는 사람들이니까요. 당신과 나는 하나인 동시에 둘이며, 같은 뿌리에서 피어나 마주보고 자란 꽃이에요. 어머니를 보고 난 뒤에 어린 시절의 많은 기억들이 되살아났어요. 당신이 잡아주던 손의 촉감을 기억해 냈어요. 작은 아이가 작은 아이의 손을 잡고 지켜주려 했던 기억들이. 당신이 나를 지켜주겠다고 말하며 손을 잡고 걸었던 길들이, 풍경들이 되살아났어요. 지금 이 편지를 쓰고 있는 나의 손에도 여전히 그때의 감각이 남아 있어요. 누구도 나의 손을 잘라내지 못하게 지켜주겠다고 어린 당신이 말했던 기억이 남아 있어요. 당신의 아주 오래된 사랑이 여전히 느껴지고 있습니다. 그러니 아무것도 후회하지 말아 주세요. 아무것도 부정하지 말아 주세요. 우리는 더 가까워졌고, 이제는 결코 떨어질 수 없는 하나의 영혼이 되었다는 사실을 알게 되었으니, 내가 그러하듯이 당신도 기뻐해 주세요. 사랑하는 나의 이름. 나는 이제 프랑스로 돌아가요. 그곳에서 쉬고 싶어요. 길고도 고단한 여행이었으니까요. 이제는 영혼을 쉬게 하고 싶어요. 그러고 나면 꼭 다시 당신을 찾아갈게요. 당신이 어디에서 무얼 하고 있든지 당신에게로 가서 어떤 방식으로든 우리의 사랑을 확인하고 싶어요. 사랑이 모든 것을 구원한다는 사실을 다시 경험하고 싶어요. 당신과의 사랑이 처음부터 필연적이었고, 마지막까지 그러하다는 사실에 대한 나의 확신을 당신에게 보여주고 싶어요. 그러니 나를 기다려 주세요. 불안에 떨던 여동생의 손을 잡아주던 기억을 잊지 말아주세요. 사랑해요."

작열하는 적도의 태양 아래서 더듬는 시선으로 읽어 내려간 나이의 편지는 그렇게 끝맺음하고 있었다. 나는 손에 쥔 편지를 파도 속으로 던져 넣으려 했다. 수평선 멀리 떠내려가는 모습을 보고 싶었지만, 파도 거품 속으로 말려들어간 종이 조각은 해변으로 밀려오기를 반복했다. 마침내 체념한 나는 편지를 그렇게 모래사장에 남겨 둔 채로 돌아서 걷기 시작했다. 걸어오면서 두 손을 들어 손목 언저리에서 박동하는 정맥의 파란 줄무늬를 바라보았다.

에필로그
Vita Nova

하나님이 모세에게 이르시되 '나는 나이다' 하시고.

『출애굽기』3장 14절

천국보다 먼 곳

프란치스코 교황께서 친히 나를 만나고 싶어 한다는, 조금은 비현실적인 내용의 메일 한 통을 바티칸으로부터 받았을 때 나는 여전히 빠당에 머물고 있었다. 내가 한나에게 스마트폰으로 메일 내용을 보여주자 그녀의 두 눈이 커다래졌고, 그런 모습이 보기에 귀여워서 내가 웃었다. 숨바섬으로의 여행에서 돌아온 지 이미 반년의 시간이 흘렀다. 그동안 많은 일들이 있었다. 나는 잠시 한국으로 돌아가 주변을 정리했었다. 머물던 오피스텔 계약을 마무리지어 처분했고 사울과도 만나 내가 겪었던 모험 이야기를 들려주었다. 이야기를 듣던 사울은 아이처럼 울기 시작해서 나를 당황케 했다. 마흔다섯 살의 남자가 그렇게 우는 모습은 처음이라 난처했지만, 나를 위해 울어주는 모습이 감동적이라 느껴지긴 했다. 사울로 말하자면, 그 역시 한국을 떠날 채비를 하고 있었다. 다시 미국으로 돌아갈 생각이라 했는데 무얼 할지는 정한 게 없다고 했다. WUR의 한국지사는 일본지사와 마찬가지로 완전히 철수한 상태였고, 사울은 그들과 더 이상 관계하지 않았다. 그저 포도주를 마시며 하루하루를 보내고 있는 듯했다. 다시 알코올 중독에 빠지는 건 아닌지 걱정했지만, 포도주는 술이 아니라는 말로 그는 나를 그럭저럭 안심시켜 주었다. 서윤과도 만나 지난 이야기를 나누었다. 서한과는 만나지 않았지만 통화로 안부를 전했다. 내가 농담처럼 선생님의 꿈해석이 틀렸던 것 같다고 말했다. 나이가 사실은 나의 쌍둥이 여동생이었다는 말을 했을 때 그 역시 덤덤하게 농담으로 받아쳤다. 분석가가 주민센터 직원은 아니지 않냐고 했다. 그렇게 한국에서의 몇 안 되는 인연들을 정리하는 데에 채 일주일이 걸리지 않았다.

다시 빠당으로 돌아왔을 때는 기쁜 소식이 기다리고 있

었다. 한나가 임신했던 거다. 커뮤니티의 모두가 축하해 주었고, 특히 나의 친동생이자 공동체의 정신적 지주였던 아미르가 축복해주었다. 아미르는 그답지 않게 조금 들뜬 모습을 보였고, 아이가 태어나면 대부가 되어주겠다는 둥 앞뒤가 맞지 않는 이야기를 해서 나를 미소짓게 했다. 변호사였던 와얀은 내가 인도네시아에 머물 수 있는 법적인 방편을 돕겠다고 했다. 서퍼였던 올리비에는 태어날 아이를 훌륭한 서퍼로 만들겠다고 장담했다. 한나는 아이 이름을 나의 이름을 그대로 따서 '이름 주니어'가 어떻겠냐고 했지만 그건 너무 기괴하다고 내가 반대했다. 그래서 타협한 게 소명이라는 이름이다. '작은 이름'을 한자식으로 줄여 보니 그럴듯했다. 게다가 성스럽기까지 했다. 어떤 소명을 가지고 태어날 아이인지 알 수 없었지만, 인간이라면 누구든 자신을 위해 이루어야 하는 소명이 있다고 생각했기 때문이다. 신앙도 버렸고 신념도 버렸던 나였지만 지난 몇 년간 경험했던 인생의 모험은 인간에게는 스스로 살아내야 하는 소명이 존재한다는 확신을 갖게 했다. 진리의 사건은 누구에게든 어떤 방식으로든 찾아오며, 그걸 살아내는 다양한 모습은 자신의 소명을 실현하는 과정이라 생각하게 되었다. 교황님과의 만남은 나의 소명에 작은 마침표가 되어줄지도 모른다는 생각도 했다. 한나는 나에게 함께 가겠다고 고집했지만 이번만큼은 혼자서 감당하고 싶었기에 만류했다. 제법 배가 불러오기 시작한 한나를 데리고 먼 여행을 떠나는 것이 부담되기도 했다. 그렇게 한나를 설득하고 나서 나머지 사람들에게 간단한 인사를 남기고 로마로 향했다. 한나와 와얀이 자카르타의 수카르노 하타 공항까지 배웅해 주었고, 거기서 그들과 작별한 뒤에 로마로 향하는 가루다 항공에 탑승했다. 정확히 10년 만에 다시 유럽으로 날아가는 비행기에 몸을 실었다. 감회가 새로웠다. 암스테르담을 경유해서 19시간을 날아야 하는 길고도 지루한 여정이었다. 잠을 자는 데도 한계가 있었기에, 찾아오는 수많은 상념들을 마다하지 않고 하나하나 되짚어 보며 시간을 보냈다. 그러면서 이 모든 일의 발단에 한 편의 논문이 있었다는 사실을 새삼 떠올렸다. 나의 박사 논문이 교황청의 주목을 받지 않았다면 나는 결코 나이를 만날 수 없었을 테고, 사울도 아미르도 그리고 한나도 만나지 못했을 거다. 소명도 잉태되지 못했을 것이었다. 교황청에서 나의 논문을 참조해 지오반니의 복권을 고려하고 있다는 사실을 WUR과 커틀러가 알았기 때문에 그들이 나를 포섭하기 위한 뒷조사를 시작했고, 그런 다음 나에게 쌍둥이 여동생이 존재한다는 사실을 알아내게 된 거였다. 그래서 커틀러가 나이에게 접근했고, 먼저 그녀를 자신들의 사람으로 만든 뒤에 다시 나에게 보냈던 거다. 물론 그들도 나이와 내가 그런 식으로 사랑하게 될 줄은 예측하지 못했겠지만, 그리고 사실상 아무것도 예상한 대로 전개된 일은 없었던 것이지만, 어쨌든 사건의 발단에는 한 편의 논문이 있었다. 내가 쓴 한 무더기의 문자들이 나 자신의 삶 속으로 개입해 들어와 이 모든 있을 법하지 않은 기이한 사건들을 만들어 냈다. 내가 쓴 문자와 문장들이 나의 영향력으로부터 벗어나 독자적인 힘을 발휘하며 내 삶을 뒤흔들었던 거다. 생각이 거기에까지 미쳤을 때 나는 불현듯 글을 쓰고 싶다는 강한 충동에 휩싸였다. 글을 쓰는 것은, 그것도 새로운 글을 쓰는 것은 새로운 삶의 길을 열어 줄 유일한 열쇠인 것처럼 보였기 때문이다. 그리고 오직 새로운 인생만이 진실한 삶이다. 여러분도 이미 확인하셨겠지만, 나의 인생이란 과거에 발목 잡힌 낡은 삶이었던 것이니까. 그리고 과거는 과거의 세상이 만들어 놓은 덫에 불과한 것이니까. 그로부터 벗어나 새로운 인생을 살아낼 수 있다면, 그게 뭐가 되었든 진실한 삶일 수 있었

다. 바티칸으로 향하는 여정 내내 나는 그런 생각에 골몰
했다. 새로운 목소리로 새로운 글을 쓸 수 있다면 진실한
인생을 사는 것이 가능해지리라는... 그런 상념들이 찾아
와 오래도록 마음속에 머물렀다.

로마에 도착해 레오나르도 다빈치 공항의 게이트를 빠
져나오는 나를 알아보고 손을 흔드는 사람이 있었다. 손
요한이었다. 사제복장을 한 그를 보며 내가 "저를 마중 나
오신 겁니까?"라고 했고, "신부님이셨습니까?"라고 덧붙
였다. 그러자 손요한이 멋쩍게 웃으며 "겸업 중입니다"라
고 얼버무렸다.
　"교황청에서 선생님 맞이하는 데 제가 적격이라 해서
나온 거니까 오해는 마세요. 한국에서의 이야기는 다 끝
난 일입니다."
　공항에서 맞이한 요한의 분위기는 마지막으로 봤을 때
하고는 많이 달라져 있었다. 서글서글해진 느낌도 있었
고, 긴장이 풀려서인지 예전만큼 딕션이 칼 같지 않았다.
수다스런 타입도 아니어서 요한과 나는 어색한 침묵을 지
키며 터미널 입구까지 걸어 나갔다. 이탈리아 남자가 운
전석에 앉은 검은 세단이 기다리고 있었다. 차에 오른 다

음에야 요한은 내게 본론을 이야기하기 시작했다. 요지는 이랬다. 교황님께서 직접 강이름 선생과 만나고자 한다. 단독 면담이 될 예정이고 시간은 1시간가량을 예상하고 있다. 지오반니를 오래도록 연구해 온 경력을 고려해서 여러 가지 질문들이 던져질 것이라 예상된다. 선생님께서는 그저 아시는 대로 답변해 주시면 된다 등등... 간단한 브리핑을 마치고 요한이 비로소 나와 눈을 맞추며 이렇게 마무리했다.

"선생님 논문 저도 읽어 봤거든요. 치밀하게 연구하신 내용은 좋았습니다. 철학적으로 코멘트하신 부분들도 좋았어요. 하이데거를 인용하시는 부분은 정말 좋았습니다. 근데 말이죠. 저는 지오반니 복권 반대합니다. 뭐 그러니까 제 생각이 그다지 중요한 건 아닐 테지만, 어쨌든 그래요."

미소를 띤 요한이 미워할 수 없는 개구쟁이 같은 표정을 지어보이며 말했다. 내가 "논 쿠로(상관없어요)"라고 라틴어로 대답했고 요한이 또 피식 웃었다. 사실 정말 상관없었기 때문이다. 처음부터 지오반니의 복권을 목적으로 썼던 논문도 아니었고, 오히려 그가 당한 파문이 가진 의미를 보존해야 한다고 생각하며 연구했던 글이다. 다만 오백 년 전에 파문당한 인물에 대해서 오늘날까지 논란이 일고 있다는 사실이 그저 놀라울 뿐이었다. 그런 생각을 요한에게 말했다. 나 같은 사람에게는 파문 또한 영광의 흔적으로 여겨진다고. 그러자 요한이 사뭇 진지한 표정이 되어 고개를 끄덕였다.

"맞습니다. 선생님 말씀에 전적으로 동의해요."

나는 그가 정확히 무엇에 동의한다는 것인지 알 수 없었지만, 악의 없는 표정을 짓는 요한의 얼굴을 바라보며 한 번 웃어 주었다. 차는 로마 시내를 관통해서 바티칸 시국과 그리 멀지 않은 작고 오래된 호텔에 도착했다. 그곳에서 짐을 풀었고, 요한은 나를 떠나며 내일 아침 일찍 오겠다고 말했다. 교황과의 면담 시간은 오전 10시였다.

그가 떠난 다음 나는 호텔 밖으로 나가지 않았다. 룸의 작은 테이블에 앉아 가져온 논문을 다시 훑어보며 시간을 보냈다. 오래된 논문을 다시 읽어보려니 다른 사람의 글처럼 낯설었다. 그렇게 책장을 뒤적이다 잠이 든 게 새벽 1시를 넘긴 시각이다. 잠시 눈을 붙였다고 생각했는데 노크 소리에 눈을 떠보니 아침 햇살이 창을 통해 쏟아져 들어오고 있었다. 활기차고 부산스런 로마의 아침 소음들이 창밖으로부터 밀려들어오고 있었다. "본 주르노"라고 요한이 쾌활하게 인사하며 문을 박차듯이 열고 들어왔다. 어제와 마찬가지로 사제복을 입고 있었는데, 호텔 식당에 들렀는지 직접 쟁반에 받쳐온 커피잔 두 개와 빵 접시를 테이블에 내려놓았다. 내가 흐트러진 머리카락을 다듬으며 자리에서 일어나 그를 맞았다. 카푸치노 두 잔과 초컬릿을 넣은 페이스트리 빵이었다. 나는 빵에는 손대지 않았고 커피만 마셨다. 요한은 내 몫까지 빵을 입에 털어 넣은 다음 내가 준비하는 것을 기다려 주었다. 간단하게 세수와 면도를 끝내고 나서 방을 나섰다. 호텔에서 바티칸 시국까지는 걸어가자고 했다. 그와 함께 걸으면서 나는 면담이 끝나면 오늘 저녁 비행기로 바로 돌아갈 예정이라고 말해주었다. 인도네시아로 돌아갈 예정이고, 그곳에서 자리 잡고 살게 될 거라고 말해주었다.

"거기서 새로운 인생을 시작할 겁니다."

그러자 요한이 턱을 살짝 들어 올리는 특유의 미소를 지으며 "인도네시아 좋죠. 부럽습니다"라고 했다.

교황과의 면담은 초현실적인 느낌의 경험이어서, 모호한 이미지와 말들이 기억에 남아 있을 뿐인데, 대체로 다음과 같은 기억들이다. 그는 온화한 사람이었지만 그에게 덧씌워진 아우라는 그를 뭔지 모를 차갑고 무거운 분위기로 감싸고 있어서 가까이 다가서지 못하게 했다. 그는 라틴아메리카 억양이 섞인 영어로 내가 연구한 지오반니에 대해서 질문했다. 어째서 그렇게 오래되고 잊혀진 화가에게 관심을 갖게 됐는지 질문했다. 내가 생각을 말했고, 그는 나의 대답을 곱씹는 듯 조용한 눈으로 침묵을 지켰다. 대체로 그런 과정이 반복되었고 시간은 믿을 수 없을 만큼 느리게 흘러갔다. 교황은 무엇보다 오늘날의 학자들에게 지오반니가 어떻게 받아들여지고 있는지 알고 싶어 했던 것 같다. 그의 존재가 미술사에서 차지하는 위상에 대해서도 궁금해했다. 교황은 진지했고, 진정으로 이해하고 싶은 마음을 표현하고 있었지만 나는 무언가 만족스럽지 못한 심정이 되어 전전긍긍했다. 그렇게 예정된 면담 시간의 막바지에 이르게 되었을 때 내가 문득 나 자신도 예상하지 못했던 말을 입 밖으로 꺼내고 말았다. 커다란 실례가 될 수도 있겠지만...이라는 말로 시작한 나는 교황에게 고해성사를 부탁했던 거다. 그가 나의 얼굴을 한참 동안이나 물끄러미 바라보았다. 교황의 푸른 눈동자가 반짝이고 있었다. 그 사이로 미간의 주름이 미세하게 찌푸려지는 게 보였다. 아마도 거절당하리라... 생각하고 있었는데 뜻밖에도 교황은 고개를 끄덕여 주었다. 그러고는 나의 머리에 손을 올려 주었다. 그 앞에 무릎을 꿇고 앉은 나는 면담실로 들어온 이후 처음으로 그에게서 인간적인 따스함을 느끼기 시작했다.

면담을 끝내고 호텔에서 짐을 챙겨 나오며 요한에게 마지막 작별 인사를 했다. 공항까지 마중하겠다는 그를 만류하고 호텔에서 불러준 택시에 오른 뒤 도망치듯 로마 시내를 빠져나왔다. 교황에게 무슨 이야기를 했는지, 그에게 어떤 조언을 했고 마지막으로 어떤 내용의 고해성사를 했는지 기억이 흐릿했다. 조금 전의 일이었지만 마치 전생의 기억인 듯 교황과의 대화는 의식의 저편으로 사라져 가는 풍경이 되어가고 있었다. 뿐만 아니라 이제까지 살아온 내 인생의 대부분이 더 이상 나의 것이 아닌 듯 낯설게 느껴지기 시작했다. 나는 비로소 과거의 숙명으로부터 벗어날 수 있게 되었던 것일까? 다른 건 몰라도 내 마음속에는 한나와 소명에 대한 새로운 사랑이 자라고 있었다. 그들과 함께 새로운 인생을 살아가고 싶은 마음뿐이었다. 한시라도 빨리 커뮤니티로 돌아가고 싶은 마음에

조급해졌지만, 가다 서기를 반복하는 택시는 교통체증에 붙들려 좀처럼 나아가질 못하고 있었다. 택시의 낡은 스피커에서는 프랭크 시나트라의 노래들이 연달아 흘러나왔다. 그렇게 30분 이상의 시간을 도로에서 허비하고 있을 때 불현듯 차창 밖의 풍경이 생소했다. 공항에서 바티칸 시국으로 가던 어제의 풍경이 아닌 듯했다. 운전에 몰두하는 택시 기사에게 지금 우리는 어디로 가고 있냐고 내가 영어로 물었다. 그때 마침 프랭크 시나트라의 매혹적인 저음이 ⟨It's a Lonesome Old Town⟩을 부르고 있었다. 시나트라의 구슬픈 목소리가, 당신이 없는 이곳이 얼마나 낡고 초라한 세계였는지 이제야 알게 되었다고... 노래하고 있었다. 음악에 집중하려는 듯 노래가 흘러나오는 동안 잠시 대답 없던 젊은 금발의 택시 기사가 마침내 뒤를 돌아보며 말했다. 지금 우리는 천국보다 먼 곳으로 가고 있다고. 남자는 프란스 할스의 그림 속 인물처럼 해맑게 웃고 있었다. 아마도 바로 그 순간이었던 것 같다. 천국의 문턱을 가리는 하얀 뭉게구름을 보았던 것은. 그게 아니라면 구름처럼 새하얀 정체불명의 가스가 분사되는 것을 보았던 것인지도 몰랐다. 나는 이내 무의식의 깊고도 아득한 나락으로 추락하고 있었다. 미스터리 영화의

엔딩을 알리는 BGM이 흐르듯 시나트라의 모호한 목소
리가 노래의 마지막 구절을 읊조리고 있었다.

작가 소개

정신분석학자이자 작가인 백상현은 국내 자크 라깡 연구의 권위자다. 임상 실천과 더불어서 미학과 철학에 관한 다양한 글쓰기를 실천하며 인간의 무의식과 문명의 쾌락에 관한 비밀을 탐사해 왔다. 이번에 출간되는 『새로운 인생』은 그가 쓴 첫 번째 장편소설이며, 3부작으로 기획된 시리즈의 시작을 다룬 이야기다. 현재는 라깡 세미나17의 강해서 출간을 위한 마무리 작업 중이며, 장편소설 연작의 두 번째 이야기를 구상 중이기도 하다. 강의자이기도 한 그는 유튜브를 통해 정신분석과 철학의 강의 영상을 공개해 오고 있다. 그가 쓴 책은 다음과 같다.

『라캉 미술관의 유령들』, 『고독의 매뉴얼』, 『라깡의 루브르』, 『라깡의 인간학: 세미나1 강해』, 『속지 않는 자들이 방황한다』, 『나는 악령의 목소리를 듣는다』, 『악마의 미학』, 『라깡의 정치학: 세미나11강해』.

백상현의 정신분석 임상에 대한 정보는 홈페이지 lacan.co.kr 또는 유튜브 채널 "라까니언 프랙시스"에서 확인할 수 있다.

출판사 소개

도서출판 뮈톨로기아는 학술-문학 전문 출판사다. 뮈톨로기아(mythologia)라는 용어는 인류의 문명을 거대 신화로 파악하며, 그것이 토대하는 근본 환상의 영역을 분석해 내려는 메타-신화학적 입장이 함의된 명칭이다. 정신분석 이론을 중심으로, 피에르 르장드르(Pierre Legendre)의 도그마 인류학, 조르주 디디-위베르만(Georges Didi-Huberman)의 미술사학, 콜레트 솔레(Colette Soler)의 라깡 이론 해석 등등이 전격적으로 번역 소개될 예정이다. 정신분석학과 인류학을 비롯하여 신학과 미학과 문학을 망라하는 다층적 영역을 횡단하는 전문서들을 발굴 출간함으로써 21세기적 사유의 한계를 돌파하는 학술 문화의 요람이 되고자 한다.

새로운 인생
©백상현 2023

초판인쇄   2023년 10월 25일

지은이   백상현
발행인   김지숙
펴낸곳   도서출판 뮈톨로기아
북디자인   라디 그룹
출판등록   2023년 8월 4일 제2023-000058호
전자우편   voice2void@gmail.com
홈페이지   lacan.co.kr

ISBN   979-11-984658-0-1 (03810)